KB235738

테러리스트

테러리스트 II

이원호 신작 장편 소설

한결미디어

차례

붉은 땅

100미터쯤 올라갔을 때 갑자기 주위가 조용해진 느낌이 들었다. 제임스는 서너 걸음을 더 떼고 나서야 그 이유를 알았다. 해변과 반대쪽으로 나아가고 있는 것이다.

더욱이 뒤쪽을 숲이 가로막아서 바다 쪽 소음이 들리지 않는다. 제임스는 호흡을 고르면서 한걸음씩 신중하게 발을 떼었다.

저택과의 거리는 이제 200미터 정도. 길 옆쪽의 험한 바위 능선을 타고 오르는 터라 신경이 곤두서 있는 상황이다. 이곳은 오랫동안 사람의 진입이 금지된 사유지인 것이다.

스파이크가 이곳에도 감시 카메라나 청음기를 설치해놓았다면 은폐할 곳도 마땅치 않다. 다시 50미터쯤 전진한 제임스가 손등으로 이마의 땀을 닦았다. 문득 아프가니스탄의 밤이 떠올랐으므로 제임스의 눈이 가늘어졌다.

제임스는 발을 멈추고는 야자나무에 어깨를 기대고 섰다. 밤 9

시 40분, 주위는 이미 먹물 속처럼 어두웠고 나뭇가지 사이로 저택 2층의 불빛만 겨우 보였다.

제임스는 들고 있던 M203을 고쳐 쥐고는 다시 발을 떼었다. 어머니와 마이린을 납치해간 것은 스파이크가 분명했다. 스파이크뿐이다.

CIA가 그런 짓을 할 리가 없다. 루스도 모르게 시드니 워드와 크리스 하든이 그런 짓을 저질렀을 리는 없는 것이다. 그러나 스파이크를 시켰을 가능성은 있다.

울창한 야자나무 숲은 인조림이었지만 빽빽하게 조성되어 있었다. 다시 50미터쯤 전진한 제임스가 바위틈에서 머리만 내놓고 M203에 부착된 암시장치로 저택을 보았다.

저택 정문 안쪽에 두 사내가 서 있는 것이 보였다. 담장 안은 보이지 않았지만 안쪽은 환하게 드러났다. 응접실에 모인 세 사내가 심각한 표정으로 이야기를 주고받는다. 그때 귀에 꽂은 이어폰에서 머빈의 목소리가 울렸다.

"제임스, 차 한 대가 저택으로 들어간다."

저택은 머빈의 벤을 지나서 왼쪽 샛길로 들어서야 되는 것이다.

"검정색 벤츠, 네 놈이 탔어."

머빈이 말했을 때 왼쪽 밑에서 엔진 음이 울렸다. 그러더니 먼저 전조등 빛이 앞으로 뻗어 나갔고 곧 벤츠가 나타났다. 제임스는 다시 몸을 일으켰다. 그리고 이번에는 저택의 담장을 향해 달렸다. 검정색 야간용 전투복을 입고 있었어도 감시 카메라가 비치고 있다면 다 걸린다.

인공림을 뚫고 오면서 감시 카메라는 발견하지 못했지만 모르고 지나쳤을 수도 있다. 담장에서 인공림 사이의 20미터 정도는 평지로 조성되어 있었다. 일부러 은폐물들을 다 제거한 것이다.

제임스는 20미터를 단숨에 달리고 나서 담장에 등을 붙이고 섰다. 그때 우측의 철제 대문이 닫히는 소리가 났다. 벤츠가 들어간 것이다.

제임스는 담장을 올려다보았다. 높이는 2미터50정도, 담장 위에 고압선을 설치해놓았다. 쓴웃음을 지은 제임스가 호흡을 고르면서 손목에 찬 무전기에 대고 말했다.

"자, 머빈, 터트려."

"오케이."

머빈의 목소리가 들린 후에 제임스가 다섯을 세었을 때 저택 안쪽에서 서너 명의 떠들썩한 외침이 일어났다. 그 순간 담장 위에 두 손을 얹은 제임스가 몸을 솟구쳤다. 그러자 저택이 환하게 드러났다.

그러나 어둠에 덮인 저택의 동체만 드러났을 뿐이다. 어느 한곳도 불이 켜져 있지 않았다. 정전이다.

"정전이야!"

바로 앞쪽에서 누군가가 소리쳤으므로 제임스는 담장 위에다 상반신을 걸친 후에 주위를 둘러보았다. 지금 고압 전선에 몸을 걸치고 있은 것이다. 다음 순간 제임스는 안으로 몸을 날렸다.

땅바닥에 떨어지고 나서 몸을 굴린 후에야 제임스는 바닥이 잔디인 것을 알았다. 그러나 두 번 구른 몸은 바위에 막혀 멈췄다. 그때 저택의 보안등이 반짝였다.

비상 발전을 한 것이다. 아직 10초도 되지 않았는데 복원력은 놀라웠다. 이미 담장 위의 고압선에는 전류가 흐르고 있을 것이었다.

그 순간 보안등이 환하게 켜지더니 저택 안이 다시 환해졌다. 정확히 10초, 그때 왼쪽에서 사내의 목소리가 울렸다.

"아래에서 변압기가 터진 거야. 저쪽 집들은 아직도 정전 상태야."

"빌어먹을, 화장실에 있다가 튀어나왔잖아."

누군가가 욕질을 했고 웃음소리가 났다. 제임스는 몸을 일으켜 사내들의 뒤로 돌아 저택을 향해 다가갔다. 사내들과는 잘 꾸며진 정원이 막혀 있었으므로 보이지 않을 것이었다. 제임스가 다섯 걸음쯤 나간 순간이었다.

"비상! 19지점에 괴한 출현!"

바로 옆에서 마이크 소리가 울렸으므로 제임스는 놀라 몸을 굳혔다. 감시카메라다. 다음 순간 제임스는 몸을 날렸다. 목표는 저택 옆쪽 계단, 그때 다시 마이크 소리가 울렸다.

"괴한이 22지점으로 달린다!"

제임스는 이를 악물었다. 계단을 향해 전속력으로 열 걸음쯤 달렸을 때 총성이 울렸다. 첫 총성이다. 위치는 우측.

총탄은 옆쪽 바위에 맞아 튀었다.

제임스는 달리면서 주머니에 넣은 수류탄 한 발을 꺼내 쥐었다. 안전핀을 입으로 뜯어 뽑은 다음 다시 두 걸음 뛰고 나서 수류탄을 던졌다.

"탕탕탕."

다시 총성이 났는데 이번은 정면이다. 그러나 제임스가 이미 엎드렸기 때문에 총탄은 빗나갔다. 다음 순간 수류탄이 폭발했다.

"쾅!"

수류탄은 저택 현관을 박살냈다. 몸을 비틀고 상반신을 일으킨 제임스가 한쪽 무릎을 꿇은 자세로 정면을 향해 사격했다.

"탕탕."

단발로 두 발을 쏘아서 막 이쪽을 겨누고 있던 양복 입은 사내를 뒤로 벌떡 넘어지게 만들었다. 30미터 거리에서 이마를 맞췄다.

그 자리에서 몸만 비튼 제임스가 이쪽을 향해 달려오는 두 사내를 겨누었다. 아까 담장 앞에서 이야기를 나누던 두 사내 같다. 두 사내는 모두 권총을 쥐었는데 제임스의 자세를 보더니 달리면서 먼저 발사했다.

"탕탕탕탕."

거리는 40미터 가량, 어지간한 명사수가 아니면 그 거리에서 달리면서 맞추지 못한다. 총탄은 옆으로 스치고 지나갔다.

"탕탕탕."

다시 제임스의 단발 사격, 첫 두 발로 두 사내의 가슴과 배를 맞췄지만 나머지 한 발은 비틀거리면서도 이쪽에다 총을 겨누는 첫 번째 사내의 가슴에다 다시 한 발을 맞춘 것이다.

그때 다시 총소리, 이번에는 요란했다. 제임스가 달려가는 계단 입구에서 세 사내가 나타나 사격해온 것이다. 그중 하나는 기관총을 들었다.

“타타타타, 타타탕, 탕탕.”

수십 발의 총탄이 쏟아졌으므로 제임스는 몸을 뒹굴었고 바위 틈에 엎드린 후에 몸 상태부터 보았다. 맞지 않았다. 제임스는 주머니에서 다시 수류탄을 꺼내 안전핀을 뽑았다.

그러고는 2초 기다렸다가 계단 입구를 향해 던졌다. 던지는 순간 잠깐 몸이 노출 되었지만 총탄은 빗나갔다.

“쾅!”

수류탄은 세 사내의 가슴 부분에서 폭발했다. 세 사내가 제각기 사방으로 흩어져 날아갔는데 몸이 찢어졌기 때문이다. 제임스는 이제 M203에 유탄을 장전했다. 이곳에 온 목적은 시위용이다. 다 박살낸다.

후안의 꿈이 있었다면 단 한 가지, 야구 선수가 되는 것이었다. 포지션은 피처, 소질은 좀 있어서 동네 야구에서는 피처를 맡아 했지만 제대로 학교를 다니지 못한 터라 꿈으로써 끝났다.

그리고 그 사실은 아무도 모른다. 머빈은 물론이고 제임스한테도 야구 이야기를 꺼낸 적이 없다. 그러나 오늘, 이곳에 오기 전의 마지막 미팅에서 제임스가 할 수 있겠느냐고 묻자 그쯤은 문제없다고 하고는 하마터면 야구 이야기를 꺼낼 뻔했다.

아슬아슬했다. 앤드루가 자꾸 이쪽을 힐끗거렸으므로 후안은 쓴웃음을 지었다. 앤드루는 후안과 3년째 알고 지내는 사이였는데 강도 전문이다.

그것도 노상강도만 해온 놈으로 지금까지 백 번도 더 강도질을

했지만 잡힌 건 두 번 뿐이다. 그것도 증인이 없어서 무혐의로 석
방되었으니 뽐낼 만했다.

앤드루의 장기는 딱 세 가지, LA의 지리를 뒷골목까지 샅샅이
안다는 것과 100미터를 10초대에 주파하는 달리기 실력. 아마 허
들 기록은 그보다 더 나을 것이다.

그리고 세 번째는 배짱이 두둑하다는 점이다. 그런데 오늘 이
멕시코 놈이 떨고 있다. 불안한 분위기가 느껴지는 것이다.

후안이 들고 있던 맥주병을 탁자 위에 내려놓았다. 바에 들어온
지 20분쯤이 지났고 홀 안의 열기는 더욱 달아올랐다. 제법 반반
한 여자들이 후안과 앤드루를 집적거리다가 돌아갔다.

"이제 시간이 되었구먼."

후안이 앤드루의 귀에 대고 소리쳤다.

"알았어? 절대로 먼저 뛰지 마."

"글쎄, 알았다니까."

눈을 치켜뜬 앤드루가 따라 소리쳤다. 그들은 천장의 감시 카메
라에 등을 보이며 앉아 있었지만 얼굴은 다른 각도의 카메라에 다
잡혔을 것이다.

"자." 하고는 후안이 힐끗 계단 위쪽의 사무실에 시선을 주었
다. 계단 위에는 사내가 셋으로 늘어나 있었다. 한 놈은 밴드를 내
려다보았고 두 놈은 광란의 도가니가 된 플로어를 보면서 히죽거
리고 있다.

후안은 주머니에 손을 넣고는 안에 든 수류탄의 안전핀을 잡아
뽑았다. 그러고는 고리가 빠진 수류탄을 움켜쥐고 주머니에서 빼

내었다. 후안의 시선은 그대로 2층 사무실의 유리창에 고정되어 있다.

후안이 수류탄을 든 손을 젖혀 사무실의 유리창을 향해 힘껏 던졌으나 아무도 이쪽에 시선을 주지 않았다. 다만 앤드루가 몸이 돌덩이가 된 것처럼 굳어지더니 후안의 손에서 빠져나간 수류탄을 보았다. 후안의 피처 실력은 그대로 살아 있었다.

수류탄은 사내들의 머리 위를 지나 유리창을 깨뜨리고 안으로 들어갔다. 그리고 다음 순간, "쾅!" 요란한 폭음과 함께 2층 사무실이 폭발했고 앞에 서 있던 세 사내가 부서진 난간과 함께 날아와 아래로 떨어졌다.

"아아악!"

다음 순간 찢어질 것 같은 비명이 사방에서 울렸고 홀 안은 아수라장이 되었다. 그때 후안은 다시 한 발의 수류탄을 꺼내 쥐었고 이제는 앤드루가 옆에 붙어 서서 가려주었다.

안전핀을 빼낸 후안이 2초 기다렸다가 다시 팔을 휘둘러 던진 수류탄은 사무실 왼쪽 방의 이미 부서진 유리창 사이로 빨려 들어갔다.

"쾅!"

또 다시 폭발과 함께 이번에는 위쪽 지붕까지 무너져 내렸다. 그곳은 자료실이다. 감시카메라의 테이프가 돌아가고 있는 곳이다.

홀 안은 이제 지옥으로 변했고 후안과 앤드루는 인파에 휩쓸려 밖으로 쏟아져 나왔다. 후안은 여자들과 함께 비명까지 질렀다.

세 번째 유탄이 저택 안에서 폭발했을 때는 이미 총성이 그쳐 있었다. 밖은 제압당했다는 표시였다. 그러나 제임스는 저택의 2층 창문을 향해 M203 유탄을 한 발 더 쏘고 나서 몸을 일으켰다.

그러고는 거침없이 내달려 계단을 올랐다. 불덩어리가 되어 있는 입구로 뛰어들었지만 사람은 보이지 않았다. 제임스는 망설이지 않고 왼쪽 복도를 향해 달렸다.

복도 양쪽은 문이 두 개씩 나 있었지만 모두 닫혔다. 그러나 집 안에 화염이 가득 차 있는 데다 천장 한곳은 무너져서 불덩이와 함께 건물 잔해가 어지럽게 쏟아져 내리고 있다.

제임스는 주머니에 한 발 남은 수류탄을 꺼내 달리면서 이빨로 안전핀을 뽑아 뱉었다. 그때였다. 바로 위쪽에 계단이 보였고 불길 속에서 어른거리는 사람의 모습이 보였다.

양복 차림의 사내 둘. 제임스는 계단 위쪽에 수류탄을 던지면서 어깨로 옆쪽 방문을 밀치고 들어갔다.

"쾅!"

수류탄의 폭음이 뒤쪽에서 울렸을 때 방 안에서도 짧은 외침이 들렸다. 제임스도 뛰어 들어가면서 안쪽 소파 뒤에 서 있는 여자를 보았다.

검은 머리, 푸른 눈, 뚜렷한 이목구비를 갖춘 미녀. 진주색 실크 원피스를 걸쳤지만 한쪽이 찢어지고 불에 그을려 마치 화산 폭발에서 살아남은 폼페이의 여자 같다.

문득 제임스의 머릿속에 폼페이가 떠오른 것은 주변 분위기 탓도 있겠지만 여자가 이태리계로 보였기 때문일 것이다.

“살려줘요.”

제임스와 시선이 마주친 순간에 여자가 소리쳤다. 이미 반쯤 넋이 나간 표정이었고 기력도 다 떨어졌다. 그 순간 조금 전에 계단 위에서 폭발한 수류탄의 영향으로 복도 건너편의 천장이 무너져 내렸다.

그러자 화염이 방 안까지 넘어 들어왔다. 제임스가 벽에 붙어서서 소리쳐 물었다.

“스파이크는?”

“여기 없어요.”

여자가 안간힘을 쓰듯이 소리쳤다.

“오늘 안 왔어요.”

“여기 잡혀온 여자 있지?”

“몰라요.”

여자가 머리를 흔들면서 흐느껴 울었다.

“난 아무것도 몰라요.”

그 순간 제임스는 밖으로 뛰어나갔다. 불길에 싸인 계단을 단숨에 뛰어 올라 2층 복도에 선 순간이었다.

“탕, 탕, 탕, 탕.”

총소리. 2층도 화염에 쌓여 있었지만 오른쪽 복도 끝에서 총성이 울렸고 다음 순간 제임스는 뒤로 벌떡 쓰러졌다. 내동댕이쳐진 듯이 쓰러지면서 벽에 등을 부딪친 것이다. 총에 맞았다.

그때 화염을 뚫고 두 사내가 나타났다. 둘 다 손에 권총을 쥐었는데 몰골이 험악했다. 하나는 셔츠 차림이었으나 한쪽 소매가 달

16

아나 맨팔이 드러났고 머리는 헝클어졌다.

"확인해!"

사내 하나가 소리친 순간 쓰러져 있던 제임스가 그 자세 그대로 손에 쥔 소총을 발사했다.

"타타타타타타탕!"

두 사내와의 거리는 10미터 정도. 단 한 발의 실수도 없이 총탄은 두 사내의 몸에 박혔다. 사내들이 쓰러지자 제임스는 비틀대며 몸을 일으켰다.

방탄조끼를 입고 있었던 것이다. 그러나 총탄 한 발은 왼쪽 팔을 스치고 지나갔다. 제임스는 2층 방을 확인하기 시작했다. 그러나 비었다.

그때 다시 아래층에서 총성이 울렸으므로 제임스는 이를 악물었다. 그러나 마지막 방까지 다 확인하고 나갈 작정이었다.

갑자기 벤의 문이 열렸으므로 머빈은 소스라쳤다. 그러나 곧 안심을 하고는 어깨를 늘어뜨렸다. 제임스가 들어섰기 때문이다.

"제임스, 다행이야."

이제는 기뻐 소리쳤던 머빈의 눈이 둥그레졌다. 여자 한 명이 차에 탄 것이다. 여자는 찢어진 원피스 차림이었는데 머빈의 눈에는 미친년 같았다.

"가자."

제임스가 말한 순간 벤은 출발했다. 머빈은 벤을 반대편 샛길에 세워놓아서 여기서는 저택이 보이지 않았다. 꽤 높은 능선 하나를 넘어야 했기 때문이다.

그러나 벤이 샛길을 내려가 능선이 시야에서 사라지자 밤하늘을 붉게 물들이며 타오르는 저택이 보였다. 장관이었다. 불기둥이 치솟아 오르면서 저택의 윤곽은 선명하게 드러났다.

백미러로 그 모습을 본 머빈이 이제는 여자를 찾았다. 그러나 여자는 백미러에 잡히지 않았다.

"제임스."

마침내 머빈이 제임스를 불렀다.

"여자는 누구야?"

그러자 안쪽에서 제임스가 대답했다.

"스파이크의 정부, 캐시 그린."

예상하고는 있었지만 머빈의 가슴이 세차게 뛰었다. 캐시 그린은 이태리 출신으로 모델이라고 했다. 지금은 활동을 하는지 안하는지 모르지만 어쨌든 유명인이다.

벤이 샛길에서 국도로 들어섰을 때 마주보는 위치에서 경고등을 반짝이며 경찰차 세대가 달려왔다. 그러더니 빠른 속력으로 스치고 지나갔다.

"후안한테서 연락은?"

제임스가 묻자 머빈이 퍼뜩 머리를 돌려 뒤쪽을 보았다. 잊고 있었던 것이다.

"잘 끝냈다고 했어. 두 발을 까 던져서 2층을 다 박살냈다는 거야."

다시 앞쪽을 보면서 머빈이 차에 속력을 내었다. 그러나 잠깐 뒤를 돌아보았을 때 펼쳐진 뒷좌석의 영상이 사진에 찍힌 것처럼 머릿속에 박혀 있었다.

캐시 그린은 뒤쪽 구석에 몸을 딱 붙이고 앉아 있었는데 눈도 감았다. 그 반대쪽 문 쪽에 앉은 제임스는 저고리를 벗고 팔에다 압박 붕대를 감는 중이다.

"제임스, 다쳤어?"

"스쳤어. 살점이 떨어졌을 뿐이야."

가볍게 대답한 제임스가 힐끗 캐시를 보았다. 캐시는 한쪽 팔과 다리가 다 드러나 있었다. 허벅지 위쪽의 흰 팬티까지 보인다.

제임스가 옆에 벗어 놓았던 저고리를 어깨 위에 걸쳐 주었어도 캐시는 눈을 뜨지 않았다. 벤은 이제 해변을 따라 달려가는 중이다. 차량 통행이 많아지면서 주변 분위기의 영향을 받은 머빈의 가슴도 차분해졌다.

"그럼 저 여자는 인질인가?"

머빈이 물었지만 제임스는 대답하지 않았다. 차 안에 잠깐 무거운 정적이 덮였다. 그러고 나서 그 정적을 깨뜨린 것은 캐시였다.

"날 인질로 잡아도 그 마약쟁이 놈은 대가를 내놓지 않을 거야."

또박또박 말했지만 말끝은 조금 떨렸다. 놀란 머빈이 백미러를 보았지만 모습은 안 잡혔다. 그때 다시 캐시의 말이 이어졌다.

"막 헤어지려던 참이었으니까 그놈은 잘 되었다고 할 거야. 위자료 내놓기가 아까운 눈치였거든."

"닥쳐."

제임스가 낮게 말했다. 머리를 든 머빈이 백미러에 비친 제임스의 얼굴을 보았다. 제임스가 외면한 채 말했다.

"아마 그놈도 내 어머니를 파리 죽이듯이 없앴을 거다. 그건 나도 그래, 나도 똑같이 해줄 테니까."

"하든 씨 부탁합니다."

루스가 말했을 때 여자가 물었다.

"아, 이름이 루스라고 하셨죠? 루스 해밀턴, 연락관으로 L.A.에 파견된……."

여자의 목소리는 은근했고 끈적이는 느낌까지 전해졌다.

"지금 하든 씨는 회의 중입니다. 메모를 남기시면 바로 연락을 드리지요."

"이봐요."

목소리는 그대로 낮췄지만 루스의 눈빛이 강해졌다. 전화기를 고쳐 쥔 루스가 말을 이었다.

"1시간 전에도, 2시간 전에도 계속 회의 중이군요, 그럼 그렇게 전하세요, 이 전화가 마지막이라고, 그리고……."

호흡을 가눈 루스의 목소리가 조금 높아졌다.

"지금 LA에서 벌어지는 스파이크와 제임스 호의 전쟁 배후에 CIA가 있다는 자료가 곧 각 언론사로 배포 될 거라고 하든 씨한테 전하세요. 그리고 그 배후 주역이 바로 크리스 하든이라고."

여자가 놀랐는지 가만있었으므로 루스는 쓴웃음을 지었다. 여자는 행정 담당 비서일 것이다. 산전수전 다 겪은 비서였지만 충격을 받은 것이 틀림없다.

20

“좋아요, 그럼.” 하고 루스가 핸드폰을 귀에서 떼려는 순간이
었다.

“루스 해밀턴.”

사내의 목소리가 귀를 울렸으므로 이번에는 루스가 놀랐다.

“나, 크리스 하든이요.”

사내가 말했다,

“그래, 용건이 뭐요?”

그러자 루스의 눈썹이 곤두섰다. 다 듣고 또 묻다니, 아무리 제
가 고위급이라지만 이젠 별것 아니다.

“다 들었을 테니까 두 번 말하지 않겠습니다, 하든 씨.”

루스가 주위를 살피면서 말했다. 코리아타운의 한국식당 안이
었다. 식당 안은 한국인으로 가득 차 있었는데 이곳이 마치 한국
땅 같았다.

시끄럽지만 활기에 가득 차 있다. 식탁 위에 수십 병 늘어놓은
저 술병, 투명한 액체가 든 저 술 이름이 뭐더라? 그렇지 소주다.
그때 하든이 말했다.

“제임스 호는 내가 잘 알지. 하지만 내가 배후라니 그런 코미디
가 없어.”

“아프가니스탄에서 마약이 이곳으로 공수되었지요. CIA의 행
낭을 통해서 말입니다. 그건 제임스의 진술에 신빙성이 있습니다.
본인이 직접 목격도 했으니까요.”

“제임스 호.”

하든의 목소리에 웃음기가 섞여졌다.

"루스 해밀턴, 당신은 그놈을 신뢰하는 모양이군."

"스파이크보다는."

"그 갱도 이 일과 상관이 있나?"

"당신의 고객이 아닙니까?"

"이봐, 루스 해밀턴."

마침내 하든의 목소리가 높아졌다.

"시드니 워드의 보고가 사실인 것 같군. 본분을 망각하고 적대 세력과 동조하고 있어. 당신은 지금 반역 행위를 하고 있는 거야."

"하든, 내가 마지막으로 제의를 하죠. 이것 때문에 당신을 간절히 찾았으니까."

다시 주위를 둘러본 루스가 말을 이었다. CIA 위성 추적반은 이미 위치를 찾았을 것이다.

"제임스 호와 스파이크의 전쟁을 내버려둬요. 내버려두면 당신은 건들지 않을 테니까. 그럼 그곳에서 잘난 척하면서 계속 애국을 하시라고."

"……."

"마지막 경고야, 하든 씨. CIA가 나서는 기색이 보이는 즉시로 당신을 터뜨리겠어."

그러고는 루스가 핸드폰을 테이블 밑의 휴지통에 넣었다.

마리나 딜 레이는 베니스 비치, 산타모니카 비치와 함께 LA의 3대 비치로써 요트와 유람선이 가득 정박되어 있다. 밤 12시 반, 마리나 딜 레이의 끝 쪽에 정박된 200톤급 유람선 드래곤 호의 선실로 두 사내가 들어섰다.

그중 한 사내는 팔에 붕대를 감고 저고리로 그것을 감싸 가렸는데 지친 기색이 역력했다. 선실에 앉아 있던 세 사내가 그들을 맞았다.

그중 상석에 앉은 사내가 스파이크다. 손에 위스키 잔을 쥔 채 스파이크가 두 사내를 훑어보았다. 술기운 때문인지 두 눈이 충혈되었지만 얼굴빛은 더 창백해졌다. 그때 붕대를 감은 사내가 입을 열었다.

"보스, 캐시는 끌려간 것이 분명합니다."

스파이크는 열기 띤 눈으로 쳐다만 보았고 사내의 말이 이어졌다.

"현재까지 파악된 것은 여덟이 죽고 여섯이 중상을 입었습니다. 그런데 저택이 불에 타버려서 시체를 꺼내오지 못했습니다. 중상자만 겨우……."

"……"

"경찰국과 FBI에서 몰려왔는데 지금 매카시하고 이바노프가 경찰국에 들어가 있습니다."

"……"

"죽은 여덟은 알렌, 로이드, 부르스……."

그때 스파이크가 손을 들었으므로 사내는 입을 다물었다. 사내의 이마에서 배어나온 진땀이 불빛에 반사되어 번들거렸다. 스파이크가 억양 없는 목소리로 물었다.

"몇 놈이 왔다고?"

“제 판단으로는…….”

침을 삼킨 사내가 스파이크를 보았다.

“셋입니다. 둘은 저택 밖에서 수류탄과 유탄을 쏘아서 저택을 완전히 파괴한 후에 한 놈이 집 안으로…….”

“그놈이 제임스였단 말이지?”

“2층에 있던 파킨스가 목격했다고 합니다. 파킨스도 놈이 던진 수류탄에 맞아 중상입니다.”

“세 놈이 열넷을 해치웠단 말이냐?”

스파이크가 이 사이로 말했을 때 선실 안은 숨소리도 들리지 않았다. 붕대를 감은 사내는 롱비치의 저택을 경비하던 부하 중 한 명이다. 경비 책임자와 차석, 그리고 서열 3위까지 다 죽고 중상을 입어서 말단 중의 하나가 보고를 하고 있는 것이다.

“좋아, 나머지는 TV에서 듣기로 하지.”

스파이크가 어깨를 늘어뜨리면서 말했으므로 선실의 긴장이 잠깐 풀렸다. 숨을 뱉는 소리도 났고 몸을 움직이기도 했다. 스파이크가 턱짓으로 둘을 내보내더니 옆에 앉은 사내에게 물었다.

“럭키바에서는 몇 놈이었지?”

“셋이 쳐들어왔다고 들었습니다만…….”

언뜻 대답했던 사내가 스파이크의 표정을 보더니 말을 이었다.

“그쪽 감시실이 수류탄을 맞아서 자료가 다 타버렸습니다. 그래서 몇 놈인지 정확하게는…….”

그러나 럭키바의 사무실에서 댄서를 불러들여 이상한 짓을 하고 있던 스파이크의 동생 알렉스는 창자가 터지는 중상을 입었다.

아랫도리도 못쓰게 될 것 같다고 했다.

럭키바는 수류탄을 맞은 후에 화재까지 일어나 전소되었다. 경비원은 둘이 죽고 다섯이 중상을 입었는데 그중에 알렉스도 낀 것이다. 그때 잠자코 옆에 앉아 있던 사내가 입을 열었다.

"제임스가 캐시를 끌고 간 건 인질 교환을 하려는 겁니다. 본인이 나타난다는 말이죠."

사내가 정색하고 스파이크를 보았다.

"그때 놈을 잡읍시다, 스파이크."

스파이크는 어금니를 꾹 문 채로 대답하지 않았다. 하룻밤 사이에 아끼던 저택과 자금줄인 영업장이 사라져버린 것이다.

도이는 눈을 떴다. 차이나타운의 변두리에 위치한 이 3층 건물은 지난달 시 당국에 의해 철거되다가 말았는데 아직 1층과 지하실은 쓸 만했다. 전기는 끊겼지만 수도가 나온다.

무슨 까닭인지 당국은 판자로 울타리까지 만들어놓고 철수했으므로 토미 일당에게는 신이 내려주신 숙소나 다름없었다. 도이가 상반신을 일으키자 창가의 의자에 앉아 있던 토미가 말했다.

"도이, 준비했다."

토미는 도이보다 한 살 위인 열다섯이었지만 키는 5센티미터쯤 작다. 그러나 야수 같은 근성이 있는 데다 머리도 좋았으므로 도이가 빠져나가자 자연스럽게 무리의 리더가 되었다. 침대에서 일어난 도이가 창가의 테이블로 다가섰다.

"음, 굉장한데."

도이가 눈을 가늘게 뜨고 감탄했다. 테이블 위에는 권총이 10여 정, 탄알이 장전된 탄창이 수십 개. 거기에다 수류탄까지 10여 발이 놓여 있었던 것이다.

"난 이놈이 마음에 들더라고."

권총 중에서 미군용 베레타 92F를 집어든 도이가 무게를 재듯이 위아래로 흔들어보았다.

"묵직해서 좋아."

"이거 다 사는 데 3,000불이나 들었어. 맥그리거 그놈이 바가지 씌운 것 같아."

토미가 말하자 도이는 머리를 저었다.

"돈은 뺏으면 돼, 토미."

"도이."

정색한 토미가 도이를 보았다. 작고 검은 눈이 똑바로 도이에게 향해져 있다.

"어쩌려고 이러는 거야?"

"전쟁."

도이가 짧게 말하자 토미가 입술만 달싹이며 물었다.

"누구하고?"

"스파이크 갱단."

"스파이크 갱단?"

토미가 눈을 치켜떴다.

"아니, 왜?"

"내 원수거든."

도이가 테이블 위에 놓인 권총 중에서 스미스앤 웨슨 한 자루를 더 집어 들었다. 그러고는 탄창을 챙겼다.

"다 죽일 테다, 그놈들 가족까지."

"도이, 다시 돌아와줘서 기쁘긴 한데……."

토미가 조심스럽게 말했다.

"우리 힘으로는 어렵지 않을까? 이것만 가지고 말이야."

턱으로 테이블 위의 무기를 가리킨 토미가 도이를 보았다.

"그리고 애들이 따를지 모르겠다."

"놈들이 내 할머니를 죽였어."

이 사이로 말한 도이가 스미스앤 웨슨의 총구를 옆쪽의 벽에 대고 겨누었다. 한쪽 눈을 감고 겨냥을 한 채 도이가 말을 이었다.

"내가 처음으로 정을 느낀 할머니였는데 놈들이 쏴 죽이고 끌고 갔다."

"그, 그놈들이 스파이크 갱단이라고?"

"그래."

총을 내린 도이가 토미를 보았다. 어느덧 눈이 충혈되어 있었다.

"당분간은 우리 일곱 명이 뛰겠지만 우리 뒤에 내 형이 있어."

"네 형이라니?"

"할머니의 아들."

자르듯 말한 도이의 눈이 반짝였다.

"그 형도 지금 놈들한테 보복을 하는 중이야. 이틀 전에 롱비치의 저택 폭파 사건도, 5번가의 럭키바가 타버린 것도 모두 그 형의 짓이지."

도이가 상기된 얼굴로 말을 이었다.

"우리는 별도로 행동한다. 놈들은 동양인 꼬마쯤은 의심하지 않을 거야. 우습게 보겠지. 그럼 놈들의 뒤에 가서 머리에다 몇 방씩 먹이는 거야."

"몬테넬로가 돌아왔어."

방으로 들어선 머빈이 말했다.

오전 11시 반, 창밖의 하늘에는 구름 한 점 보이지 않았고 햇살이 환했지만 방 안 분위기는 무겁고 어두웠다. 제임스의 시선을 받은 머빈이 말을 이었다.

"몬테넬로가 다 뱉어냈겠지."

"아마 재산을 다 빼앗겼는지도 모르지."

안쪽 의자에 앉아 있던 후안이 말했다.

"스파이크가 정보만 빼내고 그냥 돌려보낼 놈이 아냐."

제임스가 머리를 끄덕였다.

몬테넬로는 스파이크와 제임스 양쪽에 정보를 준 셈이었다.

아마 제임스한테 무엇을 알려주었는지까지 다 자백을 했을 것이다.

"FBI가 몬테넬로 납치 사건을 본격적으로 수사하니까 살려 보낸 거야."

머빈이 말했을 때였다.

전화벨이 울렸으므로 셋은 긴장했다.

머빈의 바지 주머니에 넣은 핸드폰이다.

28

"여보세요."

핸드폰을 귀에 붙인 머빈이 응답하더니 제임스를 향해 눈짓을 했다.

기다리고 있었던 전화였다.

머빈이 통화를 하는 동안 제임스는 시선을 돌려 다시 창밖을 보았다. 이곳은 코리아타운의 중심지로 골목만 벗어나면 번화가가 나온다. 방 안에는 한동안 머빈의 응답소리만 들리더니 이윽고 통화가 끝났다.

"오늘밤 12시."

제임스 앞으로 다가온 머빈이 말했다.

"말리부비치 위쪽 해변에서 교환하자는데."

그러고는 머빈이 얼굴을 일그러뜨리며 제임스를 보았다.

"마이린만 데리고 나온다는 거야."

그러자 방 안에는 한동안 정적이 덮여졌다.

닫힌 창밖으로 희미하게 경찰차의 경고음이 울렸다가 끊겼다.

마이린만 데리고 나온다는 것은 곧 어머니 도이 무앙은 살아 있지 않다는 의미였다.

무앙은 이미 시체가 되어서 처리했기 때문일 것이다.

머빈은 그 침묵이 자신의 책임인 것처럼 안간힘을 쓰듯이 다시 말을 이었다.

"놈들은 내가 묻지도 않았는데 어머니를 데려오지 않았다고 했어."

"……."

"그리고 놈들은 인원이나 조건 같은 것을 내걸지 않았어. 12시에 말리부비치 위쪽 해변으로 나와 다시 연락을 하자는 거야."

"나가야지."

그렇게 말한 것은 후안이다.

후안이 매어 있는 목을 헛기침으로 풀더니 말을 이었다.

"나가서 모조리 죽이는 거야."

"이봐."

눈을 치켜뜬 머빈이 후안을 노려보았다.

"마이린마저 어떻게 할 작정이냐?"

그랬다가 제임스의 눈치를 보더니 어깨를 늘어뜨렸다.

그때 제임스가 말했다.

"놈들은 저 여자는 상관하지 않을 거다."

둘의 시선을 받은 제임스가 이 사이로 말을 이었다.

"저 여자가 어떻게 되건 우리를 잡으려고 할 거야."

"그래."

머빈이 머리를 끄덕였다.

"저 여자는 스파이크하고 헤어질 예정이라고 했어. 스파이크가 찬 것이지."

"그렇다면……."

이맛살을 찌푸린 후안이 제임스를 보았다.

"우리가 불리하잖아? 마이린을 빼 내려면 저 여자를 내세워야 할 텐데 말이야."

"그래도 나가야돼."

길게 숨을 뱉은 제임스가 둘을 번갈아 보았다.

"마이린은 나올 테니까 말이야."

맞는 말이다.

그러나 후안과 머빈은 얼굴을 굳힌 채 입도 열지 않았다.

오후 12시가 넘으면 유니언 역 근처의 블루 카페는 점심 손님들로 혼잡하다. 카페 이름은 본래 프랭크 앤 처치 레스토랑이었지만 간판 앞쪽이 떨어져서 앤 처치로 남아 있었는데 사람들은 그냥 블루 카페로 부른다.

카페 벽과 창문이 온통 하늘색으로 칠해져 있기 때문인데 그것도 오래되어서 오염된 하늘색이었다. 로이드 김이 카페 안으로 들어섰을 때는 오후 1시 12분, 약속 시간보다 12분 늦었다.

"늦었습니다."

쓴웃음을 지은 로이드가 주머니에서 손수건을 꺼내더니 이마의 땀을 닦는 시늉을 했다. 루스는 로이드와 만나면서 장소를 세 번이나 바꾼 것이다.

"미안해 로이드."

루스가 차분한 시선으로 로이드를 보며 말했다.

"내 상황을 알고 있을 테니까 이해해줘."

"압니다, 루스."

다가온 종업원에게 커피를 시킨 로이드가 말을 이었다.

"하지만 염려하지 마세요, 루스. 내가 당신을 만나는 건 아무도 모르니까요."

“미안해.”

낮게 말한 루스가 주위를 둘러보았다. 출입구를 향하고 앉아 있어서 오가는 손님들은 다 보인다. 유리벽 밖으로 햇빛이 환하게 비친 인도와 차도도 다 드러나 있다.

“여기.”

로이드가 재킷 주머니에서 접혀진 서류를 꺼내 내밀었다

“제임스 호에 대한 기록은 남아 있지 않았습니다. 이번 사건이 터지고 나서 내려온 제임스 호의 신상명세와 작전 지시는 복사 해 왔습니다.”

“그럴 줄 알았어.”

머리를 끄덕인 루스가 서류를 받았다.

“제임스는 비밀 작전에 투입된 용병이었어. 정식 작전이 아니었기 때문에 기록이 없는 것이지.”

“크리스 하든의 기록도 없습니다.”

“당연하지.”

다시 머리를 끄덕인 루스가 권총을 들어 겨누었으므로 로이드는 숨을 멈췄다.

“퍽! 퍽! 퍽!”

세 발, 로이드는 바로 눈앞의 권총 총구에서 총탄이 발사되는 것을 보았다. 직선거리로 20센티미터밖에 안되었다. 물론 총구는 비스름히 옆쪽을 향해 있었기 때문에 로이드가 다 볼 수 있었던 것이다.

다음 순간 카페 안은 아수라장이 되었다. 먼저 옆 좌석의 방정맞은 중년 여자가 돼지 잡는 것 같은 비명을 내질렀고 또 그 옆쪽은 손님들이 바닥에 엎드리다가 의자와 테이블까지 뒤집혀 버렸다.

도망가는 사람, 엎드려 엉덩이만 내밀고 있는 사람, 그러나 아무도 루스에게 대들지는 않는다.

"루스."

로이드가 입술만 달싹이며 불렀다. 그러나 로이드는 그대로 앉은 채였고 뒤를 돌아보지도 않았다. 카페 안에 가만 앉아 있는 사람은 로이드뿐이다. 루스는 권총을 쥔 채 서 있었으니까.

"나하고는 상관없는 일이요, 루스."

로이드가 다시 말했을 때 루스는 머리를 끄덕였다.

"로이드, 무기를 가지고 있지?"

"예, 루스."

"탁자 위에 꺼내놔."

그러자 로이드가 겨드랑이에 차고 있던 권총 홀더에서 베레타를 조심스럽게 풀어 탁자 위에 놓았다.

"안녕, 로이드."

베레타를 쥔 루스가 뒷걸음으로 두 발 딛더니 옆쪽 화장실로 다가갔다. 그러고는 곧 모습을 감췄다. 그제야 로이드는 몸을 돌렸다. 그러자 사내 둘이 출입구에 쓰러져 있는 것이 보였다. 요원이다.

"되는 일이 없군."

30분쯤 후에 현장에 도착한 시드니 워드가 말했다. 혼잣소리처럼 말했지만 바로 앞에 로이드가 서 있었으니 들으라고 한 말이나 같다. 블루 카페에서 사살된 요원 둘은 정규 요원이었다.

신분증도 소지한 상태인 데다 경찰이 먼저 와서 증거를 다 확보한 터라 덮을 수도 없다. 시드니가 시선을 들고 로이드를 보았다.

"넌 권총을 빼앗겼다고?"

"예, 시드니 씨."

"할 수 없군."

입맛을 다신 시드니가 옆에 선 보좌관에게 말했다.

"목격자가 열 명도 넘게 확보된 상태라 어쩔 수가 없어."

시드니의 시선이 카페 입구에 서 있는 서너 명의 사내들을 스치고 지나갔다. FBI다. 그들도 경찰 간부들과 수군거리다가 마침 이쪽에 시선을 주는 중이었다.

"루스 해밀턴이 제임스 호하고 내통하는 사이였다고 말해."

시드니의 시선이 로이드에게로 옮겨졌다.

"둘은 반역자야. 루스 해밀턴은 직위를 이용해서 부정한 거래를 한 혐의가 있다고. 내 말 알아들어? 로이드?"

"예, 시드니 씨."

긴장한 로이드가 대답하자 시드니는 다짐하듯 말을 맺었다.

"그것까지만 말해. FBI 놈들한테는 외부로 유출시키지 말아달라고 정식으로 협조 요청을 할 테니까."

그때 힐끗거리던 사내들 중에서 대머리 사내가 휘청거리며 다가왔다. 모리스 해드, FBI 지부장 대리, 시드니와는 안면이 있는 사이지만 친하지 않다. 아니, 친할 이유가 없는 사이였다.

"어이, 시드니 씨."

34

다가선 모리스가 셋을 훑어보며 웃었다.

"자, 말은 다 맞추셨겠지? 그럼 저분을 모시고 가야겠는데……."

모리스가 로이드를 눈으로 가리켰다.

"척 보니까 한국계이신 것 같은데. 제임스하고는 친척되시는가?"

"이봐요, 모리스."

혀를 찬 시드니가 모리스를 불렀다.

"진술 다 할 테니까 오후에는 보내줘요. 바쁘니까."

"어련하시겠어."

쓴웃음을 지은 모리스가 옆쪽에 선 경찰 간부에게 눈짓을 하더니 혼잣소리처럼 말했다.

"동양 속담에 가랑비에 옷 젖는다는 말이 있어, 그것은 곧……."

"멍청한 소리 그만하고 모리스 씨."

정색한 시드니가 모리스를 노려보았다.

"우리 일에 신경을 껐으면 좋겠어. 그 잘난 경력이 끊이지 않으려면 말이야."

"요즘 LA가 전쟁터가 된 건……."

경찰 간부와 로이드가 사라지는 것을 힐끗 거리면서 모리스가 말을 이었다.

"CIA 내부의 문제가 터졌기 때문이라는 소문이 있어."

"소문?"

시드니가 모리스 앞으로 한걸음 다가가 섰다. 코가 부딪힐 정도는 아니지만 바짝 붙어 서서 이마로 받을 것 같은 기세였다.

"소문 따위로 국가 기관의 명성에 흠칠을 하겠단 말인가? 그것도 같은 기관원 신분으로 말이야. 당신, 반역 행위를 하고 있는 것 같은데……."

"누가 할 소리를."

모리스도 눈을 치켜뜨고 으르렁거렸다.

"구체적인 증거가 나오면 어쩔 셈이야? 그리고 요즘 일어나는 대형 살인사건은 어떻게 수습할 건데? 모두 너희들하고 관련이 없다고 할 거야? 우리는 너희들이 싸갈긴 오물 뒤치다꺼리나 하는 청소부들이냐?"

코코 파드미는 스파이크의 수금책으로 악명을 떨치고 있었지만 이번 전쟁에서는 한 발짝 비껴선 입장이었다.

스파이크의 조직은 대부분 점조직 형태로 운용되어서 수금책이 공급책을 모를 때도 있다. 수시로 바뀔 뿐만 아니라 때로는 택배로 배달이 되기 때문에 윗선이 없다.

코코는 스파이크 조직의 간부급이면서도 간부 중에 얼굴 마주친 놈은 몇 놈 안 되었다. 다른 놈들도 마찬가지일 것이다. 그래서 이번 전쟁의 심각성은 피부에 닿지 않았었다.

제임스 호나 그 애인이라는 동양계 여자를 찾으라는 현상 수배가 걸렸을 때도 수하의 수금원들을 독촉했을 뿐 본인이 나서지는 않았다.

제임스 호가 스파이크의 헤로인과 현금을 털어 갔다는 것이 흥미롭기는 했지만 제 일처럼 느껴지지 않았던 것이다.

그러나 이번에 롱비치의 저택이 폭파되고 스파이크 동생이 운영하는 럭키바가 홀랑 타버리는 사건이 일어난 후부터 코코는 긴장했다. 롱비치 저택에서 수류탄 폭발로 죽은 사촌동생 부스라의 영향도 있다.

파키스탄인 아버지와 멕시코인 어머니 사이에서 태어난 코코는 5형제 중 장남으로 사촌도 열두 명이나 있다.

스파이크 조직의 수금원으로 채용된 코코는 곧 실력을 인정받아 간부로 승진했고 그것이 가문 번영의 기반이 되었다.

코코는 사촌 네 명을 스파이크 조직의 경비원으로 동생 둘은 수금원으로 추천했는데 이번에 죽은 부스라는 운이 없게도 넷째 삼촌의 외아들이었다.

"코코, 저녁에 나갈 거야?"

비대한 몸을 기우뚱거리며 다가온 아내 마리아가 묻자 코코는 씹던 스파게티를 삼켰다. 결혼 7년째가 되었지만 마리아는 아직 아이를 낳지 못했다.

결혼 전에는 신장 165에 체중 70킬로그램이어서 통통한 체격을 좋아하는 코코에게 딱 맞는 체형이었지만 지금은 아니다.

체중이 110키로나 되는 것이다. 그래서 섹스를 포기한 지가 2년 가깝게 된다. 그곳에 살이 덮여 들어갈 수가 없기 때문이다.

"응, 회의야."

외면한 채 말하자 마리아가 조심스럽게 앞쪽 의자에 앉았다. 철

퍼덕 앉았다가 의자를 세 개나 부쉈기 때문이다. 지금은 철체 의자로 사다 놓았지만 함부로 앉으면 쇠라도 구부러질 것이다.

"그럼 언제 돌아오는데?"

마리아가 정색하고 다시 물었으므로 코코는 이맛살을 찌푸렸다. 이 돼지가 왜 이러는지를 아는 것이다. 마리아는 지난주부터 집요하게 섹스를 요구했다.

체위를 바꾸면 가능하다는 것이다. 그런데 체위가 어쨌든 그놈이 일어나야 될게 아닌가?

마리아의 벗은 몸을 보면, 특히 밀가루를 뭉쳐 놓은 것 같은 아래쪽을 보면 잠깐 일어났던 고추가 다시 죽어버리는 것이다.

그것도 한 번이 아니고 벌써 열댓 번이다. 이쪽은 시간이 지날수록 더 징그럽고 정나미가 떨어져서 아예 일어나지도 않는데 마리아는 점점 더 열을 낸다. 어제 저녁은 마치 미친 것처럼 연장을 주물거리며 난리를 쳤다.

"오늘은 돌아오지 못할 거야."

코코의 입에서 불쑥 그렇게 말이 뱉어졌다. 오후에 스파이크는 조직원 비상대기 지시를 내렸지만 수금책 코코는 별로 할 일이 없다. 지금 전쟁을 치루는 것은 행동대인 것이다.

경비원 조직이 돕지만 행동대가 주역이다. 그러자 마리아가 눈을 흘겼다.

"다 알아. 그것 안하려고 그러지?"

"지금 부스라가 죽어서 작은집은 난리인데……."

눈을 치켜뜬 코코가 마리아를 노려보았다. 그 순간 화가 솟구쳤으므로 버럭 소리쳤다.

"야, 널 보고 설 미친놈이 어디 있겠어?"

지금까지 차마 뱉지 못했던 말이었다. 뱉고 난 코코가 아차 했지만 이미 늦었다.

"이 더러운 인도 놈."

격분한 마리아가 앞에 놓인 야채 그릇을 집어 들었다. 마리아는 화가 났을 때 코코를 인도 놈이라고 욕을 했는데 그것이 가장 큰 욕인 줄 아는 모양이었다.

코코가 자신은 파키스탄계이며 인도 쪽이 아니라고 한 적이 없었기 때문이다. 대신 인도 놈이 욕을 얻어먹도록 뇌두사는 심보가 있긴 했다. 코코가 반사적으로 야채 그릇을 막으려고 한 손으로 머리를 가리면서 소리쳤다.

"너, 던지면 죽어!"

그러고는 눈을 치켜떴을 때 마리아가 야채 그릇을 치켜들고 주춤 하는 것을 보았다. 성질이 나면 그릇 던지는 건 밥 먹듯이 해온 여자가 오늘은 별일이다 싶었지만 코코가 목소리를 높였다.

"내려놔!"

얼굴을 가렸던 팔을 내리고 마리아를 똑바로 보았던 코코는 이맛살을 찌푸렸다. 마리아의 시선이 뒤쪽으로 향해 있었기 때문이다.

정확하게 말하면 눈의 초점이 뒤쪽에 닿았다. 그때 마리아가 야채 그릇을 내려놓았고 코코가 머리를 돌려 뒤쪽을 보았다.

"어엇!"

놀란 외침이 코코의 입에서 터졌고 그때서야 마리아가 날카롭게 외쳤다.

"너희들 누구야!"

아이들 네 명이 서 있는 것이다. 그것도 동양계 꼬마들이다. 남루한 옷을 걸친 넷은 모두 키가 150센티미터 안팎으로 보였는데 순간 코코의 머릿속에 1년쯤 전에 차이나타운에서 본 중국 서커스단 무대가 떠올랐다.

저만 한 꼬마들이 무술 시범을 보인다면서 펄떡펄떡 뛰었다.

"이 자식들이 어떻게 들어왔지?" 하면서 코코가 벌떡 일어섰을 때였다. 네 꼬마는 일제히 바지춤에서 권총을 빼 들었는데 총구에 모두 소음기까지 끼워져 있는 것이 아닌가? 그것을 본 코코가 턱을 치켜들고 웃었다.

갑자기 웃음이 터져나온 것이다. 총을 빼드는 서툰 동작도 그렇고 소음기까지 끼워져 길어진 권총 무게에 힘들어하는 것도 그렇다. 그리고 무엇보다도 표정들이 가관이었다. 어색했고 불안한 표정들이다.

"하, 이런 꼬마 놈들이, 야." 하고 코코가 한걸음 다가섰을 때였다.

"코코! 조심해!"

마리아가 꽥 소리쳤다.

"애들이라고 함부로 대하지 말란 말이야!"

"시끄러!"

애들을 노려본 채 코코가 으르렁거렸다. 고함을 지르고 나니까 이제는 화가 무럭 솟아올랐다.

"이놈의 새끼들! 여기가 어디라고! 안 나갈 테냐!"

그때였다. 왼쪽 끝에 서 있던 애가 빙그레 웃었으므로 코코가 주춤했다. 좀 어색한 표정을 짓고 있던 애였는데 넷 중 키가 가장 컸다.

"앉아."

애가 총구를 위 아래로 흔들면서 낮게 말했다. 애들한테서 처음 터진 말이었다. 막 변성기를 시작한 목소리로 애가 말을 이었다.

"두 번 말했다. 앉아."

그러더니 흔들거리던 총신이 딱 멈췄디. 고코는 애의 눈을 똑바로 보았다.

"코코, 앉아."

뒤에서 마리아가 그렇게 말하지 않았다면 코코는 그냥 앉았을지도 모른다. 그러나 마리아의 목소리를 들은 순간 코코가 눈을 치켜떴다.

"너희들, 장난 말고 나가!"

코코가 소리친 순간이었다. 애가 쥔 총의 총구에서 둔탁한 총성이 울리더니 코코의 입에서 신음이 터졌다. 이어서 마리아가 비명을 질렀다.

코코는 무릎을 움켜쥐고 이를 악물었다. 그러나 고통을 참을 수 없었으므로 마침내 의자와 함께 방바닥에 뒹굴었다.

"아아악!"

다시 마리아가 비명을 질렀을 때 애가 권총을 마리아를 향해 겨녔다. 그 순간 코코가 애의 눈을 보더니 소리쳤다.

"그만! 그만!"

코코도 조직에 있는 터라 살인자로 소문이 난 두어 명을 안다. 직접 살인하는 장면은 보지 못했지만 그놈들의 눈을 보면 믿을 수가 있었던 것이다. 살인자의 눈은 달랐다. 그런데 지금 이 애의 눈이 바로 그들과 닮은 것이다.

"살려줘, 내가 시키는 대로 할게."

코코가 헐떡이며 소리치더니 머리를 돌려 마리아를 보았다. 마리아는 일어서 있었는데 두 주먹을 움켜쥐고 반쯤 입을 벌렸다. 돼지 잡는 소리가 터져 나올 것 같은 표정이다.

"마리아! 앉아! 제발!"

코코가 필사적으로 외쳤을 때 마리아가 주저앉았다. 그런데 철제 의자가 부서졌는지 휘어졌는지는 모르지만 요란한 소리와 함께 마리아는 방바닥으로 뒹굴었다. 그때 애가 말했다.

"저 돼지를 묶어. 입에다 밴드 붙이고."

그러자 애 세 명이 우르르 마리아에게 몰려갔다.

"놔! 놔!"

마리아가 소리쳤다가 어딘가를 얻어맞은 모양이었다. 비명소리가 들리더니 바시락대는 소리만 났다. 마리아도 이제 겁을 먹은 것이다. 그때 권총을 쥔 애가 한걸음 다가와 코코를 보았다.

"네가 코코지?"

총알이 박힌 무릎의 고통으로 머리끝이 곤두서는 것 같았지만 코코는 대답 안 할 수가 없다.

"그, 그래."

고통과 함께 코코의 긴장감은 더 높아졌다. 놈들은 뜨내기가 아니다. 알고 찾아온 놈들이다. 그렇다면.

"스파이크의 수금책 중 하나. 그렇지?"

다시 애가 물었을 때 코코는 대답대신 먼저 신음을 뱉었다. 무릎에서는 피가 솟아나와 이미 바지를 흠뻑 적셨다. 무릎 뼈가 박살이 났으니 병신이 되는 것은 당연했다. 그러나 애의 시선을 받은 코코가 머리를 끄덕였다.

"그래, 맞아, 하지만……."

코코가 말을 이으려고 할 때 애기 머리를 저었다.

"묻는 말만 대답해, 새끼야."

그러더니 총구를 코코의 성한 다리에다 겨누었다.

"난 두 번 묻지 않는다. 한 번에 대답해."

애가 코코의 시선을 잡고는 빙그레 웃었다. 그 순간 코코의 등이 서늘해졌다. 공포감이다.

"한 번에 대답 안하면 그냥 쏠 거다. 자." 하고는 애가 물었다.

"스파이크는 지금 어디 있어?"

"그건 정말 몰라."

코코가 간절한 표정과 목소리로 대답 했을 때였다.

"퍽!"

총성, 코코는 외마디 비명을 지르면서 성했던 다리를 부둥켜안았다. 이번에는 무릎 밑의 뼈를 맞았다.

"아이구!"

그때 뒤쪽에서 억눌린 신음과 함께 식탁이 흔들렸다. 묶인 채 눕혀 있던 마리아가 발버둥을 치는 것 같았다. 그러자 애가 다시 총을 겨누면서 말했다.

"자, 그럼 스파이크가 있을 만한 곳을 대라. 만일 딴 곳을 불면 네 와이프가 여기서 너처럼 당할 테니까 말이야."

애가 총구를 마리아에게 겨누었다.

"어서 대, 코코. 있을 만한 곳을."

"제임스, 그것만으로는 부족해요."

루스의 목소리는 낮았지만 또렷했다. 저녁 7시 반이 되어가고 있어서 아래쪽 해안도로는 퇴근하는 차들로 가득 차 있었다. 주위 는 이미 어둡다.

길게 이어진 차량의 후미등이 마치 붉은 띠를 풀어놓은 것 같 다. 바닷바람에 루스의 옅은 향내가 스치고 지나갔다.

"그리고 증거가 갖춰졌다고 해도 언론이 보도해줄지 확신할 수 없어요. 국익이란 기준이 법보다 우선이거든."

그러고는 루스가 희미하게 웃었다. 바람결에 머리칼이 이마 위 에 엉켰으므로 루스가 손으로 쓸어 올렸다. 그때 다시 향내가 맡 아졌다.

이곳은 말리부비치에서 10킬로미터쯤 위쪽의 해변이다. 바위 투성이 지역이어서 근처에는 건물 한 채 보이지 않았지만 해안이 먼 쪽까지 보인다.

루스의 시선이 잠자코 바위 위에 앉은 제임스를 스치고 지나갔다. 제임스의 목에는 커다란 스코프가 매달려 있었는데 암시장치까지 부착되어 있다.

"제임스."

루스가 말을 이었다.

"오늘밤 도와주고 싶어요. 내가 할 일을 말해준다면……."

"고맙지만……."

머리를 저은 제임스가 옆에 놓인 백을 손바닥으로 두드렸다. 검정색 방수 천으로 덮인 백은 묵직했다.

"이것만으로도 충분해요, 루스."

그러고는 제임스가 외면했다.

"루스, 내 어머니 시신을 찾으면 베트남으로 갈 작정이요. 어머니 고향을 찾아서 묻어야지."

"……."

"어머니는 원하지 않았겠지만 여기에 묻지는 않겠어. 고향에 묻어서 다시 그곳에서 태어나 정말로 행복한 인생을 사시도록 해야 돼."

"……."

"어머니는 인간의 영혼은 다시 태어난다고 믿고 계셨죠. 그래서 현재의 고통을 견디셨는데……."

"제임스."

루스가 말을 막았다. 다시 머리칼을 쓸어 올린 루스가 말을 이었다.

"어머니는 아직 살아 계실지 몰라요. 아직 그렇게 생각하기는 빠릅니다.”

“집에 같이 있던 애가 들었어요.”

머리를 저은 제임스가 루스를 보았다. 어둠속에서 제임스의 눈이 번들거렸다.

“놈들은 어머니한테 총을 쏘았고 어머니의 신음까지 들었습니다.”

그러더니 제임스가 어깨를 늘어뜨리면서 길게 숨을 뱉었다.

“루스, 장비 고맙습니다.”

다시 감사를 표한 제임스가 손목시계를 보는 시늉을 했으므로 루스가 말했다.

“제임스, 일 끝나면 연락 주세요.”

“그러지요.”

“당신이 어떻게 되면 난 난처합니다. 증인이 사라지게 되거든요.”

“당신을 위해서라도 살아남지요.”

그러자 쓴웃음을 지은 루스가 자리에서 일어섰다. 주위는 더 어두워져서 루스가 한걸음 옆으로 내딛자 윤곽만 드러났다.

“제임스, 그럼 다시 봐요.”

아래쪽으로 내려가면서 루스가 말했다. 그러고는 금방 어둠속에 묻혔다. 제임스는 백을 쥐고 일어섰다. 백이 무거웠으므로 힘들게 어깨에 맨 제임스는 조심스럽게 아래쪽으로 내려가기 시작했다.

루스가 내려간 방향과는 반대쪽이다. 거친 바위 사이를 조심스럽게 내려온 제임스가 가쁜 숨을 고르면서 주위를 둘러보았다.

　파도가 바위에 부딪치면서 일으킨 물보라가 제임스를 덮쳤다. 제임스는 곧 바위에 매어진 채 흔들리는 고무보트를 보았다.

　'살아갈 희망이 없다.'
　로프를 당겨 고무보트를 끌어오면서 제임스의 머리에 떠오른 생각이다.
　'내가 지금까지 어떤 목표를 품고 살아왔던가?'
　머릿속에 불쑥 그 의문이 떠올랐다. 끌려온 고무보트가 파도를 맞아 기우뚱거리다가 겨우 중심이 잡혔다. 제임스는 보트 안에 백을 던져 넣었다.
　무게가 50킬로그램이 넘는 백이 중심 추 역할을 해서 고무보트는 안정되었다. 보트에 뛰어오른 제임스가 바위를 두 손으로 짚고는 파도가 밀려오기를 기다렸다.
　곧 파도가 밀려왔고 몸을 굳히면서 버틴 제임스는 다음 순간 바위를 힘껏 밀었다. 보트가 썰물을 타고 5미터쯤 바다로 밀려갔을 때 제임스는 보트 뒤쪽에 꺾인 채 안에 눕혀진 엔진을 제대로 놓았다.
　그러고는 힘껏 엔진의 시동 레버를 당겼다. 엔진이 걸린 순간 제임스는 키를 돌렸다. 바로 그때 파도가 밀려왔지만 스크루의 회전을 받은 보트는 옆으로 나아갔다.
　그러나 앞은 또 바위, 와락 키를 꺾었을 때 바위가 보트의 옆을 치고 지나갔다. 그 순간 다시 썰물이 되었지만 보트의 앞머리는 바다 쪽으로 돌려졌다. 그러고는 썰물과 함께 전속력으로 바다를 향해 달려 나갔다.

"내 꿈은 어머니를 행복하게 해드리는 것이었다."

겨우 한숨 돌린 제임스가 검은 바다를 향해 나아가면서 생각했다.

파도소리가 희미해지면서 가벼운 엔진 음이 울렸다. 한국산 60마력 보트 엔진은 특수부대용으로 제작되어서 소음이 적다.

"어머니한테 자랑스러운 아들이 되는 것이었지."

제임스의 생각이 이어졌다.

"베트남에서 미국까지 흘러 들어와 오직 두 자식만을 희망으로 삼고 지내온 내 어머니."

그 순간 이를 악문 제임스가 앞에 놓인 백의 지퍼를 열었다. 해변은 파도가 거칠게 부딪혔지만 멀어질수록 바다는 잔잔해졌다. 제임스는 가방에서 하나씩 장비를 꺼내 보트 바닥에 내려놓았다.

먼저 비닐 백에 분해 상태로 넣어진 소총이 나왔다. 그 유명한 러시아제 드라구노프 저격 총이다. 소음기에 야간용 스코프까지 부착되어 있었는데 루스는 LA의 총기 밀거래상한테서 이 보물을 구해주었다.

소총을 결합하면서 제임스는 문득 머리를 들었다. 얼굴도 잊은 아버지가 떠올랐기 때문이다. 어릴 적에 몇 번 사진을 본 적이 있었지만 어느새 주변에서 사라졌다.

사진첩에는 물론이고 어머니의 소지품에도 끼어 있지 않은 것이다. 물론 제임스는 말할 것도 없고 마이린도 아버지를 찾지 않았다. 어머니의 아픔을 알기 때문이다.

사이공이 함락되던 날 금방 돌아온다고 해놓고는 도망쳐버린 아버지, 한국인 한주영. 잊으려고 애를 쓸수록 더 머릿속에 깊게 박혀지는 그 이름.

제임스는 머리를 들고 주위를 둘러보았다. 그러고는 보트의 방향을 남쪽으로 돌렸다. 팔에 찬 야광 방수 시계는 밤 8시 25분을 가리키고 있었다.

시간은 넉넉하다. 수평선 위로 불빛이 두 개 반짝이고 있었다. 배다. 하나는 여객선. 멀리 떨어져 있었지만 배는 휘황한 불빛을 품으며 남진하는 중이었다.

또 한 척은 요트, 선창에 불이 두 군데 비칠 뿐 지속으로 역시 남진한다. 드라구노프를 다 결합한 제임스가 스코프에 눈을 붙이고는 먼저 요트를 겨누었다.

목표가 그것뿐이었기 때문이다. 그러자 스코프의 아래쪽 야광침에 거리가 나타났다. 627미터, 배의 갑판이 환하게 드러났다. 어둠에 덮여 있었지만 로프도 보인다. 이쪽은 검은 바다로만 보일 것이었다.

밤 9시 10분, 후안이 운전하는 벤이 해안도로 근처의 마켓 주차장으로 들어섰다. 넓은 주차장은 차들로 가득 메워져 있었으므로 후안은 겨우 구석 자리에 벤을 주차시켰다.

"자, 여기 핸드폰이다."

후안이 운전석 옆의 가방에서 핸드폰을 꺼내더니 머빈에게 내밀었다.

"놈들이 위성 추적인지 뭔지 한다지만 난 내버리지 않을 거야."

핸드폰을 받아 쥔 머빈이 뚜껑에 적힌 번호를 유심히 보았다.

"좋아, 연락하고 올 테니까. 10분쯤 걸릴 거야."

머빈이 문의 손잡이를 쥐었을 때 뒤쪽 자리에 앉아 있던 캐시 그린이 입을 열었다.

"저기요, 저, 화장실에 가야 돼요."

"제길."

후안이 와락 눈을 치켜떴다.

"빌라에서 나올 때 화장실 갔잖아?"

"그건 1시간 전이라고요."

"1시간마다 나온다는 거냐?"

몸을 돌린 후안이 으르렁거렸다.

"거기다 싸, 옆에 콜라병 비우고."

"말썽 부리지 않을게요."

"닥쳐!"

그때 머빈이 후안에게 말했다.

"내가 데려갔다 오지."

"안 돼."

후안이 완강하게 머리를 저었다.

"저년 화장실 가는 건 계획에 없어. 제임스의 지시를 받아야 돼."

"제발요." 하고 캐시가 사정했을 때 후안이 옆에 놓였던 빈 종이컵을 집어던졌다. 종이컵은 엉뚱한 방향으로 날아가 유리창에 맞았지만 기세에 질린 캐시가 입을 다물었다.

"어서 다녀와."

후안이 아직도 문손잡이를 쥐고 있는 머빈에게 소리쳤다.

"저건 나한테 맡기고."

머빈이 머리를 끄덕이더니 문을 열고 밖으로 나갔다.

"더러운 노랭이 놈."

눈을 치켜뜬 캐시가 욕을 했다.

"네 놈들은 차 안이나 소파 위나 아무데라도 싸 갈기는 모양이구나."

"그래."

후안이 정색하고 머리를 끄덕였다.

"침대 위에서도 싸지."

캐시는 입만 봉하지 않았을 뿐 팔과 다리를 테이프로 묶어 놓았다. 팔을 뒤로 돌려 묶은 것은 후안의 짓이다. 거칠게 어깨를 들썩이던 캐시의 숨소리가 낮아졌을 때 차 안에는 무겁고 어색한 정적이 덮였다.

가끔 전조등 빛이 스치고 지났고 종이봉투를 안아든 남녀가 지났을 뿐 차 안에는 숨소리까지 들렸다. 후안이 앞쪽을 둘러보다가 시선을 들어 백미러에 대고 물었다.

"쌌니?"

"시끄러! 이 노랭이 변태야!"

캐시가 와락 소리쳤을 때 옆쪽 의자에 놓인 핸드폰이 울렸다. 후안이 서둘러 핸드폰을 귀에 붙였다.

"여보세요."

“후안 형.”

“어, 누구야?”

놀란 후안이 핸드폰의 발신자 번호를 그제야 확인했다. 모르는 번호였다.

“나, 도이야.”

“도이, 너 이 자식, 너 지금 어디야?”

“그건 알 것 없고.”

도이가 쌀쌀맞게 말했다.

“제임스 형은? 통화가 안 되는데……”

“전화기 바꿨다. 그런데 왜?”

“내가 스파이크 있는 데를 알아냈어.”

그러자 후안이 침부터 삼켰다.

“뭐라고? 네놈이?”

제임스는 핸드폰을 내려놓았다. 10분 전에 스코프의 초점을 맞췄던 요트, 저속으로 남진하는 바람에 앞질렀던 요트의 선수에 ‘드래곤’이라고 적혀 있었던 것이다.

보트의 엔진을 끈 제임스가 뒤쪽을 보았다. 밤바다에는 이제 10여 개의 불빛이 떠 있었는데 드래곤 호는 구분이 되지 않았다. 바다는 잔잔해서 보트는 가볍게 출렁이며 떠 있었다.

이것은 우연이 아니다. 자신이 바다에 떠서 목적지인 말리부비치로 다가가는 방법을 택한 것처럼 스파이크도 그것이 가장 안전하다고 생각했을 것이었다.

더구나 스파이크는 속력이 빠른 대형 요트를 소유하고 있는 것이다. 요트에서 지상의 부하들에게 지시를 하고 자신은 빠져 나간다. 이를 악문 제임스가 스코프를 눈에 붙이고 뒤쪽을 보았다.

시야에 배 세 척이 들어왔다. 그리고 맨 나중에 스코프에 뜬 것이 드래곤 호였다. 거리는 4킬로미터 가깝게 되었지만 이쪽으로 다가오는 중이다.

놈들의 목적지도 말리부비치인 것이다. 제임스는 보트의 엔진을 다시 켜고는 바다 쪽으로 달렸다. 요트의 위쪽에서 내려다볼 작정을 한 것이다.

1킬로미터쯤 심해로 나갔다가 다시 남쪽으로 보트를 돌렸을 때 드래곤 호와는 900미터 정도의 거리로 단축되어 있었다. 이제는 바다 쪽에서 해안선을 따라 항진하는 드래곤 호를 보는 것이다. 스코프에 드래곤 호의 선체가 비쳤다.

어느새 선실의 불은 다 꺼 놓아서 흰 선체만 보였는데 야광 스코프에는 난간의 손잡이까지 뚜렷하게 드러났다. 거리는 어느 사이에 700미터 정도로 좁혀져 있다. 제임스는 그 거리를 유지하면서 드래곤 호와 수평으로 달렸다.

말리부비치와는 8킬로미터쯤 떨어진 곳이었다. 손목에 찬 야광 시계가 밤 10시 15분을 가리키고 있었다. 이 속력으로 달리면 말리부비치까지는 11시면 도착할 것이었다. 제임스는 비닐 주머니에 넣은 핸드폰을 꺼내어 버튼을 눌렀다.

"나야."

발신자 번호를 체크한 머빈이 금방 대답했다. 지금 머빈은 후안과 함께 아직도 마켓 주차장에 머물고 있다. 물론 캐시 그린과 함께였다.

차 밖으로 나와 제임스에게 연락을 했던 머빈은 다시 떠나려다가 도이의 연락을 받고나서 계획을 바꾼 것이다. 계획대로라면 벤은 지금 제3목적지인 말리부비치 근처의 모텔 주차장에서 대기하고 있어야 했다.

"도이는?"

제임스가 묻자 머빈은 입맛부터 다셨다.

"글쎄. 그놈은 스파이크의 유람선만 알려주고 나서 바로 전화를 끊었어. 그런데 그 번호도 통화가 안 돼."

"……."

"후안이 네 전화번호를 알려주었다는데 아직 연락 안 온거야?"

"없어."

"그런데 그 배는 찾았어?"

"지금 옆에 있어."

그러자 머빈이 놀란 듯 잠깐 말이 끊겨졌다. 제임스가 말을 이었다.

"놈들한테 연락이 오면 모른 척하고 거래를 해."

"물론이지."

"전화 추적 조심하고, 놈들은 우리를 아예 없앨 작정이니까."

"알고 있어."

"캐시는?"

"후안하고 차 안에 있어."

통화를 끝낸 제임스가 다시 스코프로 드래곤 호를 보았다. 드래곤 호의 항진 속도가 조금 느려져서 어느덧 이쪽 보트보다 뒤로 쳐져 있었다. 엔진을 끈 제임스가 드라구노프를 움켜쥐었다.

이제 곧 놈들한테서 연락이 올 것이었다. 물론 지시는 바로 저 놈 드래곤 호에서 내린다.

10시 35분, 산타모니카 로스 아미고스 공원 뒤쪽의 제임스 앤 듀크 상사의 사무실 안. 테이블 위에, 소파에 어수선하게 모여 앉은 다섯 사내가 안쪽 사무실에서 나오는 사내를 보더니 긴장했다.

"자, 시간 되었다."

사내가 말하자 모두 자리에서 일어섰다.

"해변까지 1시간이면 충분할 거야." 하고 사내가 손목시계를 내려다보면서 말하고는 앞장을 섰다. 다섯 사내는 잠자코 뒤를 따른다. 사무실을 나와 엘리베이터 앞에 섰을 때 사내가 뒤에 선 누구한테 물었다.

"맥, 죠시한테 우리가 지금 출발한다고 전해."

"예, 보스."

사내 하나가 대답했다. 엘리베이터 문이 열렸으므로 그들은 안으로 들어섰다.

"빌어먹을."

어깨를 편 사내가 투덜거렸다.

"노랭이 한 놈 때문에 이거 웬 고생이야?"

사내의 이름은 마이크 터너. 스파이크 행동대 간부 중 하나이며 산타모니카 지역 책임자로 조직의 서열로 따지면 3위쯤 된다.

마이크가 단정하게 빗은 검은 머리를 손바닥으로 조심스럽게 쓸어 올렸다. 아니, 쓸어 올리는 시늉만 한 것이다.

"그럼 해변에는 세 군데에서 열다섯 명 정도가 모이겠군."

마이크가 말하자 뒤에선 누군가가 대답했다.

"예, 잠복조는 이미 배치되어 있으니까 노출된 것만 3개조입니다."

엘리베이터는 1층을 지나 지하층으로 내려가고 있었다.

"놈들이 몇이나 올까?"

마이크가 물었을 때 엘리베이터가 지하 2층에서 멈추더니 문이 열렸다. 지하 2층은 주차장이다.

"아마 많아야 서너 명이겠지요."

부하 하나가 대답했을 때 막 밖으로 발을 떼던 마이크가 이맛살을 찌푸렸다. 동양 꼬마 한 놈이 앞에 서 있었기 때문이다. 1미터 50센티미터도 안 되는 아이다.

그 순간이었다. 마이크는 와락 눈을 치켜떴다. 그 꼬마 좌우에서 나타난 꼬마 둘이 기관총을 쥐고 있었기 때문이다.

"아."

마이크가 외마디 외침을 뱉은 순간 총성이 울렸다.

"타타타타타타타타타타타타타."

이스라엘 제 우지다. 마이크도 쏴봐서 안다. 그러나 그것을 의식한 순간 마이크는 숨이 끊어졌다. 길이가 50센티미터도 안 되는데다 무게는 4킬로그램 정도, 그러나 발사 속도가 분당 6백 발이며 명중률도 우수하다.

두 정의 우지가 5미터도 안 되는 거리에서 그야말로 빗발처럼 쏟아졌고 마이크를 포함한 여섯 사내는 그 총탄을 다 맞았다.

미처 대항하거나 방비할 여유도 없이 다 맞은 것이다. 동양 꼬마들은 두 정의 우지가 탄창이 다 비도록 쏘아 제꼈는데 중앙에서서 시선을 모았던 꼬마는 엉덩이에 찔러놓은 베레타를 꺼내더니 겨누고만 있었다.

이윽고 여섯 사내가 쓰레기 더미처럼 겹쳐서 쓰러졌을 때 베레타를 쥐고 있던 도이가 말했다.

"과연 우지가 편리하구나."

그러더니 앞에서 꿈틀거리는 사내를 향해 방아쇠를 당겼다.

"쾅!"

총성이 지하실을 울렸다.

"이놈들 주머니를 뒤져서 싹 빼내."

도이가 말하자 뒤쪽에서 두 아이가 또 나타났다. 도이까지 합이 다섯이다. 그들은 시체를 뒤져 무기와 지갑, 시계에다 반지까지 다 풀었다.

빼내서 주머니에 넣는 동작이 익숙했고 손이 피범벅이 되었지만 조금도 꺼리지 않았다. 마치 죽은 짐승 시체에 달려든 하이에나 같았다. 약탈은 순식간에 끝이 났다.

제임스는 스파이크가 CIA의 협조를 받는다고 믿었다. CIA의 고위층이 되어 있는 크리스 하든이 스파이크와 마약 거래를 하고 있기 때문이다.

그래서 머빈은 통신을 할 때 미리 준비한 휴대폰을 썼고 장소도 멀리 이동하고 나서 사용했다. 한번 쓴 휴대폰을 버린 것은 물론이다.

10시 50분이 되었을 때 머빈은 후안이 꺼내준 새 휴대폰을 쥐고 다시 벤에서 나왔다. 캐시 그린은 아까 용무를 어떻게 처리했는지 모르지만 눈을 딱 감고 의자에 늘어져 있었다.

머빈은 주차장을 나와 길 건너편의 주유소로 다가갔다. 주유소 옆은 간이 식당이어서 손님들이 꽤 모여 있었다. 트럭 두 대가 나란히 세워진 뒤로 돌아 주위를 둘러본 머빈은 핸드폰의 덮개를 열었다.

뒤쪽 주유소 창고의 시멘트벽에 등을 붙이고 선 자세였다. 버튼을 누르자 곧 신호음이 울렸다.

"여보세요."

신호음이 두 번 울리고 나서 곧 제임스가 응답했다. 10시 55분 정각이다.

"예상했던 것보다 일이 빨리 끝날 것 같다."

제임스가 낮게 말했다.

"지금부터 전원을 꺼. 내가 30분 후에 연락을 할 테니까 30분 후에 핸드폰을 켜."

"알았어."

"모두 도이 덕분이다."

"조심해."

제임스가 통화를 끝내려고 했으므로 머빈이 다급하게 말했다. 그러자 제임스의 목소리가 조금 가라앉았다.

"고맙다."

그러고는 통신이 끊겼다. 길게 숨을 뱉은 머빈이 벽에 붙였던 등을 떼었다. 제임스는 지금 드래곤 호를 감시하고 있는 것이다.

드래곤 호에는 스파이크가 타고 있는지 아직 확인이 되지 않았지만 그것으로 이쪽이 주도권을 잡은 것은 분명했다. 놈들은 말리부비치에서 인질을 교환하자고 했다. 1시간 남았다.

머빈은 시계를 보았다. 그러나 앞으로 30분 동안은 전화가 불통이 될 테니 놈들도 연락을 해올 수 없을 것이다. 머빈은 트럭 뒤를 돌아 앞으로 나왔다.

그러고는 다음 순간 주춤 발을 멈추고는 점퍼 주머니에 손을 넣었다. 그러나 늦었다. 주머니에 넣어둔 스미스앤 웨슨의 손잡이를 쥔 순간 머빈은 둔탁한 총성을 들었다.

동시에 가슴에 충격을 받은 머빈은 훌쩍 뒤로 날아가 벽에 등을 부딪친 후에 주르르 주저앉았다. 그러나 그때까지도 머빈의 정신은 말짱했다. 팔 힘도 남아 있었으므로 주머니에서 권총을 꺼내 겨누었다.

"타앙!"

요란한 총성이 밤하늘을 울렸다. 총신에 소음기를 끼지 않은 것이다. 다음 순간 다시 모래주머니를 치는 것 같은 낮은 총성이 들리면서 머빈은 머리를 떨어뜨렸다. 이번에는 이마가 뚫린 것이다.

"뭐야!" 하고 뒤쪽에서 사내가 외치는 소리가 울렸다. 그러자

머빈 앞으로 다가가던 사내 둘이서 몸을 날려 트럭 뒤쪽으로 사라
졌다.

　"여기다!" 하고 사내 하나가 소리치며 머빈이 쓰러진 곳을 가리
켰다. 총성을 듣고 달려온 운전사인 것 같았다.

　"총에 맞은 거야!"

　그러자 서너 명의 사내가 달려오더니 머빈을 둘러쌌다. 앞쪽 식
당의 문이 열리면서 주위가 더 환해졌다. 머리를 떨어뜨리고 앉아
있는 머빈은 자는 것 같았다.

　"경찰에 신고를 해!"

　누군가가 소리쳤다.

　"총에 맞아 죽었어! 이봐, 그자가 쥔 총은 건드리지 말라고!"

　"뭐야?"

　눈을 치켜뜬 스파이크가 전화기를 고쳐 쥐었다. 방 안은 순식간
에 조용해졌다. 11시 5분, 스파이크가 이번에는 한마디씩 천천히
말했다.

　"차분하게 말해, 이 머저리야."

　그러자 수화구에서 사내의 목소리가 소리치듯 울렸다. 한마디
씩 소리치는 것이다.

　"마이크가 당했습니다. 엘리베이터에서 지하 주차장으로 나오
다가 습격을 받았습니다. 주차장에서 기다리던 운전사 두 명까지
합해서 여덟 명이 몰사했습니다."

　"……."

“시체는 모두 차에 실어 놓았는데 어떻게 처리할지 지시를 내려 주십시오.”

“넌 누구야?”

“마이크의 부하 시콜스키입니다.”

들은 이름이었으므로 스파이크가 어깨를 늘어뜨리고는 그제야 주위를 둘러보았다. 방 안에는 그까지 넷이 있었다. 심복이며 동업자인 조나단 콜만과 경호원 배스, 분위기에 어울리지 않게 정장 차림을 한 사내까지 넷이다.

“이 시체들을 어떻게 하지?”

전화기를 그대로 든 채 스파이크가 물었다.

“마이크 터너가 제 사무실에서 부하들과 함께 몰사했다는데 말이야. 합이 여덟 놈이야.”

놀란 셋은 얼굴만 굳혔고 스파이크의 말이 이어졌다.

“제임스 그놈이 이 와중에도 마이크 터너를 찾아간 모양인데 바쁘게 움직이는군, 그렇지 않소? 스텔맨 씨?”

정장 차림의 사내에게 물은 것이다. 그러자 사내가 눈을 가늘게 뜨고 스파이크를 보았다.

“시체를 그대로 두었답니까?”

“모두 모아서 차에 실었다는데, 그건 조직에 가입하면 바로 배우는 기본이거든. 누가 죽였든 시체가 사업장 근처에 늘어져 있으면 안 되니까 말이야. 아무리 우리 식구 송장이라도…….”

“잘했군요.”

“칭찬받으려고 치운 것 아니라니까.”

탁자 위의 술잔을 든 스파이크가 힐끗 벽시계를 보았다. 11시10분, 그때 정장이 말했다.

"시체를 사막에 묻든지 바다에 묻든지 하시지요. 시체가 드러나면 안 됩니다."

"그건 그렇군."

"그럼 어서 지시를……."

사내는 스파이크가 아직도 통화중 상태로 쥐고 있는 핸드폰을 가리켰다. 아마 저쪽 시콜스키는 그들의 이야기를 다 들었을 것이었다. 스파이크가 다시 핸드폰을 귀에 붙였다.

"이봐, 시콜스키."

"예, 보스."

"그 송장들을 깨끗하게 치워라. 아무도 찾지 못하도록 말이야."

"예, 보스."

"네가 그 일을 처리하면 마이크 터너가 어질러놓은 자리에 앉게 해주마."

"감사합니다, 보스. 제가 꼭……."

"서둘러."

"예, 보스."

핸드폰의 덮개를 닫은 스파이크가 상반신을 세웠다. 이제 눈이 충혈되어 있었다.

"자, 이제 시작해볼까? 그 노랭이하고 거래를 말이야."

그때 정장이 스파이크에게 손바닥을 펴 보이더니 주머니에서 핸드폰을 꺼내었다. 전화가 왔다는 표시였다. 핸드폰을 귀에 붙인 정장이 눈을 치켜뜨고는 몇 번 응답만 하고나서 귀에서 떼었다.

"제임스 부하 하나를 처치했어요."

사내가 차분한 목소리로 말했지만 눈이 번들거렸다.

"피트 머빈이라는 제임스의 심복인데 지금 그 주변을 수색하고 있습니다."

요트의 뒤쪽으로 다가간 제임스가 호흡을 고르고 나서 다시 주의 깊게 살펴보았다. 드래곤 호는 말리부비치 앞바다에 멈춰 있었는데 주위에 20여 척의 요트가 떠 있어서 위장이 잘 되었다. 따라오지 않았다면 찾기 힘들었을 것이다.

다가가서 본 드래곤 호는 꽤 컸다. 길이가 30미터쯤 되었고 폭은 6미터 정도로 선미 쪽 높이는 3미터가 넘었다. 이윽고 제임스는 다시 천천히 드래곤 호로 다가갔다.

등에 비닐로 싼 드라구노프 저격총을 멨고 가방까지 짊어졌지만 제임스는 유연한 동작으로 선미 쪽 선체를 잡았다. 보트를 버려두고 드래곤 호를 향해 300미터 가량을 헤엄쳐온 것이다.

두 손으로 선체의 튀어나온 이음 부분을 쥐고 나서 몸을 솟구친 제임스가 먼저 다리 한쪽을 선미의 난간 밑에 넣었다. 그러고는 다리 힘으로 상반신을 끌어올리면서 손을 뻗어 난간 쇠기둥을 쥐었다.

됐다. 심장 박동이 빨라진 순간 제임스의 몸이 솟구치면서 난간 위로 올랐다. 몸을 굴려 배 안으로 떨어진 제임스가 충격을 완화하려고 한 바퀴 구른 다음 몸을 일으켰다.

그러고는 먼저 등에 멘 드라구노프를 구명대 사이에 끼워 숨긴 후에 가방을 벗어 안에서 베레타 92F를 꺼내 쥐었다. 소음기까지 장착된 베레타는 묵직했다.

탄창에는 14발 탄알이 장전되어 있다. 다시 심호흡을 한 제임스가 발을 떼었다. 이미 드래곤 호는 망원경으로 구석구석을 다 살펴본 후여서 익숙해졌다.

배 안은 조용했다. 그러나 앞쪽 2층 조타실 안에서 희미하게 불빛이 문틈으로 흘러 나왔고 그 옆쪽 계단 밑에서도 빛이 위쪽으로 나온다.

위쪽으로 계단이 뚫려져 있어서 배의 좌우에서는 보이지 않았던 것이다. 제임스는 권총을 겨눈 채 먼저 조타실로 다가갔다. 창문에는 셔터가 내려져 있었지만 문 밑으로 빛이 새어 나왔다.

말소리도 들린다. 잠깐 문에 귀를 붙이고 말소리를 듣던 제임스가 몸을 떼더니 계단으로 다가갔다. 나무 계단을 맨발로 밟아 소리 없이 12번을 밟고 내려갔을 때 복도가 나타났다.

복도는 좌우로 갈라져 있다. 복도에는 붉은색 양탄자가 깔려 있었는데 이곳에도 인기척이 없다. 그러나 제임스는 주저하지 않고 선수 쪽의 복도로 들어섰다.

복도 끝에 문이 가로막혔고 좌우에도 문이 닫혀 있다. 제임스는 권총을 세워 들고는 복도의 벽에 등을 붙이고 섰다. 서 있는 좌우, 앞쪽에 모두 문이다.

우측 문은 복도를 가로막은 문이었고 그곳에서 말소리가 흘러 나왔다. 제임스는 다시 심호흡을 했다. 이곳이 배 주인의 방이다.

요트의 구조는 거의 비슷했다. 배 주인의 침실 겸 거실은 가장 중심부에다 만들어놓는 것이다. 베레타를 고쳐 쥔 제임스는 문의 손잡이를 쥐고 밀었다. 열린다. 그 순간 와락 방 안으로 들어선 제임스는 네 사내를 보았다.

테이블 상석에 앉은 사내는 스파이크였다. 그 주위에 세 사내가 있다.

"아앗!"

누구의 입에서 이 외침이 터졌는지 제임스는 알지 못한다. 오직 먼저 움직인 사내를 향해 총구를 겨누고 방아쇠를 당겼기 때문이다.

"퍽! 퍽!"

연발로 발사된 두 발의 총탄이 사내의 가슴과 배를 꿰뚫었고 뒤로 벌떡 넘어진 사내의 바로 옆의 다른 하나가 가슴에 찬 권총 홀더에 손을 대었다.

"퍽! 퍽!"

또 발사된 두 발이 사내의 머리와 가슴에 맞았다. 그러자 그 옆의 정장 차림의 사내가 번쩍 두 손을 들었다. 얼굴이 하얗게 굳어 있다. 그러나 스파이크는 처음부터 의자에 등을 붙인 채 꼼짝하지 않았다.

"제임스."

스파이크가 입술만 달싹이며 말했다.

"과연 노란 쥐새끼답군. 여기까지 용케 찾아왔구나."

제임스에게 똑바로 시선을 준 채 스파이크는 이제 얼굴을 일그러뜨리며 웃었다. 그때 제임스의 총구가 정장 차림의 사내에게 옮겨졌다.

“넌 누구야?”

제임스가 표정 없는 얼굴로 물었다.

“스파이크 부하인가? 그렇다면…….”

총구가 사내의 머리를 겨누었다. 거리는 4미터 정도, 이 정도 거리면 두 눈 사이도 맞춘다.

“귀찮으니 먼저 보내주지.”

“난 CIA야.”

사내가 조금 다급하게 말했다.

“스파이크의 부하가 아니다.”

“그럼 누구의 지시를 받고 여기에 있나?”

제임스가 바로 묻자 사내는 두 번 눈을 껌벅였다.

“퍽!”

그때 총성이 울렸고 사내의 몸이 빙글 돌았다. 어깨를 움켜쥔 사내가 테이블에 부딪히며 방바닥에 뒹굴었다.

“일어나. 일어나지 않으면 그냥 죽여주마. CIA 요원.” 하고 제임스가 말했다. 낮은 음성이었는데도 사내는 벌떡 일어섰다. 이제 얼굴은 고통과 공포감이 혼합되어 어수선한 표정이 되었다.

“그 대답은 다음에 듣기로 하고.”

총구를 스파이크에게 겨눈 제임스가 물었다.

“내 어머니는? 내 동생은?”

“여기 없어. 인질 교환을 하려고 말리부비치에 가 있어.”

“어머니도 함께 말이냐?”

“그래.”

그 순간 제임스가 쥔 베레타에서 다시 총성이 울렸다.

“퍽!”

스파이크는 소파에 기대앉은 채로 왼쪽 어깨가 뚫렸다. 손바닥으로 어깨를 누른 스파이크가 제임스를 노려보았다.

“죽일 작정이군. 이 노랭이가.”

“바른대로 말해. 이 마약쟁이.”

“내가 왜?”

스파이크가 이를 드러내며 웃었다.

“이왕 죽을 몸, 뭐가 아쉽다고 고분고분 말한단 말이냐?”

“빨리 죽여달라고 사정을 하게 될 걸?”

“퍽!”

그 순간 또 다시 총성이 울리면서 스파이크의 오른쪽 어깨가 뚫렸다.

“으으음.”

스파이크의 입에서 처음으로 신음이 터졌다. 그때 제임스가 총구를 CIA 사내에게로 겨눈 채 탄창을 갈아 끼웠다. 탄알 두 발이 남아 있던 탄창이 떨어졌고 14발이 든 탄창이 순식간에 다시 끼워졌다.

그러나 어깨를 감싸 쥔 CIA 요원은 눈만 치켜떴을 뿐이다. 이미 기력을 잃은 요원은 겁에 질려서 제임스의 시선을 제대로 받지도 못한다.

"너한테 묻는다. 내 어머니는?"

제임스가 총구를 요원의 가슴에 겨눴다.

"정직하게 말하면 살려주마."

"당신 어머니는 죽었어."

요원이 창백한 얼굴로 말했다.

"스파이크 부하들이 차에 어머니 시체를 실어왔고 그날 밤 바로 바다에 수장시켰다고 들었어."

머리를 끄덕인 제임스가 힐끗 스파이크를 보았다. 스파이크는 양쪽 어깨를 늘어뜨린 채 머리만 치켜들고 있었는데 눈은 아직도 기가 죽지 않았다. 물기가 배인 눈이 번들거렸다.

"내 여동생은?"

제임스가 갈라진 목소리로 물었다.

"지금 어디 있어?"

그러자 요원이 길게 숨을 뱉었다.

"스파이크가 다음날 처치했어."

제임스는 숨도 쉬지 않았고 요원의 목소리가 선실을 울렸다.

"역시 바다에 수장시켰어."

"……."

"스파이크는 인질 교환 따위는 신경도 쓰지 않았어. 캐리 그린이 어떻게 되건 상관없기 때문이야."

제임스는 그제야 호흡을 했다.

대리인

우드팩 공항은 LA 북서쪽 50킬로미터쯤 거리에 위치한 민간 공항으로 하루에 이착륙 횟수는 20회 정도밖에 되지 않는다.

공항의 주 이용객은 경비행기를 소유한 할리우드의 제작자와 LA의 사업가 대여섯 명뿐이었는데 오늘은 쌍발 제트 엔진이 달린 12인승 콘에어가 도착해 있었다.

보잉사가 제작한 최신형 자가용 제트기가 활주로도 짧은 이곳에 도착한 것은 드문 일이다. 흰 동체에 둥근 마크가 찍혀졌고 조나산 법률 사무소라고 적혀져 있는걸 보면 요즘 흔한 법률 사무소 전용기로 보였다.

비행기 안이다. 창밖의 활주로를 내다보던 코크란이 시선을 떼더니 다시 입을 열었다.

"그놈은 용병이야. 크리스 하든이 고용한 네 놈 중 하나였어."

루스는 잠자코 코크란을 보았다. 코크란은 CIA 감찰부 보좌관이다.

"이름은 매덕스, 해병 특수전부대 출신으로 남미에서 몇 번 크리스 하든하고 같이 작전을 한 경험이 있지."

"시드니 워드는요?"

루스가 묻자 코크란이 머리를 기울였다.

"크리스하고 결탁한 증거가 없어. 크리스 지시를 받았다고 우기는 판이라."

이미 시드니 워드도 랭그리로 소환되어 조사를 받는 중이다. 크리스 하든은 아프가니스탄에서 마약을 들여와 스파이크에게 넘긴 증거가 확보되었고 루스까지 살해하려고 했던 것이 다 드러났다.

현재도 조사 중이지만 중형을 면치 못할 것이었다. 그때 활주로 쪽으로 달려오는 흰색 승용차가 보였다. 요즘 잘 팔리는 한국산 중형차였다.

"오는 모양이군."

그것을 본 코크란이 혼잣소리처럼 말했다.

"지독한 놈이야, 살인 기계지."

루스의 시선을 의식한 코크란이 말을 그쳤고 곧 차가 비행기 밑에서 멈추더니 계단을 올라오는 소리가 났다, 그러고는 인기척이 났으므로 코크란과 루스는 몸을 돌렸다. 제임스다.

"제임스, 어서 와요."

루스는 웃음 띤 얼굴로 맞았지만 코크란은 시선만 준 채 정색하고 서 있었다.

"제임스, 여기는 본부 코크란 씨."

그러자 코크란이 다가와 손을 내밀었다.

"제임스 호, 당신 손에 피가 너무 많이 묻었어."

코크란은 40대 중반의 마른 체격에다 키가 컸다. 머리는 벌써 반백이었고 얼굴은 주름이 많았지만 웃음을 띠자 편안한 인상이 되었다. 코크란이 제임스를 앞쪽 자리에 안내하고는 웃음 띤 얼굴로 말을 이었다.

"제임스, 미국을 떠날 생각은 없소? 만일 있다면 이 비행기를 빌려주지, 그리고……."

코크란의 시선이 은근해졌다.

"당신이 스파이크한테서 가져간 수배만 불, 아니, 그 이상인가? 그것도 싣고 가게 해주지."

"난 미국 시민이요, 코크란 씨."

제임스가 정색하고 말했다.

"그리고 내 손의 피는 정당방위로 묻은 겁니다. 사건화시킨다면 다 해명할 수가 있습니다."

"우리가 못한다는 걸 알면서 시치미를 떼는군."

그러더니 코크란이 상반신을 굽히고 제임스를 보았다. 어느덧 얼굴도 주름살투성이의 본래 모습으로 바뀌어져 있다.

"당신 어머니와 동생 일은 유감입니다, 명복을 빌겠소."

제임스는 외면했고 코크란의 말이 이어졌다.

"내가 당신을 만나자고 한 건 일 때문이지. 어차피 당신하고 우리는 이 일이 있기 전부터 일로 맺어진 사이였으니까."

코크란이 주머니에서 담배를 꺼내더니 먼저 제임스에게 권했다. 제임스가 손을 젓자 코크란은 담배를 입에 물고 불을 붙였다.

"크리스 하든은 곧 제거 될 거요. 그것은 우리 자료에서, 기억에서 다 사라진다는 것을 의미하지."

길게 연기를 뱉은 코크란의 말이 이어졌다.

"조사해보니까 의심쩍은 사실이 여러 군데서 발견되었어. 제임스 당신이 나서지 않았더라도 놈은 곧 제거될 처지였지."

"……."

"제임스."

몇 번 빨다 만 담배를 거칠게 비벼 끈 코크란이 제임스를 보았다.

"우리는 이 사건을 아직도 진행 중으로 만들고 싶소."

시선만 든 제임스를 향해 코크란이 한마디 한마디를 천천히 뱉었다.

"당신은 이제 킬링머신의 명성을 얻었어. LA 지역에서 제법 단단한 기반을 구축하고 있던 스파이크 머큐리가 풍비박산이 났다는 소문은 이제 다 퍼졌지."

"……."

"제임스, 당신은 복수의 화신이야. 어머니와 동생이 처참하게 살해되었으니 당연하지. 당신은 존경을 받게 될 거요."

그러고는 얼른 정색하더니 제임스에게 머리까지 숙여 보였다.

"표현이 무례하게 들렸다면 사과하겠소. 상황을 설명하려다 보니까 본의 아니게……."

"……."

"제임스, 당신은 서부지역을 장악할 수 있을 거요. 스파이크의 조직을 그대로 흡수할 수 있을 것이고, 판매망까지."

"……."

"당신의 명성을 아는 터라 맞설 놈은 아무도 없지. 당신은 금방 돈과 권력을 쥐게 된다고."

"잠깐."

쓴웃음을 지은 제임스가 코크란의 말을 막았다. 그러고는 코크란처럼 또박또박 물었다.

"용건을 말해주시오. 코크란 씨."

"당신을 이용해서 거물을 잡고 싶소."

금방 대답한 코크란이 정색했다.

"남미의 마약 거상들, 두 놈이 있는데 알프레도와 보사카, 미국 마약 시장의 삼분지 일이 이 두 놈을 통해 공급이 되지요."

"……."

"알프레도는 콜롬비아, 보사카는 파나마의 마약상이요. 아니, 둘 다 왕이지. 수천 명의 부하를 거느린 왕이야."

"……."

"그 두 놈이 곧 당신한테 접촉을 해올 거요. 스파이크는 그놈들한테서 공급량의 사분지 삼을 받았지. 나머지는 다른 놈들한테서, 그중엔 크리스 하든 산 아프가니스탄 마약도 있었고."

"……."

"우리는 당신을 통해 그 두 놈의 조직을 와해시키고 두 놈을 제거하고 싶소."

그러자 제임스의 시선이 잠자코 있는 루스에게로 옮겨졌다.

"루스, 이 제의를 어떻게 생각하시오?"

그러자 루스가 당황한 듯 눈동자가 이리저리 흔들렸다. 그러다가 볼까지 붉어졌다. 그 꼴을 본 제임스가 이맛살을 찌푸렸다.

"루스, 당신도 알고 있었소?"

제임스가 묻자 루스가 마침내 눈동자를 고정시켰다.

"네. 대충은……."

그러자 코크란이 시치미를 뗀 얼굴로 말을 받았다.

"이 작전에 루스 요원도 참여합니다. 루스는 당신 조직에 연락관으로 파견되지요. 물론 비공식적으로 말입니다."

차이나타운 중심부에 위치한 북경반점은 5층 건물로 지상 3층까지는 상점과 사무실로 사용되고 있다. 오래된 데다 외관도 볼품없는 건물이지만 요지여서 대부분의 가게는 장사가 잘 되었고 특히 2층 식당가는 유명했다.

2층 전체가 50여 개의 식당으로만 나뉘어졌는데 중국 각 지방 특산 요리는 말 할 것도 없고 쥐 고기 전문점도 있다.

그래서 떠들썩하고 혼잡하기까지 한 2층에서 3층으로 올라오면 갑자기 조용해진 느낌을 받는다. 복도에서 사람들이 오가지만 떠들썩하지는 않다. 3층 대부분의 방이 사무실이기 때문이다.

312호실 앞에선 후안이 먼저 심호흡을 했다. 그러고는 두 번 노크를 하고나서 기다렸다. 그러자 곧 문이 열렸다.

"들어와요."

후안을 맞은 것은 1미터20도 안 돼 보이는 동양 꼬마였다. 그러나 꼬마의 표정은 당당했다. 눈을 치켜뜨고 후안을 보았고 들어오라면서 옆으로 비껴선 자세도 의젓했다.

꼬마에게 눈을 흘겨 보인 후안이 안으로 들어서자 창가의 의자에 앉아 있던 동양 꼬마가 머리를 들었다. 도이다.

"후안 형, 어서 와."

후안은 대답 대신 방 안을 둘러보았다. 20평쯤 되는 방 한쪽에 서너 개의 철제 테이블이 쌓여 있는 것은 전에 사무실로 쓰인 흔적일 것이었다. 안쪽의 벽에 매트리스가 대여섯 장 쌓여 있었다.

놈들의 침대 대용이다. 그 옆의 방바닥에 꼬마 세 놈이 둘러앉아 포커를 하고 있었는데 담배를 꼬나물고 이쪽에는 시선도 주지 않는다.

"형, 여기 앉아." 하고 다시 도이가 말했으므로 후안은 플라스틱 의자에 앉았다. 후안의 표정을 살핀 도이가 눈을 가늘게 떴다.

"왜? 기분 나쁜 일이라도 있어?"

"너희들 약도 먹니?"

불쑥 후안이 묻자 도이는 얼굴을 일그러뜨렸다. 그러고는 후안의 뒤에 서 있는 꼬마한테 월남어로 물었다.

"피피, 너 약 해봤어?"

"해봤지만 끊었어."

후안이 보기에 열두 살 정도의 꼬마가 대답했다. 꼬마가 후안을 흘겨보면서 말을 이었다.

"별로야, 난 약 먹는 놈들 이해를 못하겠어. 형씨는 지금도 하고 있는 거야?"

"시끄러! 이 망할 놈아!"

후안이 어깨를 부풀리며 으르렁대었지만 꼬마는 눈 한 번 깜박이지 않았다. 그러더니 손가락을 권총처럼 만들어 후안의 코끝을 겨누었다.

"뱅, 뱅."

"이 시발놈이."

후안이 엉덩이를 반쯤 일으켰을 때 도이가 말했다.

"피피, 나가서 마크하고 교대해."

그러자 꼬마는 두말 않고 몸을 돌리더니 방을 나갔다. 도이가 문에서 시선을 두더니 말을 이었다.

"형, 피피는 열세 살이야. 그런데 저놈은 지금까지 사람 셋을 죽였어."

놀란 후안이 이맛살을 찌푸렸지만 도이는 차분하게 말을 이었다.

"뉴욕에서 마피아 세 놈을 처치했지. 누가 저놈이 킬러인줄 알겠어?"

"……."

"방 안의 휴지통 속에 쪼그리고 숨어 있다가 마피아가 들어와 옷을 벗을 때 뒤를 쏴 죽인거야. 그러고는 쥐처럼 유리창 밖으로 도망쳤지."

"……."

"또 한 번은 식당으로 들어가 둘을 정면에서 쏘았어. 피피를 고용한 놈들도 마피아였지. 마피아들끼리 전쟁 중이었거든."

후안은 어깨를 늘어뜨리며 긴 숨을 뱉었다.

도이의 전화가 온 것은 세 시간 전인 오후 2시경이었다. 머빈이
죽은 후부터 후안은 의기소침해졌다.

스파이크가 요트 안에서 사살되는 바람에 형세가 급변하고 있
었지만 후안은 말수도 적어졌고 집 밖으로 나가지도 않았다.

그런데 도이의 전화를 받고나서 제임스에게 제가 가겠다고 나
선 것이다. 머빈의 장례식을 치른 지 일주일만의 외출이었다.

"도이."

다시 후안이 입을 열었다.

"지난번 스파이크하고의 전쟁에서 머빈이 죽었다. CIA에서 보
낸 해결사들한테 당한 거지. 아니?"

도이가 긴장했고 후안의 말이 이어졌다.

"더 자세히 말하면 크리스 하든이 보낸 킬러였어. 지금 크리스
하든은 제거되었고 해결사들도 모두 처리했어."

"당연하지."

후안의 말을 도이가 서두르듯 받았다. 눈을 치켜뜬 도이가 말을
이었다.

"난 스파이크의 남은 조직원들도 다 죽일 거야. 하나도 빼놓지
않고."

"도이, 제임스는 네가 직접 나서는 걸 바라지 않아. 더 이상의
가족 피해를 원치 않는단 말이야. 넌 제임스의 동생이니까."

"난 할머니와 누나의 원수를 갚아야겠어. 그러고 나서 손을 씻

을 거야.”

후안의 시선을 받은 도이가 얼굴을 일그러뜨리며 웃었다.

“나도 스파이크 조직의 간부 한 놈을 잡아 족쳐서 누나까지 바다 속에 던져졌다는 것을 들었어.”

“……”

“내 정보망도 만만치 않아. 거리의 부랑자, 마약쟁이, 뚜쟁이, 창녀, 노점상들이야. 무시하지 마, 형.”

그러자 후안이 어깨를 늘어뜨리면서 가늘고 긴 숨을 뱉었다.

“제임스 말이 맞군. 네놈 고집을 꺾기 힘들 것이라고 하더니.”

“제임스 형이 그랬어?”

도이의 눈이 반짝였다. 후안이 도이의 시선을 받더니 쓴웃음을 지었다.

“네가 어머니의 친아들 같다고도 하더라. 어머니를 더 생각한다고.”

“……”

“제임스는 널 친동생처럼 여기고 있어. 그래서 걱정하는 거다.”

“알고 있어.”

도이가 외면한 채 말했다.

“하지만 날 말리진 못해.”

“도이.”

후안이 정색하고 도이를 불렀다.

“넌 몇 명 데리고 있는 거냐? 제임스가 알아 오라고 했다.”

그러자 도이가 두어 번 눈을 깜박이더니 대답했다.

"처음에는 여섯이었는데 지금은 더 모았어. 볼티모어에서도 오고, 시애틀에서도 왔어. 지금도 오는 중이고."

그러더니 눈을 가늘게 떴다.

"현재까지는 열네 명이야. 모두 열다섯 살 미만이고 열두 살짜리도 있지. 하지만 살인 경력이 있는 놈만 여섯이야. 폭행, 강도 따위 전과는 아무것도 아냐."

"……."

"다 죽일 거야."

도이가 이 사이로 말을 이었다.

"우릴 무시한 놈들, 우릴 이용한 놈들까지 다."

"도이, 제임스가 네 조직을 흡수시키겠다면 따를 거냐?"

불쑥 후안이 묻자 도이가 다시 눈을 가늘게 뜨더니 이번에는 한참 동안이나 시선만 주었다. 후안이 한마디씩 차분하게 말했다.

"제임스는 일이 있어. 스파이크 조직 접수뿐만 아니라 더 큰일이. 그래서 널 데리고 있으려고 하는 거다."

방으로 들어선 제임스는 창가의 의자에 앉아 있는 캐시 그린을 보았다. 진주색 원피스 차림의 캐시는 제임스의 시선을 받더니 긴장했다. 얼굴이 굳어졌고 눈동자가 흔들렸다.

차이나타운 안에 위치한 뉴아시아 호텔의 특실 안이다. 다가간 제임스가 앞쪽 자리에 앉을 때까지 캐시는 입을 열지 않았지만 긴장감은 더 높아졌다. 눈 밑의 피부까지 붉어지고 있다.

제임스는 똑바로 캐시를 보았다. 이미 밤의 세계에서는 스파이크의 정부로 널리 알려져 있었고 본인 스스로도 그 명성을 업고 위세를 부려왔던 캐시였다.

단역으로 몇 번 영화에도 출연을 했다지만 그것도 스파이크가 밀어 넣었을 것이었다. 이제 스파이크가 제거된 상황에서 캐시는 길거리에 버려진 꽃이나 같다.

스파이크의 생전에도 버림받은 신세였기 때문에 돈 한 푼 못 받고 가치 없는 인질 노릇을 하다가 결국 풀려난 신세인 것이다.

"무슨 일이죠?"

마침내 압박감을 견디지 못한 캐시가 먼저 입을 열었다. 목소리가 떨렸고 눈은 크게 치켜떴다. 인질에서 풀려난 후에 할리우드의 친구 집에서 이틀을 숨어 지내다가 쫓겨난 캐시는 스파이크의 부하 모건이 운영하는 바에 갔다가 그곳에서도 문전박대를 당했다,

겁이 난 모건이 경비원을 시켜 쫓아낸 것이다. 캐시는 집도 없는 신세였고 예금한 돈도 몇 백 불밖에 남지 않은 처지였다.

옷가지와 장신구는 다 스파이크의 저택에 놔두었는데 집이 홀랑 타버리는 바람에 거지나 다름없는 신세가 되었다.

어제 저녁, 다운타운 변두리의 하루 20불짜리 싸구려 모텔에 들어가 있던 캐시는 데리러 온 동양인을 보자 어디 가느냐고 묻지도 않았다고 했다.

어딜 가면 지금 신세보다 못하지는 않을 것이라고 생각하는 것 같았다. 그 동양인은 제임스의 부하가 된 리처드 정이었고 이곳 뉴아시아 호텔의 특실로 캐시를 안내하고 나서 사라진 것이다.

그리고 다음날 점심때가 되어서야 제임스가 나타났다. 캐시는

어젯밤 제대로 잠도 자지 못했을 것이었다.

"날 왜 데려왔죠?" 하고 다시 캐시가 물었을 때 제임스가 들고 온 종이봉투를 탁자위에 놓았다. 꽤 묵직한 봉투여서 탁자 위에 놓았을 때 물 잔이 흔들렸다.

"10만 불이야."

제임스가 눈으로 봉투를 가리키며 말했다.

"옷 사고 구두도 사야겠지. 또 피부 마사지도 받아야 할 것이고."

캐시는 몸을 굳힌 채 숨도 쉬는 것 같지 않았는데 얼굴은 하얗게 변했다. 제임스가 말을 이었다.

"당분간 이 방을 써. 그럼 캐시 그린의 명성에 흠이 되지는 않을 테니까."

방 안을 둘러본 제임스의 얼굴에 희미한 웃음기가 배어났다. 뉴 아시아 호텔은 차이나타운 안에서 특급 호텔로 통했고 지역 명사들도 자주 들리는 곳이다.

이곳의 특실을 거처로 정한다는 것은 할리우드의 1급 배우와 맞먹는 생활인 것이다. 그 잘나가던 스파이크도 이렇게 대우해주지 않았다.

"도대체 왜?"

그러나 캐시는 하얗게 굳은 얼굴로 제임스를 노려보며 물었다. 콧등에 잔주름이 잡혔고 호흡이 거칠어졌다. 캐시의 시선을 받은 제임스가 이번에는 입술 끝을 비틀고 웃었다.

"내 정부가 되지 않을 테냐?"

불쑥 물었던 제임스가 제 말을 확인하듯이 엄지손가락을 눕혀

제 가슴을 가리켜 보였다.

"스파이크는 내가 직접 죽였거든. 그래서 너를 이제 내가 차지할까 하는데."

"모건, 제임스 호가 기반을 잡기 전에 선수를 치는 거요."

타루소가 눈을 치켜뜨고 모건을 보았다. 검은 눈동자에다 콧수염이 짙었고 햇볕에 탄 피부는 윤기가 흘렀다. 한 눈에 보아도 남미계 사내였다.

탁자 위에 두 팔을 짚고 상반신을 굽히자 타루소의 둥근 어깨가 부풀었다. 마치 돌진하려는 투우가 연상되었으므로 모건은 이맛살을 찌푸렸다. 바 2층의 사무실 안이다.

아직 오전 11시 반이어서 아래층 홀은 한산했다. 스탠드에서 예닐곱 명의 사내가 술을 마시고 있을 뿐이다.

"타루소, 그렇게 쉬운 일이 아냐."

입맛을 다신 모건이 타루소를 보았다,

"첫째로 제임스 그놈은 근거지가 없다고. 떠돌이란 말이야. 나처럼 이렇게 사업장을 차린 처지가 아니란 말이야."

말하다 보니까 열이 난 모건의 목소리가 높아졌다.

"너희들 일이 아니라고 그렇게 가볍게 말하지 말란 말이야. 이건 내 사업장, 내 부하들의 목숨까지 달린 일이라고."

"시간이 지날수록 기회가 줄어든다는 걸 명심해요, 모건."

타루소가 쓴웃음을 짓고 말했다.

"그리고 어차피 당신은 제임스의 표적이 됩니다. 그러니까 먼저 찾아내야 된다는 거요.”

그건 맞는 말이었으므로 모건은 어금니를 물었다. 타루소는 파나마 마약상 보사카의 대리인이다. 지금까지 타루소는 스파이크를 상대로 연간 3,000만 불 정도의 현찰 거래를 했다.

보사카한테서 구입한 3,000만 불 물량의 각종 마약이 소매상을 통해 최종 소비자에게 건네졌을 때 그 금액은 수억 불이 되는 것이다.

“모건.”

타루소가 정색하고 모건을 불렀다.

“우리가 도와드리지.”

모건의 시선을 받은 타루소가 이를 드러내고 소리 없이 웃었다.

“내가 맨손으로 왔겠소? 맨손으로 와서 이런 제의를 할 것 같았소?”

“그럼 뭐야?”

“팀을 데려왔어. 당신이 동의한다면 당신을 도와 이 지역에 기반을 굳히도록 해줄 거요.”

“……”

“일이 잘되면 당신은 스파이크 이상의 권력과 돈을 쥐게 되지. 누구도 당신한테 도전하지 못할 거요.”

“흥.”

쓴웃음을 지은 모건이 의자에 등을 붙였다. 회색 눈이 가늘어졌고 살찐 턱이 이중으로 목에 겹쳐졌다.

“날 이용해서 동부지역을 장악하겠단 말이지? 알프레도 지분까지 몰아내고 말이야. 내가 너희들 속셈을 모를 것 같나?”

“그렇다면…….”

따라 웃은 타루소가 모건을 보았다. 그러나 두 눈은 번들거리고 있었다.

“내가 이 제의를 크로스 우한테 한다면 어떻게 될 것 같소?”

“뭐라고?”

모건이 눈을 치켜떴다. 크로스 우는 차이나 갱 간부인 것이다. 스파이크와 각별한 사이였던 크로스 우는 이번 제임스와의 전쟁에서도 지원을 아끼지 않았다.

물론 루스를 유인하여 살해하려던 작전은 실패했지만 사건 내막을 다 알고 있는 처지인 것이다. 타루소가 말을 이었다.

“크로스 우는 스파이크의 조직을 장악할 절호의 기회로 생각할 거요. 내 제의를 두말 않고 받아들이겠지. 그렇게 되면 모건, 당신은 크로스 우한테 무릎을 꿇든지 어느 순간에 이 도시에서 사라진 신세가 될 거요.”

타루소가 다시 이를 드러내고 웃었다.

“자, 모건, 어떻게 할 거요?”

창가에 서 있던 제임스가 몸을 돌렸다.

“맥주 가져왔어요.”

다가간 루스가 맥주병을 건네주고는 방 안을 둘러보는 시늉을 했다.

“환기를 시켜야겠네.”

제임스가 잠자코 있었으므로 루스는 베란다 쪽 유리문을 끝까지 열었다. 그러자 파도소리와 함께 비린 물 냄새가 방 안으로 가득 밀려왔다. 커튼이 바람에 출렁거리며 흔들렸다.

"제임스, 지금 사흘째 방 안에만 있는 거 알고 있어요?"

베란다 쪽에 선 루스의 엷은 치마가 바람에 치켜 올라갔다. 치마를 잡은 루스가 옆쪽으로 비켜서서 말했다.

"보사카 쪽 대리인 타루소가 바쁘게 움직이고 있어요, 제임스."

그러나 제임스는 창가에 기대선 채 시선도 돌리지 않았다. 제임스가 한 모금 맥주를 삼키고는 낮게 트림을 했다.

"제임스, 베트남에 다녀오든지."

루스가 말했을 때였다. 몸을 돌린 제임스가 정면으로 루스를 보았다. 시선은 초점이 잡혀 있었지만 멍한 표정이었다. 그 순간 루스가 당황했다.

"미안해요, 제임스."

시선을 내린 루스가 머리를 저었다.

"내가 잠깐 생각을……."

루스는 제임스가 어머니를 찾으면 베트남으로 모셔가겠다고 했던 것을 떠올렸던 것이다. 그러나 어머니 도이 무앙은 물론이고 동생 마이린의 시신도 아직 찾지 못했다.

시신을 버린 놈이 누군지 정확히 밝혀지지 않은 데다 스파이크마저 이 세상 사람이 아닌 것이다. 그때 제임스가 다가 왔으므로 루스는 긴장했다.

"제임스."

제임스가 바짝 다가 섰을 때 루스가 다시 입을 열었다. 그 순간 제임스가 두 팔로 루스의 허리를 감아 안았다.

"제임스."

놀란 루스가 상반신을 젖혔지만 제임스는 그만큼 더 몸을 굽혔다. 입술이 닿았다. 루스는 이제 제임스의 양쪽 어깨를 두 팔로 밀었다.

그러나 밀착된 입술은 떼어지지 않았다. 제임스의 입술이 루스의 입술을 젖혔다. 그러고는 아직 단단히 닫친 루스의 입술 부분만 빨았다.

루스는 다시 힘껏 제임스를 밀었지만 힘이 부족했다. 그 순간이었다. 루스는 저도 모르게 악물었던 이가 벌어진 것을 느꼈다.

그러자 호흡이 가빠지면서 움츠러들었던 혀가 나왔다. 제임스가 루스의 혀를 당겨 빨았다.

"아아."

루스가 마침내 두 팔로 제임스의 목을 감았다. 이제 루스의 혀도 제임스의 혀에 엉켜 비틀려졌다.

"제임스."

허덕이며 루스가 불렀을 때 제임스의 손이 스커트를 치켜 올리면서 팬티 끝에 닿았다. 루스는 내버려두었다. 그러자 다음 순간 제임스는 거칠게 루스의 팬티를 뜯어냈다.

"아아."

루스는 가쁜 숨을 뱉었다.

그러고는 잠깐 떼었던 입술을 다시 제임스에게 붙이면서 이제는 제임스의 바지 혁대를 잡았다. 둘이서 함께 바지 혁대를 풀어 내렸고 곧 루스는 손을 뻗어 제임스의 팬티를 끌어 내렸다.

"제임스, 어서."

루스가 제임스의 남성을 두 손으로 움켜쥐더니 헐떡이며 말했다. 그때 제임스가 루스를 그대로 방바닥에 쓰러뜨렸다.

"아아, 제임스."

두 다리를 벌리면서 누운 루스가 두 팔을 벌렸다.

"어서."

제임스가 덮쳐왔다. 그리고 다음 순간 루스는 몸에 가득 찬 제임스의 남성을 느꼈다.

"그년이 스파이크 돈을 좀 빼돌린 모양인가? 아니면 보험을 탔나?"

모건이 의심쩍은 표정으로 화이트를 보았다.

"뉴아시아 호텔 특실을 숙소로 삼고 있다니, 스파이크가 데리고 있었을 때도 그런 호강은 시켜주지 않았는데 말이야."

화이트가 흰자위가 많은 눈을 껌벅이며 모건을 보았다. 이름은 화이트였지만 피부가 검정 페인트를 뒤집어쓴 것 같은 흑인이다.

"보스, 캐시한테 어제 매독스하고 처치가 들렀다는 겁니다. 좀 이상하지 않습니까?"

"매독스하고 처치가?"

이제 모건의 얼굴이 일그러졌다. 당황한 것이다. 매독스와 처치는 스파이크 조직의 중간 간부인 것이다.

모건의 아래 서열이었지만 스파이크가 없어진 지금 위아래를 가릴 상황이 아니다. 먼저 주도권을 쥔 놈이 대장 노릇을 하게 될 것이었다. 이맛살을 찌푸린 모건이 화이트를 노려보았다.

"아니, 도대체 그년이 어쩌자는 거야? 제임스한테 납치당했다가 풀려난 며칠 전만 해도 빌빌거리던 년이 말이야."

"제 생각입니다만……."

바의 지배인 겸 모건의 심복 노릇을 하고 있는 화이트가 정색하고 말했다.

"캐시는 어느 정도 조직 구성에 대해서 압니다. 특히 마약 거래 관계는 우리보다 더 잘 알겁니다. 스파이크 옆에 있었으니까요."

"그래서?"

"스파이크는 2인자를 키우지 않았지요. 머리가 커지면 바로 제거했지 않습니까?"

화이트의 시선을 받은 모건이 쓴웃음을 지었다. 맞는 말이다. 2인자로 부상했던 스탠리와 크라우스는 곧 사망했다.

스탠리는 집 앞에서 차에 치었고 크라우스는 17층 아파트 옥상에서 실족사한 것이다.

따라서 모건이나 매독스, 처치 따위는 영업장 한두 개를 가진 소보스에 불과했다,

그 이상을 욕심내면 끝장인 것이다,

"캐시 그런, 그 계집애가?"

머리를 한쪽으로 기울인 모건이 마침내 쓴웃음을 지었다.

"그 삼류 창녀가 스파이크 조직을 접수한다고? 농담하지 마라,

화이트."

"보스, 연락을 한번 해 보시지요."

화이트가 탁자 위의 전화기를 눈으로 가리키자 모건이 버럭 소리쳤다.

"닥쳐! 화이트."

바로 나흘 전에 캐시가 바에 찾아온 것을 경비를 시켜서 쫓아낸 모건이다. 감시카메라에 비친 캐시의 몰골은 거지나 다름없었다.

마약 기운이 떨어진 창녀가 초조한 표정으로 바 앞에 서 있었던 것이다. 틀림없이 돈 몇 백 불 얻으러 왔을 것이었다.

모건의 지시를 받은 경비는 캐시를 밀어 넘어뜨렸고 가방을 발길로 차서 길 복판에다 던졌다. 캐시는 그런 모건에게 이를 갈고 있을 것이었다.

"내가 그년한테 전화를 하다니."

모건이 눈을 부라렸을 때 화이트가 머리를 저었다.

"보스, 타루소한테 전화를 하란 말씀입니다. 이 상황을 전하시고 상의해보시는 것이 낫겠는데요."

화이트의 말에 모건은 머리를 끄덕였다. 잊고 있었다는 표정이 얼굴에 드러났다. 버튼을 누르고 잠깐 기다렸을 때 곧 타루소가 응답했다.

"모건, 웬일이요?"

"타루소, 상의할 일이 있는데……."

힐끗 화이트에게 시선을 준 모건이 차분하게 말했다.

"캐시 그린이 애들을 모으고 있다는데, 알지? 스파이크가 데리고 놀던 쓰레기."

모건이 전화기를 귀에 바짝 붙였다.

뉴아시아 호텔 현관으로 들어선 모건이 주위를 둘러보았다. 밤 10시 반, 로비에는 동양인이 많았는데 당연한 일이었다. 뉴아시아 호텔은 차이나타운 중심부에 위치하고 있는 것이다.

"이쪽으로."

미리 와서 기다리고 있던 화이트가 모건을 맞았다. 뒤에는 부하 두 명이 따르고 있다. 그뿐인가? 구석에도 둘, 엘리베이터 앞에도 하나가 서 있다.

"기다리고 있습니다."

앞장서면서 화이트가 말했다. 그 뒤를 모건과 사내 세 명이 따른다. 이 세 명은 타루소가 붙여준 총잡이, 밖의 차 안에도 세 명이 더 있다.

이만하면 스파이크 이상 가는 위세인 것이다. 먼저 온 화이트가 보고한 바에 의하면 뉴아시아 호텔에 캐시가 고용한 보디가드 따위는 한 놈도 없으며 오직 단역 배우 노릇을 할 때 매니저로 데리고 다니던 흑인 여자 하나뿐이라는 것이다.

캐시는 지금 방 안에서 태국 마사지를 받는 중이었다. 모건도 가끔 스파이크 저택에 들렀을 때 침대에 반듯이 누운 캐시의 몸에 동양 여자 서너 명이 붙어 서서 음식 만드는 것처럼 주무르고 있는 것을 멀리서 본 적이 있다.

엘리베이터에는 모건을 포함해서 다섯이 탔다. 모건과 화이트,

그리고 총잡이 셋이다.

"보스, 캐시가 제임스의 정보원 노릇을 한다는 소문도 있습니다."

엘리베이터가 올라가는 동안 화이트가 낮게 말했다. 모건은 눈만 껌벅였고 화이트의 말이 이어졌다.

"캐시를 그냥 풀어준 것도 그런 이유 때문이라는 겁니다."

"수배자 신세가 된 놈이 그런 여유가 있을까?"

쓴웃음을 지은 모건이 말했을 때 엘리베이터 문이 열리고 12층 복도가 드러났다. 복도에 서 있던 부하 하나가 모건을 향해 눈인사를 했다. 이곳까지 부하를 배치시킨 것이다.

"이상 없습니다."

부하의 말을 들으며 모건은 화이트를 따라 걸었다. 캐시의 전화가 왔을 때는 오후 3시경이었다. 캐시는 상의할 일이 있으니까 와주었으면 좋겠다고 했는데 정중했다.

그래서 모건이 무슨 일 때문이냐고 역시 예의 바르게 묻자 사업 때문이라는 것이었다. 사업이라면 두말 할 것도 없이 마약 사업이다. 예상은 하고 있었지만 모건은 반은 기가 막힌 채, 나머지 반은 화가 난 채 응낙했다.

도대체 어떻게 할 작정인지 알고나 보자는 생각이었다. 그래서 타루소가 붙여준 기동대를 끌고 온 것인데 시위하려는 의도도 있었다. 끝 쪽 방 앞에 선 화이트가 벨을 누르더니 모건에게 말했다.

"이 방이 여기서 제일 좋다는 군요."

그때 문이 열렸으므로 화이트가 긴장했다.

“들어오세요.”

흑인 매니저다.

“실례합니다.”

예의 바르게 인사를 했지만 화이트가 긴장한 모습으로 먼저 들어섰고 그 뒤를 모건이 그리고 총잡이 셋이 따랐다.

“어서 오세요.”

캐시는 창가의 의자에 두 다리를 쭉 뻗고 앉아 있었는데 맨발이었다. 모건을 향해 캐시는 웃음 띤 얼굴을 보였지만 어색했다. 긴장하고 있는 것이다.

“캐시, 오랜만이군요.”

모건이 다가가며 말했다. 특실은 넓어서 캐시까지의 거리는 열 보쯤 되었다. 절반쯤 다가갔던 모건은 문득 캐시가 태국 마사지 중이었다는 것을 떠올렸다. 그럼 마사지는 끝났나? 하고 생각한 순간이었다.

“퍽! 퍽! 퍽! 퍽! 퍽!”

등 쪽에서 발사음이 울림과 동시에 모건은 얼어붙었다. 걸음을 멈춘 모건이 가슴에 찬 권총 홀더에서 스미스앤 웨슨의 손잡이를 쥔 순간 어깨에 격심한 타격이 왔고 앞으로 몸이 기울었다.

“퍽! 퍽! 퍽! 퍽!”

다시 울리는 발사음. 그때는 이미 방바닥에 엎어져 있던 모건의 등 뒤에서 사내가 말했다.

“복도에 한 놈, 마저 처치해.”

억양 없고 차가운 목소리였다.

제임스에게 캐시 그린은 스파이크 조직을 재구성하기 위한 이용물일 뿐이었다. 스파이크 측근에 머물고 있었던 터라 캐시는 심복 부하들도 모르고 있던 비밀을 많이 알았다.

그리고 누가 위험한 존재인지, 누가 신임을 많이 받고 있는지도 알고 있었다. 이번에 방으로 유인해서 처치한 모건이 바로 위험하면서도 영향력이 큰 인물이었다.

캐시는 사건 직후에 산타모니카 지역의 별장으로 거처를 옮겼는데 제임스와 함께 거주했다. 2층 건물인 데다 방이 여덟 개나 되어서 후안은 물론이고 도이의 무리 열두 명이 거주하기에도 충분했다.

도이의 무리란 베트남계 소년들이다. 나이만 소년일 뿐 온갖 범죄에 물든 범죄 집단으로 후안은 그들을 베트맨이라고 불렀다.

비하해서 부른 것이 별명처럼 돼버려서 이제는 제임스도 도이의 무리를 베트맨이라고 부른다. 이번에 뉴아시아 호텔에서 모건 일당을 방에서 기다렸다가 처형한 무리도 베트맨이다.

태국 마사지 걸로 위장한 도이를 포함한 일당 셋이 캐시의 방에 들어가 기다렸던 것이다. 가발을 쓰고 화장한 베트맨 무리는 영락없이 태국 여자였으므로 아무도 의심하지 않았다.

제임스는 처음에 도이의 참여를 꺼렸다. 아니, 못마땅하게 여겼고 손을 떼게 만들려고까지 했다. 그러나 어머니와 동생 마이린의 죽음 이후로 제임스는 도이를 앞장 세웠다.

어머니와 마이린에 대한 도이의 감정을 알고 있었던 것도 그 이유 중의 하나가 될 것이다. 따라서 베트맨 무리는 제임스의 수족

이자 흉기가 되었다.

10대 초중반의 아이들이었지만 세파에 참혹하게 시달린 터라 교활했고 잔인했다. 제임스는 나이를 먹을수록 죽음에 대한 두려움이 더 커져 간다는 것을 베트맨 무리를 보고나서 느꼈다.

베트맨들은 전혀 죽음을 두려워하지 않는 것이다. 타인의 목숨은 말할 것도 없고 제 목숨마저 벌레 취급을 했다. 그러나 단 한 가지 제임스가 베트맨 무리에게 금지시킨 일이 있다.

그것은 마약이다. 제임스는 어떤 종류의 마약이건 복용한 것이 발각되면 가차 없이 추방될 각오를 해야 한다는 다짐을 받아 냈고 그것을 도이가 감독했다.

따라서 아직 한 건의 마약 사고도 일어나지 않았다. 제임스가 2층 끝 쪽에 위치한 캐시의 방에 들어섰을 때는 밤 9시 반경이었다. 베란다에 나와 나무 의자에 온몸을 펴고 앉아 있던 캐시가 머리만 들고 제임스를 보았다.

"캐시, 보사카한테 연락을 해."

베란다의 난간을 잡고 선 제임스가 앞쪽을 향한 채 말했다.

"우리가 다시 스파이크 조직을 장악한줄 알고 있을 테니까 대답이 올 거야."

"거래를 하자고 말인가요?"

캐시가 발가락을 꼬물거리며 물었다. 반바지 차림에 맨발이어서 허벅지부터 미끈한 다리 전체가 드러났다. 매니큐어도 칠하지 않은 발톱이 가지런했고 발 모양도 아담했다.

발가락은 얼굴형을 닮는다. 갸름한 캐시의 얼굴형과 같다. 제임스가 머리를 끄덕였다.

"그래, 스파이크는 두 달에 한 번씩 보사카한테서 2,500만 불 물량의 코카인, 헤로인, 혼합 정제로 만든 마약을 주문했어. 보사카한테는 큰 고객 중 하나지."

"제임스."

상반신을 일으킨 캐시가 제임스를 보았다. 방안의 불빛을 받은 캐시의 푸른 눈이 반짝였다.

"마약 사업을 할 건가요? 아니면……."

캐시가 눈을 가늘게 떴다.

"또 다른 계획이 있어요?"

"그건 네가 알바 아니야."

제임스가 몸을 돌리더니 캐시 옆으로 다가와 섰다. 두 눈이 번들거리고 있다.

"캐시."

제임스가 부르자 캐시는 긴장했다. 두 눈이 커졌고 쭉 폈던 다리를 오므렸다.

"네가 지금 어떤 입장인지 알지?"

캐시의 푸른 눈을 내려다보면서 제임스가 물었다. 그러자 캐시가 자리에서 일어섰다. 마주본 자세였으므로 캐시의 숨결이 목에 닿는다. 따뜻했고 숨결에 섞인 비린 우유 같은 냄새도 맡아졌다.

"당신의 포로죠."

캐시가 낮게 말했다. 그러나 시선은 제임스에게서 떼어지지 않는다.

“전리품일 수도 있고.”

캐시가 다시 말했을 때 제임스는 손을 뻗어 허리를 안았다. 놀란 캐시가 몸을 굳혔지만 손을 떼려는 시도는 하지 않았다. 제임스가 당겨 안자 캐시와 가슴이 밀착되었다.

“섹스?”

그때 캐시가 낮게 물었다. 그러고는 눈부터 입으로 웃음기가 번졌다.

“제임스, 날 원해요?”

“포로 주제에.”

제임스가 표정 없는 얼굴로 말했지만 허리를 감은 팔에 힘을 더 주었으므로 이제는 하반신까지 밀착되었다. 그 순간 캐시가 풀썩 웃었다.

“달아올랐군요, 제임스.”

제임스의 단단한 남성을 느낀 것이다.

“언젠가는 이 순간이 오리라고 기대하고 있었어요.”

그러면서 캐시가 두 팔로 제임스의 목을 감아 안았다.

“하지만 어색해요, 제임스.”

캐시가 눈을 감고 말했다.

“먼저 키스부터 해줘요. 제임스.”

제임스가 머리를 숙여 캐시의 입술에 키스했다. 그러자 캐시가 입을 열어 혀를 내주었다. 말랑하고 달콤한 혀가 뽑혀 나오더니 제임스의 혀를 감고 비틀며 비벼대었다.

“제임스.”

잠깐 입을 뗀 캐시가 제임스의 바지 혁대를 풀면서 헐떡였다.

"해줘요."

제임스도 캐시의 반바지와 팬티를 한꺼번에 아래로 끌어내렸다. 바지 혁대를 푼 캐시도 손을 뻗어 제임스의 남성을 쥐었다.

"오오, 제임스."

캐시의 하체는 이미 알몸이다. 제임스의 남성을 쥔 캐시가 몸을 밀착시켰다. 호흡이 거칠어졌고 얼굴은 이미 붉게 상기되었다.

"어서요, 제임스, 난 이미……."

더듬대며 캐시가 말했을 때 제임스는 캐시의 몸을 번쩍 안아 들었다. 방 안으로 들어선 제임스가 캐시를 침대 위에 던졌다.

"아아."

침대에 던져진 캐시가 두 팔을 벌려 제임스를 맞아들이려는 시늉을 했다. 그러나 제임스는 서둘지 않았다. 침대 위에 오른 제임스는 캐시의 나머지 옷을 차근차근 벗겼다.

셔츠와 브래지어까지 벗겨내자 캐시는 머리칼 한 올 붙지 않은 알몸이 되었다. 방 안의 환한 등빛에 비친 캐시의 알몸은 조각상 같았다. 군살 한 점 붙지 않은 알몸이 침대 위에 펼쳐져 있는 것이다.

"아아, 어서."

캐시가 꿈틀대며 헛소리처럼 말했을 때 제임스는 옷을 벗어 던졌다. 이윽고 알몸이 된 제임스가 캐시의 몸 위로 엎드렸다.

제임스는 엎드린 채 탁자에 붙여진 디지털시계를 보았다. 섹스를 시작한지 1시간 반이 지나 있었다. 이윽고 캐시가 눈을 떴을 때 제임스는 몸을 떼었다.

그러자 캐시가 옅게 신음소리를 내더니 손을 뻗어 제임스의 팔을 쥐었다. 푸른 두 눈동자에 초점이 잡혀 있었지만 번들거렸다.

"제임스."

제임스의 시선을 잡은 캐시의 얼굴이 와락 붉어졌다.

"너무 좋았어요, 제임스."

"나도 그랬어."

"아냐, 난 진심이야."

누운 채 머리를 저은 캐시가 제임스의 팔을 이제는 두 팔로 안았다.

"이런 행복은 난생 처음이야, 제임스."

핸드폰을 집어든 타루소가 이맛살을 찌푸렸다. 발신자 번호가 처음 보는 번호였기 때문이다. 그래서 벨이 다섯 번 더 울리도록 놔두면서 궁리했다. 핸드폰 번호를 알고 있는 놈은 미국에서 열 놈도 안 된다. 그중 한 놈이 지금 전화를 건 놈한테 번호를 알려주었을 가능성도 있다. 그런데 만일 전화를 받는다면 금방 위치 추적이 된다. 아니, 요즘은 전원만 켜놓고 있어도 추적이 된다고 하지 않는가?

주위를 둘러본 타루소가 심호흡을 했다. 이곳은 네바다 주 라스베이거스 교외의 이른바 전원주택 안이어서 베란다 밖으로 짙은 숲이 보인다. 물론 인공으로 조성된 숲이라 가까이 가서 보면 꼭 모형물 같다. 그 사이에 벨이 세 번 더 울렸고 네 번째 울렸을 때 타루소는 핸드폰의 덮개를 열고 귀에 붙였다. 받기로 한 것이다. 그것이 보스 보사카가 자신을 그대로 미국 땅에 남겨놓은 이유이기도 할 것이다.

"여보세요."

그때 수화구에서 여자의 목소리가 울렸다.

"타루소 씨, 나, 캐시예요."

놀란 타루소가 심호흡부터 했다.

"캐시."

캐시 그린을 찾아갔던 모건이 부하 셋과 함께 살해되었고 타루소가 달려 보낸 총잡이 셋까지 일곱이 죽었디. 그닐 사선은 미국 전역에 대특종으로 보도될 만했는데 기사 한 줄도 나가지 않았다. 시체가 모두 사라져버린 데다가 캐시도 행방을 감췄기 때문이다.

그러나 타루소는 현장에서 돌아온 부하들로부터 내막을 알 수 있었다. 아래층 로비에 남아 있던 모건과 타루소의 부하들은 멀쩡했기 때문이다.

엘리베이터를 탔던 모건이나 동료들로부터 연락이 끊겨 당황한 그들이 캐시의 방으로 달려 올라갔을 때 방은 깨끗이 비워져 있었던 것이다.

물론 핏자국은 낭자했지만 그것으로 어떻게 할 것인가?

경찰에 신고를 할 수도 없었으므로 모두 얼굴이 하얗게 굳은 채 도망 나올 수밖에 없었던 것이다. 그래서 타루소도 LA를 떠나 이 뜨거운 네바다 사막으로 몸을 피한 상황이다.

"캐시, 웬일이야? 이 번호는 어떻게 알고?"

타루소가 겨우 그렇게 물었을 때 캐시는 낮게 웃었다.

"타루소, 모건을 앞세워서 되겠어요? 그 성 불능 얼간이가 스파이크 대역이 될 것 같았어요?"

"캐시."

타루소가 다시 침을 삼켰다.

스파이크를 만날 때 캐시를 두 번인가 본적이 있다.

그때 스파이크는 캐시를 액세서리처럼 달고 다녔는데 허영심 때문일 것이다.

"네 배후는 누구야?"

갈라진 목소리로 타루소가 묻자 캐시는 먼저 짧게 웃었다.

"제임스."

타루소가 눈만 치켜떴고 캐시의 말이 이어졌다.

"스파이크 조직의 간부급들은 대부분 실종되었거나 죽었죠. 타루소, 당신이 잘 알고 있을 텐데."

"……."

"제임스 호가 장악했어요, 타루소."

"……."

"그래서 말인데, 타루소. 제임스가 당신 보스하고 다시 거래를 원해요."

"거래를?"

"예전과 같은 조건으로, 당장."

"……."

"당신이 아직도 이곳에 남아 있는 것도 그것 때문일 텐데. 타루소, 어서 당신 보스한테 연락을 해보시죠."

그러더니 캐시가 다시 짧게 웃었다.

"타루소, 왼쪽 창밖을 봐요. 벤이 두 대 서 있죠? 거기에 사냥꾼들이 있어요."

"타루소가 5분도 안 되어서 뛰쳐나왔다고 하더군."

제임스가 웃지도 않고 말하더니 머리를 돌려 루스를 보았다. 이곳은 코리아타운에 위치한 아파트 안이다. 원룸 아파트였지만 30평쯤 되는 면적에 베란다도 넓다. 베란다 쪽을 향한 소파에 앉은 루스가 머리를 들고 제임스를 보았디.

"제임스, 보사카는 파나마를 떠나지 않아요. 그자를 잡으려면 파나마로 날아가야 돼요."

"CIA는 그럴 용도로 날 내세웠겠지."

냉장고 옆쪽 선반에 놓인 양주병을 쥔 제임스가 여전히 정색하고 말했다.

"내 기록이 남아 있을 테니까. 특히 아프가니스탄의 활약상이 말이야."

"크리스 하든은 떠났어요. 연금도 없는 상태로 추방당한 거죠."

"그놈은 죽여 없앴어야 돼."

"우리가 그럴 권한은 없어요."

제임스는 잔에 양주를 따라 벌컥거리며 삼켰다. 물 잔에 반쯤 채웠던 양주가 금방 비었다. 더운 숨을 길게 뱉은 제임스가 루스를 보았다.

맞는 말이다. 만일 크리스 하든의 범죄 행위를 처벌하려면 기소를 해야 될 것이고 그때는 엄청난 파문이 일어날 것이다.

CIA의 위상이 흔들릴 뿐만 아니라 고위층도 문책을 당하게 된다. 그때 루스가 빈손을 내밀었다.

"제임스, 나도 한잔 줘요."

그러자 제임스가 먼저 힐끗 벽시계를 보았다. 밤 10시 10분, 루스의 거처인 이곳은 가끔 들렀지만 이렇게 늦은 시간에 온 적은 없다.

제임스가 빈 잔을 찾아 루스에게 건네주고는 선 채로 술을 따랐다. 그때 루스가 술잔에 시선을 준채로 말했다.

"캐시가 고분고분 해졌더군요."

"그거야."

잔에 위스키를 반쯤 채워준 제임스가 제 잔에 다시 술을 따르며 말했다.

"당연하지, 욕구는 다 채워주니까."

루스가 한 모금 술을 삼키더니 외면하고 물었다.

"어떤 욕구?"

"섹스까지 다."

크게 한 모금 술을 삼킨 제임스가 루스의 옆자리에 앉았다.

"이틀에 한 번쯤은 섹스를 하지."

"……"

"매일 기다린다고 하기에 이틀에 한 번으로 정했어. 그것도 내가 집에 있는 때 한해서."

"……"

"오늘 여기서 자고 갈까 하는데 당신 생각은 어때?"

그러자 루스가 머리를 돌려 제임스를 보았다.

"제임스, 너무 자신을 학대하지 말아요."

"학대라니?"

제임스가 입을 벌리며 소리 없이 웃었다.

"마음껏 즐기고 있는데 학대라니? 무슨 말이야?"

"당신을 보면 막힌 철길을 돌진해가는 기관차처럼 느껴져요."

"그런 영화가 있었지."

눈을 가늘게 뜬 제임스가 한 모금에 남은 술을 삼키더니 탁자에 잔을 내려놓았다.

"하지만 주인공 남녀는 열차가 부딪쳐 폭발 하기 전에 뛰어 내리던데."

"제임스, 도망쳐요."

불쑥 말했던 루스가 어깨를 늘어뜨렸을 때 제임스가 팔을 뻗쳐 어깨를 안았다.

"루스, 오늘은 더 섹시하게 보이는군."

"제임스."

"옷을 벗어, 루스, 홀랑."

루스의 스커트 지퍼를 풀어 내리면서 제임스가 서둘렀다. 얼굴이 붉게 달아올라 있었다.

"당신 신음을 듣고 싶어. 밤새도록."

루스는 팬티가 마지막으로 벗겨질 때까지 가만히 서 있었다. 그

러나 브래지어를 벗길 때는 어깨를 비틀어 주었으며 팬티가 내려
갈 때 다리를 들어올렸다. 이윽고 알몸이 되었을 때 제임스는 루
스의 몸을 번쩍 안아 들었다.

"불을……."

알몸으로 안긴 루스가 눈을 감은 채 속삭이듯 말했다.

"제임스, 불을 꺼요."

제임스는 루스를 안은 채 벽 쪽으로 다가가 버튼을 눌러 불을
껐다. 방안이 어두워지면서 베란다 밖의 불빛이 환하게 드러났다.
침대 위에 루스를 눕힌 제임스가 천천히 옷을 벗었다.

방 안에는 제임스의 옷 벗는 소리만 났다. 그때 침대에 누워 있
던 루스가 말했다.

"제임스, 우린 소모품이에요. 알고 있죠?"

그러나 알몸이 된 제임스는 침대 위로 오르면서 대답하지 않았
다. 제임스는 루스의 몸 위로 엎드렸다.

"제임스."

다시 루스가 입을 열려는 순간이었다. 루스의 다리를 벌린 제임
스가 곧장 진입해왔다. 루스의 입에서 신음이 터졌다.

"오, 제임스."

고통을 느낀 루스가 제임스의 어깨를 두 손으로 움켜쥐었다.

"아파요, 천천히."

그러나 제임스는 거칠고 강하게 하체를 움직였다.

"아, 제임스, 제발."

루스가 이제는 어깨를 밀면서 비명 같은 신음을 뱉었다. 그러나

104

제임스의 움직임은 더 거칠어졌다.

“아아.”

제임스는 어둠속에서 눈을 부릅떴다. 루스의 샘은 아직 건조해서 이쪽도 강한 압박감이 느껴졌다.

그러나 10여 회 움직이고 났을 때 곧 젖어드는 것을 느낄 수 있었다. 빠르게 샘물이 고이는 것이다. 샘물은 뜨겁고 미끈거렸다.

“아아, 제임스.”

어느덧 루스의 두 손이 어깨에서 풀려 제임스의 엉덩이를 움켜쥐었다. 그러고는 움직임에 맞춰 힘을 더하기 시작했다.

“좋아요, 제임스.”

루스가 그렇게 소리쳤다. 어둠속에서 치켜뜬 두 눈이 번들거리고 있었다.

“너무 좋아, 제임스.”

허리를 치켜 올렸다가 두 다리를 허공으로 발길질하듯 차면서 루스가 탄성을 뱉었다. 제임스는 이를 악문 채 몰두했다. 그때 루스가 제임스의 목을 두 팔로 끌어안으면서 다급하게 소리쳤다.

“지금, 제임스, 지금.”

제임스는 더 깊고 강하게 움직였다. 이미 터진 루스의 샘은 넘쳐흐르고 있었으며 방 안은 두 남녀의 거친 숨소리와 비린 냄새로 가득 찼다. 이윽고 루스가 폭발했다.

악문 이 사이로 길고도 굵은 신음을 토해내면서 온몸을 돌덩이가 된 것처럼 굳은 것이다. 그러더니 루스는 천천히 몸을 펴면서 떨기 시작했다.

샘이 위축되면서 안의 피부도 함께 경련을 일으키듯 떨었다. 그때마다 루스는 신음 같은 탄성을 뱉었으며 이윽고 온몸을 늘어뜨렸다.

제임스는 루스의 몸을 부둥켜안은 채 움직이지 않았쭈. 그러고는 루스의 귀에 더운 숨결을 뱉으면서 기다렸다. 루스의 숨결이 가라앉은 것은 그로부터 한참이나 지난 후였다. 제임스가 몸을 떼자 루스는 눈을 떴다.

"제임스."

루스가 가라앉은 목소리로 제임스를 불렀다. 제임스의 시선을 받은 루스가 팔을 뻗어 목을 감아 안았다.

"제임스, 당신은 사정하지 않았어."

눈을 치켜뜬 루스가 말을 이었다.

"당신은 또 자신을 학대했어."

모텔 입구로 들어선 베니토는 어깨를 늘어뜨리면서 길게 숨을 뱉었다. 주위는 짙게 어둠이 덮여 있는 데다 조용했다. 모텔 입구의 보안등도 꺼져 있어서 현관 안의 등빛만 희미하게 비칠 뿐이다.

가슴에 안은 식료품 봉투를 고쳐 쥔 베니토가 다시 주위를 둘러보고나서 모텔 마당으로 들어섰다. 그러고는 곧장 왼쪽 계단으로 다가가 조심스럽게 2층 계단으로 올라갔다. 217호실은 계단 끝에서 두 번째 방이다.

이곳은 라스베이거스 남쪽 30킬로미터 지점의 도로변이어서 낮 손님이 많았고 밤의 투숙객은 드물었다. 오늘도 20여 개의 모텔방

중 불이 켜진 곳은 서너 개뿐이었다. 불이 꺼진 218호실을 지나 217호실의 열쇠를 꽂은 베니토가 머리를 돌려 뒤를 보았다.

마당은 물론이고 모텔 건물에서도 인기척은 보이지 않았다. 방 몇 개에서 불빛만 새어나올 뿐 조용했다.

100미터쯤 앞쪽 도로를 질주해가는 차량들의 소음만 들릴 뿐이다. 문을 열고 방 안으로 들어선 베니토는 문에 등을 붙인 채로 다시 긴 숨을 뱉었다. 그러고는 벽에 붙은 전등 스위치를 켰다.

그 순간 베니토는 얼어붙었다. 눈과 입만 딱 벌렸을 뿐 숨도 멈췄다. 방 안에 사람이 들어와 있는 것이다. 그것도 셋이나, 더구나 그 셋은 모두 동양 아이들이다.

왜소한 체격, 그러나 검은 눈동자가 번들거렸고 무엇보다도 셋이 다 총을 쥐었다. 소음기까지 부착되어 있어서 총은 아이들 팔보다도 긴 것 같았다.

“그대로.”

의자에 앉은 아이가 차분한 목소리로 말했다.

“옳지, 그대로 가만있어. 숨만 쉬어라.”

아이의 두 눈이 번들거리고 있었다.

베트맨, 베니토의 등에서 찬 땀방울이 주르르 꼬리뼈까지 흘러내려갔다. 소문으로만 듣던 베트남 꼬마들, 모건과 타루소의 총잡이들을 몰사시킨 꼬마 귀신들, 처음에는 아무도 믿지 않았지만 지금은 꼬마 귀신들이 저승사자가 되었다.

특히 베니토가 그렇다. 다운타운의 집에서 도망 나와 이곳 모텔에서 일주일째 피신해 있는 것도 바로 이놈들 때문이다.

  3일 전 같은 처지였던 마리오가 꼭꼭 숨어 있던 차이나타운의 애인 집에서 시체로 발견 되었다는 소식을 듣고 나서 베니토는 아예 멕시코로 떠나버릴까 망설이는 중이었다. 그런데 이제 늦었다.

  "베니토."

  아이가 총구를 가슴 쪽에 겨누면서 이름을 불렀다. 열다섯? 아니면 열넷? 도무지 열다섯 이상으로는 보이지 않는다. 베니토의 시선을 잡은 아이가 빙그레 웃었다.

  "너, 내가 왜 왔는지 알지? 그럼 말해, 베니토. 하나도 숨기지 말고."

  "그것은……."

  베니토가 겨우 입을 열었을 때 아이가 권총을 쥔 손을 좌우로 흔들었다.

  "입 닥치고 내 말 들어, 베니토."

  권총이 다시 베티토의 가슴에 겨눠졌다.

  "마리오는 넷이 있었다고 했다. 존슨, 머피, 잉그스만, 그리고 홀든, 거기에다 선원으로 너희들 둘이었지."

  숨을 멈춘 베니토를 향해 아이의 말이 이어졌다.

  "머피하고 잉그스만은 지난번에 저택 경비를 하다가 뒈졌어. 존슨은 스파이크하고 같이 있다가 뒈졌고, 홀든 한 놈만 아직 못 찾았지. 자, 그럼 묻는다."

  "……."

  "여자 둘을 바다 속에 던져 넣을 때, 너도 보았지?"

108

아이가 불쑥 물었으므로 베니토는 어깨를 늘어뜨렸다. 이것 때문이다. 이것과 연관되어 있었기 때문에 이 꼴이 된 것이다.

베니토가 입을 열었다.

"그래, 보았어."

베니토가 갈라진 목소리로 말했다. 그때 아이가 머리를 끄덕였다.

"마리오한테서 들었지만 다시 묻는다. 둘은 살아 있었나?"

"아니."

침을 삼킨 베니토가 머리를 저었다. 그러자 아직도 가슴에 안고 있던 종이봉투에서 캔 하나가 방바닥으로 떨어졌다. 그러나 아무도 그것을 상관하지 않았다. 아이의 시선을 받은 베니토가 말을 이었다.

"둘 다 죽은 것 같았어. 비닐 봉투에 쌓여 있었기 때문에……."

"……."

"얼굴은 보지 못했어. 가깝게 갈수도 없었고."

"……."

"다리 쪽을 쇠사슬로 감고 철근 덩어리를 매달았는데 그 작업은 모두 그자들이 했어. 나하고 마리오는 조타실에만 있었어."

"네가 홀든한테서 돈을 받았다던데, 철근하고 쇠사슬도 네가 구해주었고."

"그건 배에 있던 물건들이야."

놀란 듯 베니토의 목소리가 높아졌다.

"난 그런 일을 할지 몰랐어. 그저 하룻밤 빌려 쓰는 줄로만 알았다고.”

“홀든에 대해서는 아무도 모르던데, 같이 있던 놈들도 다 죽었고, 스파이크 조직원 중 홀든을 아는 놈이 없어. 베니토, 넌 그놈을 아나?”

“나도 그자를 그날 밤 처음 만났어.”

“인상을 말해봐.”

“중키에 30대쯤, 눈동자는 검었고 코가 큰 백인이야.”

베니토가 눈을 가늘게 뜨더니 말을 이었다.

“특징이 없는 얼굴이야, 머리칼은 검었고, 말투는 느렸어.”

“…….”

“그자가 지휘했지만 나머지 셋하고도 친한 것 같지 않았어.”

“그놈한테서 얼마 받은 거야?”

“1,000불, 받아서 마리오한테 500불 주었어.”

“마리오는 네가 3,000불 받아서 저한테 500불 주었다고 하던데.”

“거짓말이야.”

베니토가 펄쩍 뛰었다.

“그놈은 의심이 많아서 항상 골치였어. 그래서 마누라한테도 이혼 당했지만.”

“이제 너도 죽어줘야겠는데.”

아이가 불쑥 말했으므로 놀란 베니토가 머리를 들었고 그동안 힘겹게 들고 있던 종이봉투가 미끄러져 떨어졌다. 봉투가 찢어지면서 식료품이 방바닥으로 흩어졌다.

“살려줘.”

이제 빈손이 된 베니토가 두 손을 모아 쥐고 말했다. 육중한 체격이어서 아이의 세 배가 넘는 체중이었지만 베니토의 얼굴에는 진땀이 흘러내렸다.

"난 죄가 없어. 그냥 배만 빌려줬을 뿐이야. 그런 일에 사용될지 몰랐어."

"마리오는 네가 홀든의 연락처를 알고 있다던데."

아이가 표정 없는 얼굴로 묻자 베니토는 손등으로 이마의 땀을 닦았다.

"알고 있어."

"그럼 그놈 연락처를 대."

한마디씩 또박또박 말한 아이가 총구를 세우더니 베니토를 겨누었다.

"지금 당장."

그 순간 둔탁한 총성이 울리면서 베니토의 어깨 위쪽에 총탄이 박히는 소리가 났다. 부서진 시멘트 조각이 어깨 위로 튀었고 옅게 화약 냄새도 풍겼다. 기겁을 한 베니토가 눈을 치켜 떴을 때 아이가 말을 이었다.

"그놈하고 네 목숨을 바꾸는 거야."

다음날 오전 저택으로 돌아온 제임스에게 후안이 말했다.

"제임스, 도이 그놈은 재미삼아 살인을 하고 있어."

제임스가 잠자코 저고리를 벗어 던지더니 냉장고로 다가가 주스 병을 들었다. 후안이 제임스의 등에 대고 말했다.

"소문이 뭐라고 난지 알아? 꼬마 귀신들이라는 거야. 악마라고 부르는 놈들도 있지. 또 어떤 놈들은……."

"오멘이라고도 한다면서?"

몸을 돌린 제임스가 말을 이었다. 오멘은 옛날 영화로 악마가 아이로 태어나 죽음을 몰고 다닌다는 내용이다. 병째로 서너 모금 주스를 삼킨 제임스가 후안을 보았다.

"후안, 내버려둬라."

"내버려두라고?"

정색한 후안이 한걸음 다가섰다.

"이봐, 제임스, 도이 그놈이 며칠 전에 차이나타운에서 한 놈을 몸에다 스무 개가 넘는 총구멍을 내고 죽였다고. 그 사건을 도이 그놈이 저지른 것이란 말이야."

후안의 목소리가 높아졌다.

"건물 경비하고 같은 층 주민이 셋이나 동양 꼬마 넷이 그 집에 들어갔다 것을 봤다고 증언 했다는 거야. 내가 조금 전에 경찰 쪽 정보원한테서 들었다고."

이미 사건은 언론에 보도되어서 오늘까지 떠들썩한 뉴스가 되고 있다. 그런데 동양 꼬마들이 현장에 들어갔다는 증언이 나오면 언론은 더 떠들 것이었다. 후안의 시선을 받은 제임스가 쓴웃음을 지어보였다.

"언론에 보도되지 않을 거야, 후안."

"그게 무슨 말이야?"

"CIA에서 압력을 넣어 줄 테니까."

이제는 후안이 눈만 크게 떴고 제임스의 말이 이어졌다.

"지금 도이는 시체를 던진 놈들을 찾고 있어. 차이나타운에서 죽은 놈은 시체를 싣고 갔던 예인선의 선원 중 한 놈이야."

"……."

"도이는 또 한 놈의 선원을 잡고 있어. 그 작업을 지휘한 홀든이라는 놈을 찾는 중이지."

"……."

"이미 끝난 일이고 어머니하고 마이런이 돌아올 수는 없겠지만 그 원인은 분명하게 밝히고 싶어."

그러고는 제임스가 정색하고 후안을 보았다.

"후안, 도이가 하고 있는 일은 내가 시킨 거야."

"그랬군."

입맛을 다신 후안이 시선을 내렸다.

"나만 모르고 있었군."

"도이는 아직도 희망을 버리지 못하고 있는 것 같다."

혼잣소리처럼 말한 제임스가 길게 숨을 뱉었다.

"아직도 어머니하고 마이런이 살아 있다고 믿고 싶은 거야."

그때 방 안으로 캐시가 들어섰으므로 둘은 긴장했다.

"제임스, 타루소한테서 연락이 왔어요."

캐시가 밝은 표정으로 말했다.

"사흘 후에 산타모니카에서, 시간과 장소는 사흘 후 오전 10시에 다시 연락 해준다고 했습니다."

지난번 타루소에게 사업 재개를 요청한 회답이 온 것이다. 캐시는 마치 제가 일을 따낸 것처럼 활기찬 표정이었다.

"제임스, 그때 날 데려갈 거죠?"

옆에 후안이 있었지만 캐시는 전혀 신경 쓰지 않았다. 후안이 흘겨보았어도 무시했다. 캐시의 시선을 받은 제임스가 입맛부터 다셨다.

"안돼, 캐시. 네 일은 여기까지야."

그러고는 덧붙였다.

"위험해서 그래."

"제임스의 조직은 스파이크의 기존 조직을 모두 흡수했지만 행동대가 특이합니다."

루스가 스크린에 나타난 조직도를 레이저로 가리켰다. 벽에 붙은 대형 스크린에는 제임스의 조직도가 그려져 있었는데 사진까지 붙어 있었다.

맨 위에 제임스의 사진이 붙여졌고 옆에는 캐시 그린의 웃는 모습이 나란히 떠 있다. 그 밑에 후안, 그리고 스파이크 조직에서 흡수된 중간 간부들의 사진이 10여 개 이어져 있었다.

화면이 바뀌면서 다시 새로운 조직도가 스크린에 떴다. 그러자 둘러앉은 사내들의 입에서 제각기 탄성이 터졌다. 그것이 루스에게는 신음처럼 들렸다. 루스가 다시 입을 열었다.

"이 아이들이 제임스 호 조직의 핵심이자 행동대원입니다. 인원은 현재 스물두 명, 모두 16세 미만 13세까지의 베트남 난민 3세로 고아 또는 가출 소년입니다."

그 사이에 스크린의 사진이 차례로 확대되어 아이들의 얼굴과 약력을 비쳤다.

"이들은 스스로는 물론이고 외부에서도 베트맨이라고 부르고 있습니다. 베트남 남자들을 줄여서 만든 말이지요. 조직의 리더 제임스 호부터 베트맨이고 부대장격인 후안도 마찬가지. 행동대 스물두 명도 그렇습니다."

루스의 레이저 지휘봉이 행동대의 맨 위에 붙은 리더 도이의 얼굴을 가리켰다. 그러자 도이의 얼굴이 확대되었다.

"이 아이의 본명은 후엔 카이지만 도이라고 부릅니다. 이 아이는 베트맨 행동대의 대장이며 잔인한 네다 머리가 좋습니다. 제임스를 형처럼 따르고 제임스의 어머니 도이 무앙을 할머니처럼 따랐지요."

이제는 방 안에 무거운 정적이 덮였다. 이곳은 CIA의 LA 지역 안가로 오늘 긴급 간부회의가 열리고 있는 것이다.

코크란은 물론이고 본부에서 날아온 간부 셋과 LA 지역 연락 책임자인 보리스 로마노프와 보좌관 머핀까지 모두 일곱 명이 둘러 앉았다. 루스의 말이 이어졌다.

"도이는 제임스의 지시만 받습니다. 이 무리는 여자나 마약 또는 돈에 대한 집착도 없습니다. 그래서 저는……."

잠깐 말을 멈춘 루스가 여섯 명의 남자를 둘러보았다. 얼굴에 희미한 웃음기가 떠올라 있다.

"이 아이들이 마치 병정개미 같다는 느낌을 자주 받습니다. 여왕개미를 위해 일만 하다가 죽는 개미 말씀입니다."

"그 여왕개미는 제임스 호인가?"

사내 하나가 불쑥 물었다. 본부에서 나온 부국장보 왓슨이다. 서열 4위의 거물이었고 언제라도 CIA 국장이 될 수 있는 위치였다. 루스가 머리를 끄덕였다.

"예, 부국장보님."

"그럼."

잠깐 뜸을 들였던 왓슨이 다시 물었다.

"내가 알기로는 여왕개미가 죽으면 병정개미들은 뿔뿔이 흩어지던데, 제임스 호 조직도 그렇게 되지 않을까?"

"그 반대가 될 겁니다."

왓슨의 시선을 정면으로 받은 루스가 차분하게 말을 이었다.

"병정개미가 모두 흉기가 될 테니까요. 흩어져도 뭉쳐서도 폭탄이 될 가능성이 큽니다. 그땐 엄청난 결과가 초래될 것입니다."

"동감입니다."

코크란이 동의했다. 그러자 왓슨이 눈을 가늘게 뜨고 루스를 보았다.

"루스 요원, 그럼 제임스가 이 작전이 끝날 때까지 살아 있어야겠군?"

"그렇습니다, 부국장보님."

"크리스 하든에 대한 유감이 아직도 있나?"

몰아붙이듯 왓슨이 묻자 루스는 긴장했다. 그러나 대답을 주저하지는 않았다.

"그렇습니다, 아직 유감이 강합니다."

타루소가 산타모니카 교외의 폐차장을 만나는 장소로 정한 이유는 숨을 곳이 많기 때문일 것이다. 오후 5시. 폐차장 사무실은 비어 있었고 옆쪽 창고도 문이 열렸지만 사람은 보이지 않았다.

더구나 폐차장 면적은 수천 평이 되는 데다 쌓인 폐차 사이로 길이 미로처럼 뻗쳐 있다. 국도에서 200여 미터쯤 떨어진 외딴 곳이어서 여기서 총격전이 일어나도 모를 것이었다.

제임스의 일행은 셋, 엔젤과 보리스를 양쪽에 대동하고 사무실 앞에 멈춘 차에서 내렸다. 엔젤은 흑인이고 보리스는 백인이었으므로 제임스까지 흑, 백, 황인종의 팀이다.

엔젤과 보리스 둘 다 스페이크 휘하의 하급 간부였다가 이번에 제임스의 세상이 되자 중책을 맡은 터라 기세가 충천했다. 둘 다 전과가 두어 개씩 있었고 3, 4년씩 복역한 경험도 쌓은 20대 후반의 한창 나이다.

제임스 앞에서 두각을 나타내 보이고 싶은 열망이 온몸에서 풍긴다. 그들이 사무실 옆 창고로 들어서자 안에는 타루소 일행이 이미 기다리고 있었다.

타루소를 포함해서 여섯, 다섯은 제각기 재킷이나 헐렁한 점퍼를 걸치고 있었는데 무장하고 있다는 증거였다.

"제임스 씨."

타루소가 웃음 띤 얼굴로 제임스를 보았다. 말쑥한 정장 차림의 타루소와는 대조적으로 제임스는 셔츠 차림이다.

"거래를 시작하게 되어서 반갑습니다."

그러면서 내민 타루소의 손을 제임스가 잡았다.

"앞으로 물량을 더 늘릴 겁니다."

제임스가 말하자 타루소는 이를 드러내고 웃었다.

"보스가 기뻐하실 겁니다. 스파이크가 죽고 나서 시장이 혼란스러워지는 것을 걱정하셨거든요."

"보스한테 걱정하지 말라고 전해주시오."

"그러지요."

그러자 제임스가 가슴 주머니에서 쪽지를 꺼내 타루소에게 내밀었다.

"이번 주문량이요."

쪽지를 받은 타루소가 펴 보더니 웃음 띤 얼굴로 머리를 끄덕였다.

"좋습니다, 거래 방식은 지난번하고 같이 하는 겁니다. 알고 계시지요?"

"현금과 현물 교환."

"그렇습니다."

주머니에 쪽지를 넣은 타루소가 이번에는 정색했다.

"모두 3,500만 불 물량입니다. 화물 인도 기일을 곧 통보해드리지요."

"기다리지요."

"이렇게 다시 거래를 하게 되어서 반갑습니다."

타루소가 다시 손을 내밀었으므로 제임스는 빙긋 웃었다. 손을 쥔 제임스가 타루소를 지그시 보았다.

"타루소 씨, 모건한테 달려 보낸 총잡이들은 제대로 실력 발휘를 못한 것 같더군요."

와락 긴장한 타루소가 눈을 크게 떴을 때 제임스는 손을 놓았다.

"모건이 운영하던 바는 여기 있는 엔젤이 차지했지요."

옆에 서 있는 엔젤을 턱으로 가리켜 보인 제임스가 다시 웃었다.

"나는 당신 보스한테서 앞으로의 거래에 대한 보장을 받고 싶은데, 타루소 씨."

"보장이라니. 무슨 말입니까?"

조금 굳어진 표정으로 타루소가 묻자 제임스는 정색했다.

"총잡이를 보내 내 등을 쏘지 않겠다는 보장 말이요."

"그럴 리가, 지금 우리는 거래를……."

"거래에는 서로 믿음이 필수 요인이요."

타루소의 말을 자른 제임스가 말을 이었다.

"당신 보스의 보장을 받고 싶소. 필요하다면 내가 파나마로 가도 됩니다."

계단 옆쪽의 석재 난간 밑은 40센티미터 가량의 틈이 있다. 멋으로 위쪽 난간 넓이를 그만큼 넓혀 만든 것인데 그 밑에 등을 딱 붙이고 쪼그리고 앉을 수 있는 인간은 도이 또래뿐일 것이다.

밤이어서 계단 밑은 짙은 그늘에 덮여 있다. 건물의 보안등 빛은 계단 위쪽만 비칠 뿐이다. 도이는 손목시계를 보았다.

밤 11시25분. 보이드 메클럼이 배로스 바를 출발한지 15분이 지났다. 택시를 탔다니 곧 도착할 것이었다.

보이드 메클럼. 위쪽 2층 주택의 입주자인 보이드 메클럼은 베니토나 마리오 등에게 홀든이라고 불린 사내인 것이다.

중키에 코가 컸고 눈동자가 검은 백인. 배에 탔던 스파이크 조직원 셋은 다 죽었고 지휘자인 이놈만 살아 남아 있다. 그리고 이놈은……. 도이는 심호흡을 했다. 이놈은 스파이크 조직원이 아닌 것이다.

그때 주머니에 넣은 핸드폰이 진동을 했으므로 도이는 긴장했다. 핸드폰을 꺼낸 도이가 귀에 붙이고는 소리 죽여 응답했다.

"왜?"

"두 놈이 걸어오고 있어."

수화구에서 역시 낮은 목소리로 피트가 말했다. 피트는 지금 이차선 도로 입구의 저택 창고 옆에 숨어 있다. 용의주도한 도이는 보이드 메클럼의 저택으로 들어오는 도로 입구에도 부하를 매복시켜놓은 것이다. 다시 피트가 말을 이었다.

"한 놈은 보이드 같아."

"써니는 그놈이 택시를 탔다고 했는데."

"저쪽 큰길에서 내린 것 같아."

"혼자서 탔다고 했단 말이야."

이 사이로 말한 도이가 눈을 치켜떴다. 그때 몇 초쯤 지나고 나서 피트가 말했다.

"앞을 지나갔어. 틀림없는 보이드 그놈이야. 다른 한 놈은 키가 큰 백인."

"좋아, 그래도 계획대로 진행한다."

그러고는 도이가 핸드폰을 껐다. 피트와의 거리는 100미터 정도, 보이드는 1분이면 도착할 것이었다. 도이는 가슴에서 베레타를 꺼내 쥐었다.

소음기까지 끼워진 베레타는 묵직했지만 가슴에 오래 품고 있다 보니 따뜻했다. 보이드 메클럼을 찾아낸 것은 도이가 아니다.

베니토한테서 홀든의 연락처를 알아낸 도이가 그것을 제임스에게 건네주었고 찾아낸 것은 CIA였다. 루스가 CIA의 협조를 받은 것이다.

보이드 맥클럼은 34세. 전직 CIA 요원이다. 그러나 3년 전 업무 태만을 이유로 해직된 후에 종적을 감췄다가 이번에 나타났다.

크리스 하든에게 고용된 것이다. 그때 도이는 왼쪽 도로에서 다가오는 두 사람을 보았다. 거리는 30미터 정도, 도로에는 그들 둘 뿐이었고 차량 통행도 없다.

이쪽은 주택가의 도로 끝 부분인 것이다. 발자국 소리가 다가왔으므로 도이는 입 안에 고인 침을 삼켰다. 제임스는 일을 맡기면서 살려서 데려오라고 했다.

이제는 잔소리를 하지 않았지만 얼굴에 아직도 못마땅한 기색이 떠 있는 것을 도이는 느낄 수 있었다. 둘은 잠자코 계단으로 다가오더니 오르기 시작했다.

하나, 둘, 셋, 도이는 여섯 번째 계단하고 제 신장이 같다는 것을 아까 맞춰 보았다. 다섯, 여섯, 둘이 동시에 여섯 번째 계단에 밟았을 때 도이는 자리에서 일어섰다. 그러자 오래 굽어 있던 다리가 시큰거렸지만 총을 겨누고 발사했다.

"퍽! 퍽! 퍽!"

첫 발은 바로 눈앞에 다리가 떠 있는 키 큰 사내의 무릎에 맞았다. 거리가 2미터도 안되어서 무릎에 박힌 총탄 흔적까지 다 보았다. 또 한 발은 보이드의 어깨, 나머지 한 발은 무릎을 겨누었는데 종아리에 맞았다.

"아악!"

이 비명은 굴러 떨어진 키 큰 사내가 질렀다.

　도이는 계단 아래쪽으로 다가가 굴러 떨어진 두 사내를 보았다. 둘 다 몸부림을 치고 있어서 어수선했다. 그러나 신음을 뱉지 않는다.

　키 큰 사내가 굴러 떨어질 때 외마디 비명 한 번을 질렀을 뿐이다. 도이는 베레타를 겨누었다. 그러자 키 큰 사내가 먼저 말했다.

　"쏘지 마! 살려줘!"

　도이의 시선이 보이드에게로 옮겨졌다. 시선이 마주치자 보이드는 눈을 크게 떴을 뿐 입을 열지는 않았다. 그때 도이는 키 큰 사내의 손이 가슴 안으로 들어간 것을 보았다. 뒹굴면서 슬쩍 손을 집어넣은 것이다.

　"퍽! 퍽!"

　다시 둔탁한 발사음이 울리면서 가슴에 두 발을 맞은 사내가 사지를 늘어뜨렸다. 폐에 차 있던 공기가 입으로 빠져 나오는 소리가 밤의 대기를 울렸다. 도이의 총구가 보이드에게로 옮겨졌다.

　"베트맨이군."

　보이드가 이 사이로 말했다. 계단 밑의 맨땅에 보이드는 몸을 굽힌 채 옆으로 누워 있었는데 두 눈이 번들거렸다. 보이드의 어깨와 다리에서는 피가 흘러나오고 있다. 도이가 코웃음을 쳤다. 그러고는 다시 한 발을 쏘았다.

　"퍽!"

　이번 총탄은 보이드의 다른 쪽 어깨를 뚫고 들어갔다. 보이드는 양쪽 어깨를 다 뚫린 셈이다.

"으음."

이 사이로 신음을 뱉은 보이드가 눈을 치켜떴을 때 차의 엔진
음이 울리더니 곧 승합차가 다가와 옆에 멈춰 섰다. 문이 열리면
서 아이 네 명이 뛰어 내렸다. 그러고는 먼저 시체가 되어 있는 사
내의 팔 다리를 하나씩 잡아 차 안에 던져 넣었다.

"이놈을 묶어라."

도이드가 보이드를 총구로 가리키며 말했다. 보이드를 차 안에 던
져 넣은 아이들이 다시 벌떼처럼 덮치더니 테이프로 전신을 묶었
다. 차가 출발하면서 보이드는 짐짝처럼 뒹굴었다.

그제야 보이드는 온몸에 찬 기운이 덮인 것 같은 공포감을 느꼈
다. 총에 맞은 고통을 잊게 할 만큼 그 공포심이 컸다. 차 안은 조
용했다.

아이들은 아무도 입을 열지 않았는데 그것이 또 보이드의 공포
감을 증폭시켰다. 괴물들이다. 베트맨 소문을 들었을 때 쓴웃음을
짓고 말았던 보이드였다.

보이드는 눈을 크게 떴다. 그 순간 차가 흔들리면서 몸이 굴러
가 의자 다리에 어깨가 부딪혔으므로 보이드는 신음했다. 그러나
입에 테이프가 붙어 있어서 목에서만 울렸을 뿐이다.

보이드는 피에 젖은 몸이 조금씩 바닥에 붙여지는 느낌을 받았
다. 그러고는 마침내 의식을 잃었다.

보이드가 깨어났을 때 맨 먼저 눈이 부셨으므로 다시 눈을 감았

다가 떴다. 불빛이 환했지만 온몸은 한기에 덮여져 있었다. 눈동자에 초점이 잡히자 보이드는 제 몸이 의자에 묶여 있는 것을 보았다.

양쪽 어깨와 다리에는 붕대가 감겨 있다. 머리를 든 보이드는 앞쪽에 서 있는 사내를 보았다.

제임스 호, 팔짱을 깨고 선 제임스 옆에 아이가 있다. 파리 잡듯이 권총을 쏘아 사람을 죽인 놈, 시선이 마주치자 제임스가 말했다.

"보이드 메크럼, 넌 어차피 죽는다."

억양 없는 목소리로 제임스가 말을 이었다.

"조금 일찍 죽느냐 늦게 죽느냐는 차이가 있을 뿐이지."

그러고는 얼굴을 일그러뜨렸다.

"사람은 다 죽지, 그러고 보면."

보이드는 어금니를 물었다. 이놈들이 이러는 이유를 아는 것이다. 여기까지 데려와 말을 늘어놓는 이유를 안다. 보이드가 입을 열었다.

"여자들의 생사를 알고 싶은 거냐?"

그 순간 도이는 물론이고 제임스도 숨을 멈췄다. 방 안은 조용했다. 이 순간에는 보이드가 주도권을 쥐고 있는 것처럼 보였다.

둘 모두 보이드의 입에 시선을 집중하고는 기다렸다. 그 사이에 도이는 긴장해서 침까지 삼켰다. 이윽고 보이드가 입을 열었다.

"기대를 깨서 유감이다. 둘 다 죽었어."

그 순간 제임스는 눈만 크게 떴지만 도이는 어깨를 늘어뜨리면서 길게 숨을 뱉었다. 보이드의 말이 이어졌다.

"둘 다 시체로 배에 실렸고 난 바다 속으로 던지기만 했을 뿐이다."

"……."

"나이든 여자는 사망한 지 꽤 된 것 같았고 젊은 여자는 얼마 되지 않은 것 같았어. 둘 다 총에 맞았다."

"……."

"누가 그랬는지 난 모른다."

그때 제임스가 입을 열었다.

"넌 크리스 하든하고 두 번 작전을 같이 했더구먼. 한 번은 아프가니스탄에서."

보이드의 시선을 받은 제임스가 무표정한 얼굴로 물었다.

"또 한 번은 파라과이의 인질 구출 작전이었더군. 인질은 죽고 돈만 빼앗긴 작전이었는데. 그 돈이 아마 500만 불이었지? 미국인 기업가 죠지 머핀이 낸 돈 말이야."

"……."

"내 생각인데. 그 돈을 크리스 하든과 네가 나눠먹은 것 같다. 맞지?"

"끝난 일이야."

보이드가 외면하고 말했다.

"이 일하고 상관없는 일이기도 하고. 이제 더 이상 말할 것 없으니까 죽여라."

"네 가족이 샌프란시스코에서 살고 있더구먼. 보이드 메클럼."

이제는 제임스의 얼굴에 희미한 웃음기가 떠올랐다.

"우리가 그 정도 조사도 않고 널 잡아왔을 것 같나?"

"난 가족이 없어, 이 망할 놈아."

보이드가 눈을 치켜뜨고 제임스에게 욕을 했다.

"난 이혼한 지 5년이나 된단 말이다."

"딸 둘하고는 이틀에 한 번은 꼭 통화를 하더구먼. 네 전처는 아직 혼자이고."

"……"

"자료에는 네가 위장 이혼을 했다고 나와 있어. 네가 근무했던 CIA 내부 자료에 밀이다."

그때 보이드가 이를 악물었다가 풀었다. 그러고는 와락 소리쳤다.

"날 죽여! 이 개자식아! 어서!"

"네 처자식부터 하나씩 죽이고 나서."

제임스가 억양 없는 목소리로 말하더니 머리를 돌려 옆에 선 도이를 보았다.

"도이, 딸이 몇 살이지?"

"열 살, 일곱 살이야."

"그럼 셋을 다 잡아와라, 엄마까지."

"그러지."

머리를 끄덕인 도이가 정색했다.

"내일까지 셋을 데려올게."

"데려와서 하나씩 없애. 이놈이 보는 데서 말이야."

"알았어."

그러고는 도이가 몸을 돌렸을 때 보이드가 이 사이로 말했다.

"다 불게. 다 불겠어."

"더 들을 것이 없는 것 같은데."

도이는 방 문의 손잡이를 잡은 채 머리만 이쪽으로 돌린 자세였고 제임스는 팔짱을 끼고 보이드를 보았다. 보이드가 이를 악물었다가 풀고는 말했다.

"내 처자식을 살려준다고 약속해. 그럼 다 불 테니까."

제임스의 시선을 받은 보이드의 두 눈에서 눈물이 흘러내렸다.

"남자 대 남자로 약속해줘. 그럼 당신 가족을 누가 죽였는지 말해 주겠어."

"이제 그만, 제임스."

루스가 헐떡이며 다시 말했지만 제임스는 그치지 않았다. 둘의 몸은 땀으로 흠뻑 젖었고 방 안은 열기로 터질 것처럼 달아올라 있었다.

"아아, 제임스, 제발."

악을 쓰듯 외치던 루스가 또 폭발했다. 온몸을 경직시켰던 루스는 폐가 터질 것처럼 숨을 뱉으면서 늘어졌지만 제임스의 움직임은 멈추지 않는다.

"제임스, 제임스."

루스가 제임스를 사지로 감아 안고는 울부짖었다.

"제발 그만."

시간이 얼마나 흘렀는지 루스는 알 수 없었다. 다만 끝없는 쾌락, 절정에 여러 번 올랐다가 내려왔어도 제임스는 조금도 멈추지 않고 몸을 부딪치는 것이다.

"제임스!"

와락 겁이 난 루스가 몸을 비틀면서 제임스를 불렀다. 그 순간 제임스의 몸이 빠져 나가면서 루스는 풀려났다.

"응? 루스, 왜?"

상반신을 세운 제임스가 그때서야 눈의 초점을 잡고 루스를 보았다. 불을 환하게 켜놓고 있어서 제임스의 땀에 얼룩진 얼굴이 보였다.

"왜 그러는 거야?"

제임스가 묻자 루스는 팔을 뻗어 제임스의 얼굴에 난 땀을 손바닥으로 닦아 주었다.

"제임스, 오늘은 너무 길어, 너무."

너무를 강조했던 루스가 덧붙였다.

"난 셀 수도 없이 천국에 갔다 왔단 말이야, 제임스."

제임스가 몸을 비틀어 옆쪽으로 엎드렸다. 그제야 루스는 탁자에 부착된 디지털시계를 보았다.

새벽 5시 반, 루스가 옆에 엎드린 제임스의 머리칼을 손으로 쓸었다.

"제임스, 보이드는 어떻게 처리했어?"

루스의 아파트 안이다. 새벽 2시가 되었을 때 갑자기 제임스가 찾아왔으므로 루스는 놀랐지만 반겼다. 오늘은 연락도 하지 않고 불쑥 찾아온 것이다.

제임스가 대답하지 않았으므로 루스는 아직도 땀에 젖어 있는 제임스의 등을 시트 끝자락으로 닦아주며 다시 물었다.

"처치한 거야?"

제임스가 엎드린 채 두어 번 머리만 끄덕였으므로 루스는 침대에서 일어섰다. 알몸으로 냉장고에 다가간 루스가 제임스에게 물었다.

"마실 것 줄까?"

이번에도 제임스는 대답하지 않았고 루스는 생수병을 꺼내 병째로 서너 모금을 삼켰다. 물방울이 턱을 타고 젖가슴 위로 서너 방울 떨어졌다.

생수병을 냉장고에 넣고 몸을 돌렸던 루스가 놀라 무의식중에 손바닥으로 다리 사이를 가렸다. 어느새 제임스가 침대에서 일어나 앉아 이쪽을 보고 있었기 때문이다.

"루스."

제임스가 먼 곳을 보는 시선으로 루스를 보았다. 다가간 루스가 시트로 하반신을 감싸고는 제임스 옆에 앉았다.

"제임스, 무슨 일 있어?"

"크리스 하든이 보낸 킬러가 내 가족을 죽였는데 말이야."

제임스가 앞쪽의 벽을 향하고 말했다.

"그 킬러가 지금도 CIA에서 근무하고 있다더군."

"……."

"보이드는 요즘 생명의 위협을 느끼고 있었다는군. 그 비밀을 아는 자신을 CIA가 처치할까 봐서 말이야.”

　응접실로 들어선 도이가 제임스의 앞쪽 소파에 앉았다. 긴장한
듯 표정이 굳어 있었지만 시선은 내리지 않는다.
　오후 3시, 흐린 날이어서 열린 베란다 문을 통해 눅눅하게 습기
찬 바람이 몰려 들어왔다. 제임스가 입을 열었다.
　“도이, 넌 두 번 다시 양자로 가지 않겠다고 했는데.”
　도이와 시선이 부딪히자 제임스는 입술 끝을 올리며 웃어 보
였다.
　“어때? 지금도 그 결심에 변화는 없니?”
　“없어.”
　눈을 치켜뜬 도이의 얼굴에는 적의까지 드러나 있었다.
　“좋아, 그러면.”
　길게 숨을 뱉은 제임스가 도이를 똑바로 보았다.
　“샌프란시스코에 시설 좋은 기숙학교가 있어. 어떠냐? 너하고
네 친구들 모두 그곳에 다니는 것이?”
　도이가 눈도 깜박이지 않고 바라만 보았으므로 제임스는 말을
이었다.
　“너도 그렇지만 애들은 최소한 고등학교 과정까지는 마쳐야
돼. 그러고 나서 사회생활을 해도 늦지 않단 말이다.”
　“…….”
　“어머니가 살아 계셨다면 넌 이미 그곳에 들어가 있을 거다. 어
머니가 그럴 계획이셨으니까.”

“…….”

“내가 기숙학교에 너희들이 졸업할 때까지의 모든 비용을 예탁해놓을 작정이다, 그리고…….”

제임스가 탁자위에 놓인 서류를 도이 앞으로 밀었다.

“네 앞으로 500만 불을 예치해놓았다. 변호사는 마이클 고씨. 한국계 변호사인데 믿을 만한 사람이야.”

“…….”

“넌 필요하면 언제든지 돈을 꺼내 쓸 수 있어. 마이클 고한테도 그렇게 말해 놓았으니까.”

“형.”

도이가 제임스를 불렀다. 그들은 지금 베트남어로 이야기를 나누는 중이다. 다시 얼굴을 굳힌 도이가 물었다.

“갑자기 왜 그러는 거야?”

“갑자기라니?”

쓴웃음을 지은 제임스가 소파에 등을 붙이더니 외면했다.

“어머니가 하시려다 만 일을 하려는 거다. 그러니까 넌 기숙학교에 들어갔으면 좋겠구나, 네 친구들하고 같이.”

“나하고 같이 있기 싫은 거야?”

“말도 안 되는 소리 말아.”

“형.”

눈을 치켜뜬 도이가 똑바로 제임스를 보았다.

“난 안 가. 그리고 애들도 갈 놈은 없어. 단 한 명도.”

“…….”

"내가 귀찮다면 떠나겠어. 이까짓 돈은 필요없다고."

도이가 손끝으로 서류를 제임스 앞으로 밀어 놓았다.

"난 자립할 수 있어. 그러니까 신경 쓰지 말라고."

"이놈아."

눈을 가늘게 뜬 제임스가 도이를 보았다. 초점이 잡혀 있지 않아서 도이 뒤쪽을 보는 것 같다.

"난 떠난다. 도이."

도이가 숨을 죽였을 때 제임스의 말이 이어졌다.

"네가 어머니를 존중했다면 내 말을 따라 주는 것이 도리다. 내가 널 이대로 두고 떠난다면 돌아가신 어머니 뵐 낯이 없어서 그런다."

말을 잠깐 멈춘 제임스가 긴 숨을 뱉었다.

"도이, 넌 오래 살아야 돼. 내 말대로 해."

"잘 됐어?"

후안이 그렇게 물었으므로 제임스가 멈칫했다가 곧 머리를 끄덕였다.

"그래, 다 들어갔어."

"그놈들이 사고는 안칠까?"

제임스가 잠자코 머리를 돌려 어둠에 덮인 창밖을 보았다. 산타 모니카 해변의 별장이다. 이제 제임스와 후안은 둘이서 해변의 조그만 단층 주택을 빌려 지내고 있었는데 별장이라고 부르는 건 후안뿐이다.

컨테이너 네 개를 조합해서 만든 주택으로 실용적이긴 했다. 후안이 다가와 옆에 서더니 바다를 내려다보았다. 주택 바로 밑은 낭떠러지였고 바닥은 자갈밭이었지만 멀리 보면 검푸른 바다와 수평선이 펼쳐졌다. 그러나 지금은 어둡다.

"제임스, 심란한 거냐?"

후안이 낮게 물었지만 제임스는 이번에도 대답하지 않았다. 오후 10시 반, 제임스는 방금 샌프란시스코에서 돌아온 것이다.

도이와 또래 여덟 명은 샌프란시스코의 퍼거슨 기숙학교에 편입되었다. 그들이 각각 3년에서 5년까지의 과정을 마치는 동안 기숙학교에서 생활하게 될 것이었다.

나머지 베트맨 열한 명은 제각기 양부모한테 돌아갔거나 임시 보호소에 맡겨졌다. 물론 그들에게도 제임스는 위탁금을 지급했고 구체적인 작업은 루스가 맡았다.

CIA의 인맥과 조직을 이용했기 때문에 일은 빨리 끝날 수 있었던 것이다. 이로써 베트맨 아이들은 LA지역을 떠나게 되었다.

루스는 제임스의 결심을 듣더니 적극적으로 나서 주었는데 행동대가 빠지게 된 걱정은 전혀 하지 않았다. 그것은 후안도 마찬가지였다.

"제임스, 하나씩 정리를 해가는구나."

후안이 혼잣소리처럼 말하고는 짙은 어둠에 덮인 바다를 보았다.

"잘 했어, 그놈들은 너무 어렸어. 다행히 한 놈도 당하지 않고 돌려보내게 되었어."

제임스가 잠자코 머리를 끄덕였다가 불쑥 물었다.

"후안, 네 부모 고향이 퀴논이라고 했지?"

놀란 듯 후안이 시선을 주었으므로 제임스가 말을 이었다.

"퀴논에 네 친척들이 있을까?"

"그건 왜 물어?"

"아마 찾을 수 있을 거다. 네 부모 이름은 잊어먹지 않았지?"

"글쎄."

후안이 몸을 돌려 제임스를 정면으로 보았다. 불빛을 등 쪽에 받은 후안의 두 눈이 번들거리고 있었다.

"제임스, 어쩌자는 거야?"

이사이로 후안이 묻자 제임스의 목소리가 낮아졌다.

"후안, 너도 퀴논으로 돌아가."

"……."

"내가 700만 불 정도는 빼줄 수 있어. 그걸 갖고 돌아가면 넉넉하게……."

"넌?"

후안이 제임스의 말을 잘랐다.

"넌 어떻게 하려는 거냐?"

"난 할 일이 있어."

"어디에서?"

"여기서."

"그럼 나도 남는다."

눈을 치켜뜬 후안이 말했다.

"퀴논이건 서울이건 그건 나중 일이야. 난 너하고 이곳을 같이 떠날 테니까."

제임스가 말을 받지 않았으므로 주위는 조용해졌다. 벼랑 밑에서 파도가 자갈을 때리는 소리가 갑자기 크게 울렸다.

"보사카한테는 안 가는 거야?"

불쑥 후안이 물었을 때 제임스가 베란다 난간에 두 팔을 짚고 몸을 굽혔다.

"글쎄, 여기서 할 일이 있다니까."

그러고는 혼잣소리처럼 말했다.

"곧 물건이 오겠군."

주문한 마약이 오는 것이다.

보사카한테서 주문한 마약은 미끼 역할이다. 거금 3,500만 불을 지급하고 마약을 구입하는 것이다. CIA는 스파이크의 구좌에서 수천만 불을 회수했고 제임스도 숨겨둔 현금뭉치를 찾아내어서 자금 조달은 어렵지 않았다.

CIA는 국고를 한 푼도 쓰지 않고 작전을 벌리는 셈이다.

오후 5시 정각, 베니스 비치 남쪽에 위치한 마리나 델 레이는 활기에 차 있었다.

요트와 유람선이 가득 떠 있는 부둣가에는 눈요깃거리가 많다. 첫째 여자다. LA의 미인은 이곳으로 다 모인 것 같은 생각이 들 정도로 미끈한 몸매에 배우 같은 미모의 여자가 부둣가에 가득 차 있다.

제임스가 부두 끝 쪽에 정박한 요트 '소피아' 앞에 섰을 때 이쪽에다 등을 보이고 서서 이야기를 하던 두 사내가 시선을 주었다. 둘 다 남미계가 분명한 용모였지만 말쑥한 선원 복장에 인상도 좋다. '소피아' 선원이다.

"기다리고 계십니다."

그중 하나가 영어로 제임스에게 말했다. 제임스는 후안과 루스를 대동하고 있었는데 후안은 노트북이 든 가방을 들었다. 그들이 안으로 들어서자 안쪽 선실에 모여 있던 네 사내가 일제히 시선을 들었다.

타루소 외에는 모두 처음 보는 사내들이다. 제임스에게 눈인사를 한 타루소가 사내들을 소개했다.

"파나마에서 오신 분들이요, 이쪽은 알폰소 씨. 이 배 선장이죠."

타루소가 제임스에게 먼저 선장부터 소개했는데 두 번째 사내가 책임자였다. 이름은 필립, 40대 후반쯤의 나이에 배가 나왔고 눈이 가늘다. 실처럼 가는 눈 사이로 눈동자가 번들거리며 자주 움직였고 목소리도 고음이었다.

"배에 상품이 실려 있습니다."

의자에 등을 붙이고 앉은 필립이 말했다.

"시간 있으니까 체크하시지요. 그동안에 우리는 이야기나 하십시다."

제임스에게 포도주 잔을 건네면서 필립이 말하자 보좌관으로 소개된 사내가 후안과 루스를 데리고 아래쪽 창고로 내려갔다.

"제임스 씨, 우리 보스를 만나자고 하셨다는데."

선장 알폰소도 밖으로 나가 타루소와 둘이 남았을 때 필립이 말했다.

"파나마로 오는 건 언제든지 환영하지만 용건은 뭡니까?"

"당신 보스하고 가격 결정을 하려는 거요. 공급선에 대한 조정도 시급하고."

"공급선이라면 어떤 내용이요?"

"우리가 알기로는 당신들은 서부지역에만 8개 조직에 마약을 공급하고 있어요, 필립 씨. 난 당신 보스하고 그 공급선 조정을 요구할 거요. 대신 물량은 그만큼 감당해야겠지."

"독점하시겠단 말인가?"

"공급선이 많을수록 위험 부담이 늘어난다는 걸 잘 아시겠지."

"하지만 공급선을 단일화시켰다가 단숨에 무너진 경우가 있었지. 20년쯤 전에 미국 동부지역에서 말이오."

"너무 알려지면 표적이 돼요, 필립 씨. CIA 특공대가 파나마로 침투하게 되면 어떻게 하시려고."

그러자 쓴웃음을 지은 필립이 한 모금 포도주를 삼켰다.

"보스한테 말씀을 드려보지요."

그러고는 제임스의 잔에 포도주를 채우더니 가는 눈을 더 가늘게 뜨며 웃었다.

"스파이크가 베트맨에게 넘어갈 줄 누가 알았겠소? 우리 보스도 당신에 대해서 호기심이 많은 것 같소."

제임스가 잠자코 술을 삼키자 필립이 말을 이었다.

"확인 마치면 구좌로 돈 송금해주시오. 그리고 이 배는 짐 내릴 때까지 사용하시도록 하고, 사흘이면 되겠지요?"

"캐시."

다가간 제임스가 부르자 캐시 그린이 몸을 돌렸다. 제임스와 시선이 마주친 순간 캐시는 활짝 웃었다. 푸른 눈동자가 반짝였고 고른 치아는 눈처럼 희다.

"제임스."

캐시가 두 팔을 벌려 제임스의 목을 감아 안았다.

"나, 당신 온다는 연락받고 씻었어."

캐시가 몸을 붙이자 실크 기운 밑의 몸 윤곽이 그대로 전해져 왔다.

"제임스, 나, 가운 밑에 아무것도 입지 않았어. 벗어 던지기만 하면 돼."

오전 11시 반, 한낮이다. 이제 캐시는 산타모니카 별장을 혼자 사용하고 있었는데 가정부와 정원사까지 고용했다.

그러나 집 안은 조용했다. 아마 아래층의 가정부는 숨을 죽이고 있을 것이다.

"캐시."

캐시의 팔을 목에서 떼어낸 제임스가 정색했다.

"할 이야기가 있어, 캐시."

캐시를 베란다의 의자로 데려간 제임스가 나란히 앉았다. 캐시의 얼굴이 조금 굳어졌고 눈은 더 커졌다. 아름답다. 심호흡을 한 제임스가 팔을 들어 캐시의 어깨를 감아 안았다.

“캐시, 나, 일 때문에 외국에 나가야 될 것 같은데.”

“일? 무슨 일?”

놀란 캐시의 목소리가 높아졌다.

“어딜 가려고? 언제 가는데?”

두서없이 묻던 캐시가 두 손으로 제임스의 셔츠를 쥐었다.

“제임스, 가지 마.”

“캐시, 어린애같이 굴지 마.”

이맛살을 찌푸린 제임스가 다시 캐시의 손을 떼어 놓고는 말을 이었다.

“이 저택은 100만 불쯤 될 거다. 명의를 네 앞으로 해놓을 테니까 그렇게 알고 있어. 변호사 마이클 고 알지? 그 친구가 다 알아서 해줄 거야.”

“제임스.”

이제는 캐시의 눈에 눈물이 고여서 금방 떨어질 것 같다.

“제임스, 안 돌아올 거야?”

“그리고…….”

제임스가 바지 주머니에서 서류를 꺼내 캐시의 손에 쥐어주었다.

“이건 네 구좌로 300만 불을 입금시킨 서류야. 비밀번호는 위에 적혀 있다. 언제든지 찾을 수 있어.”

“제임스.”

마침내 캐시의 눈에서 눈물이 흘러내렸다. 샘이 넘치는 것처럼 눈물은 그치지 않고 흘러내린다.

“떠날 거지? 날 떠나는 거지?”

"일 때문에 가는 거야. 캐시."

이제는 제임스가 캐시의 허리를 감아 안고는 이마에 입술을 붙였다가 떼었다.

"내가 살아 돌아올지 알 수 없어서 이러는 거야."

"제임스."

캐시가 제임스의 가슴에 얼굴을 문지르며 울었다. 어깨를 들썩이면서 소리 내어 운다.

"제임스, 제임스, 가지마."

"캐시."

제임스가 겨우 캐시의 몸을 바로 세우고는 눈물로 범벅이 된 얼굴을 똑바로 보았다.

"캐시, 열심히 살아야 돼. 술 마시지 말고. 알았지?"

캐시는 흐느낄 뿐 대답하지 못했다. 눈물과 콧물까지 범벅이 되어 있었지만 캐시의 얼굴은 여전히 아름다웠다.

"무슨 일 있으면 마이클 고한테 상의하고. 알았지?"

제임스는 이를 악물었다. 사흘, 아니 이틀이면 캐시는 잊을 것이다. 다 그렇다.

시애틀 북쪽의 작은 마을 머슨빌은 주민이 300명 정도였는데 그중 8할이 전입해온 지 3년도 안 되는 노인들이었다.

그래서 마을 주민의 평균 연령이 57세인 데다 두 부부만 사는 가구 수가 120가구나 되었기 때문에 머슨빌은 언제부터인가 상류층 은퇴자의 거주지로 알려지게 되었다.

머슨빌 동쪽의 호숫가에 위치한 2층 저택은 작년에 혼자 살고 있던 아담스 부인이 죽고 나서 바로 팔렸다.

저택을 구입한 존슨 씨는 당분간 별장으로 사용하다가 부모가 여생을 보내도록 넘겨 드리겠다고 보안관 글렌한테 말했다는 것이다.

저녁 8시 반이 되었을 때 존슨 씨의 저택 현관 앞에 검정색 캐딜락이 멈춰 서더니 세 사내가 내렸다.

존슨 씨 저택은 마을에서 2킬로미터나 떨어져 있는 데다 가장 가까운 모리스 씨 저택도 골짜기 건너편이라 보이지도 않는다.

두 사내는 곧장 저택 안으로 들어섰지만 운전사는 현관 앞 계단에 앉아 어둠에 덮인 호수와 골짜기를 둘러보았다.

"여긴 무덤 같다는 생각이 들어."

두 사내를 맞은 존슨이 쓴웃음을 지으면서 말했다.

"가만있으면 내가 시체처럼 느껴진단 말이야."

넓은 응접실의 소파에 앉았을 때 존슨이 탁자 위에 놓인 위스키 병을 집으면서 혼잣소리처럼 말을 이었다.

"빌어먹을 혼혈 노랭이 놈."

"이봐, 크리스."

둘 중 나이든 사내가 존슨을 불렀다. 존슨은 크리스 하든이다. 머슨빌로 숨어든 지 3개월 째, 수시로 연락은 했지만 호숫가 저택에서 한 발자국도 밖으로 나가지 않았다. 나이 든 사내가 말을 이었다.

"제임스가 파나마의 보사카만 잡으면 용도 폐기가 될 거야. 그때까지만 기다려."

"난 더 이상 기다리지 못하겠어."

잔에 위스키를 따른 크리스가 한 모금에 삼켰다. 앞에 앉은 사내는 CIA의 부국장보 안톤 스몰비와 보좌관 패트릭이다. 크리스가 스몰비와 패트릭을 번갈아 보았다. 두 눈이 번들거리고 있다.

"내가 희생양이 되어야 하나? 스몰비, 네가 말해봐. 노랭이 한 놈의 더러운 입을 막지 못하고 크리스 하든이 그놈 입막음 용 희생양이 되어야 하느냔 말이야."

"크리스, 그놈이 파나마에서 일을 끝낼 때까지만 기다리라니까. 얼마 남지 않았어."

스몰비의 목소리도 높아졌다. 회색빛 머리칼에 역시 회색 눈동자의 스몰비는 체격이 컸다. 레슬러 같다. 스몰비가 목소리를 조금 낮추고는 차근차근 말했다.

"그놈을 제거하려다가 번번이 실패했지 않느냔 말이야. 시간이 더 지났다면 국장한테까지 사건이 알려질 뻔 했어."

"만일 그놈이 보사카를 제거하지 않고 그대로 LA에 눌러 앉는다면 어쩔 셈이야?"

불쑥 크리스가 묻자 스몰비는 쓴웃음을 지었다.

"그럴 리가, 그놈은 지금 열심히라네. 미국 시민으로 애국심이 가득 차 있거든."

"불안해."

다시 잔에 술을 채운 크리스가 한 모금 삼키고 나서 머리를 저었다.

"내가 그놈을 아프가니스탄에서부터 겪었지만 고분고분한 놈이 아냐."

그러자 이번에는 스몰비가 머리를 저었다.

"코크란이 매일 체크 하고 있어. 그놈은 코크란을 믿고 있는 것 같아."

"루스는?"

크리스가 번들거리는 눈으로 스몰비를 보았다.

"그 창녀는 노랭이한테 가랭이를 벌려 준 사이라면서?"

"그년은 아무것도 몰라."

정색한 스몰비가 말하더니 쓴웃음을 지었다.

"그리고 곧 사라지게 될 거야."

방으로 들어선 루스가 코크란의 앞에 다가가 섰다.

"코크란 씨, 결정되었어요?"

"우선 거기 앉지, 루스."

쓴웃음을 지은 코크란이 앞쪽 의자를 턱으로 가리켰다. 코크란의 사무실은 코리아타운에서 가장 번잡한 서울식당 건너편의 험프리 빌딩에 위치해 있다.

그래서 빌딩 안에도 한국 사람 천지였는데 루스는 코크란이 제 사무실을 이곳에 설치한 이유가 제임스 때문이라고 믿었다. 제임스 호는 베트맨으로 불리고는 있지만 루스가 보기에는 한국계였다.

첫째 용모가 그렇다. 그런 피부와 신장, 얼굴 윤곽은 한국인이

144

다. 어머니한테서 이어받은 베트남계 유전자도 있긴 할 것이다.

어쨌든 코크란은 제임스가 이쪽 코리아타운을 주 무대로 삼을 것을 예상하고 이곳에 사무실을 정한 것이다. 그리고 코크란의 예상은 맞았다. 제임스는 시내에 나오면 꼭 코리아타운에 들른다.

"루스."

루스가 자리에 앉았을 때 코크란이 차분한 표정을 짓고 불렀다. 시선만 든 루스에게 코크란이 말을 이었다.

"제임스가 주변 정리를 하던데, 베트맨 꼬마들을 다 샌프란시스코의 기숙학교에 넣고 양자로 내보내더니 며칠 전에는 캐시 그런한테 저택하고 거액을 넘겨주고 이혼했다면서?"

이혼이라는 단어는 분위기를 부드럽게 하려는 의도였지만 루스의 표정은 담담한 채 변하지 않았다. 조금 무안해진 코크란의 목소리가 낮아졌다.

"루스, 그럼 제임스 주변에는 믿을 만한 놈이 거의 없지 않아?"

"총잡이들이야 많죠."

루스가 가볍게 말했다.

"후안이 항상 대여섯 명을 데리고 다니니까. 그리고 10분 안에 서른 명쯤은 동원이 돼요."

코크란의 시선을 받은 루스가 말을 이었다.

"코크란 씨, 독촉이 심해요. 오래 끌면 보사카 측도 의심할 것이고."

"사흘 후에 마약을 돌려줄 거야. 하지만 물량은……."

입맛을 다신 코크란이 손가락 두 개를 펴 보였다.

"20퍼센트로 결정이 됐어. 우선 그것으로 도매상 입막음을 해."

제임스가 마약을 들여왔다는 소문이 나면서 스파이크의 모든 조직이 다시 정상 가동이 된 것처럼 느껴졌다. 도매상들이 물량을 더 많이 받으려고 사정을 했고 조직원들은 조직원들대로 사기가 올랐다. 마약은 유통 과정에서 사방으로 막대한 자금을 흘리기 때문이다.

지난번 보사카한테서 받은 마약은 일단 CIA가 전부 회수해갔다. 그리고 사흘 후에 그 물량의 20퍼센트를 제임스에게 되돌려준다는 것이다. 의심받지 않으려고 내놓는 양이지만 너무 적다. 그러나 루스는 가타부타 의견을 내놓을 처지가 아니다.

"알겠어요." 하고 루스가 자리에서 일어섰을 때 코크란이 머리를 들고 물었다.

"루스, 제임스에게 전해. 이번 일만 끝나면 원하는 대로 다 해주겠다고 말이야. 스파이크의 자금을 다 들고 떠나도 상관하지 않을 테니까."

"죽으면 다 헛것이죠."

루스가 몸을 돌리면서 말했다.

"몇 억 불이 있다고 해도 말이죠."

코크란은 루스의 뒷모습에 시선만 준 채 대답하지 않았다. 방문이 닫혔을 때 옆쪽 문이 열리더니 사내 하나가 들어섰다. 레슬러 같은 체격에 머리칼은 회색이었고 번들거리는 눈동자도 회색빛이다.

"어떻게 생각하나? 코크란?"

다가온 사내가 불쑥 그렇게 묻자 코크란이 입맛부터 다셨다.

"곧 정리해야 될 것 같습니다, 스몰비 씨."

밤, 파도소리가 점점 가까워지면서 물비린내가 맡아졌다. 바다 쪽에서 바람이 불어오고 있는 것이다. 갈라진 바위 사이를 지났을 때 물보라가 뿌려졌다.

바로 발밑이 바다였다. 그때 위쪽에서 부르는 소리가 들렸으므로 루스는 머리를 들었다. 제임스가 절벽 위에 서 있다.

"루스, 왼쪽으로."

제임스가 소리쳤다. 올려다본 하늘에는 기득 별이 떠 있다. 맑은 밤하늘이다. 왼쪽 바위틈으로 한 사람이 겨우 올라갈 수 있을 만큼 좁은 계단이 만들어져 있었다.

산타모니카 북쪽의 한적한 해안이어서 낮에도 사람 구경을 할 수 없는 곳이었다. 계단의 끝 부분에서 제임스가 손을 뻗어 루스의 손을 당겨 올려주었다.

"이런 곳이 다 있었네."

위쪽은 다섯 평쯤 되는 평지였다. 눈앞으로 짙은 어둠에 덮인 바다가 펼쳐져 있었지만 수평선 위에 떠 있는 크고 작은 선박의 불빛만 보일 뿐이다.

그러나 그 위쪽 하늘에는 무수한 별이 흔들리며 반짝였다. 제임스의 옆에 앉은 루스가 길게 숨을 뱉었다.

"좋군요, 제임스."

파도 소리도 크지 않았고 바람도 잦아졌다. 그때 제임스가 팔을 들어 루스의 어깨를 감아 안았다.

"루스, 할 말이 있다는 건 뭐야?"

제임스가 묻자 루스는 어깨에 머리를 붙였다.

"제임스, 코크란의 사무실에 스몰비라는 자가 와 있어요."

잠자코 앞쪽 수평선만 바라보는 제임스에게 루스가 말을 이었다.

"스몰비는 부국장보로 이번 작전의 지휘자죠. 그 사람이 와 있을 줄은 몰랐는데……."

"……."

"그리고……."

머리를 든 루스가 제임스를 보았다, 별빛을 받은 루스의 눈동자가 반짝였다.

"제임스, 이걸 들어보세요."

그러고는 루스가 점퍼 주머니에서 소형 녹음기를 꺼내더니 버튼을 눌렀다. 그러자 곧 사내의 목소리가 울렸다.

"어떻게 생각하나? 코크란?"

굵은 사내의 목소리에 이어서 코크란이 대답했다. 제임스도 코크란의 목소리는 안다.

"곧 정리해야 될 것 같습니다, 스몰비 씨."

"저 계집이 이쪽 계획을 눈치 채지 못했겠지?"

"그럴 리가 있습니까?"

코크란의 목소리에 웃음기가 띠어 있었다.

"걱정하지 마세요, 스몰비 씨."

"크리스 그놈은 시애틀 골짜기에서 더 이상 박혀 있기 싫다고

148

아우성이야.”

스몰비의 목소리가 울렸을 때 제임스가 눈을 치켜떴다. 그때 루스가 녹음기의 음량을 더 높였다. 스몰비가 말을 이었다.

“제임스가 파나마로 떠나는 즉시 루스를 제거하도록. 스파이크 잔당의 소행으로 꾸미면 될 거야.”

“그건 간단합니다, 스몰비 씨.”

“제임스가 스파이크가 남긴 자금을 얼마쯤 갖고 있지?”

“루스가 지난번에 보고한 내용대로라면 마약 대금에다 캐시 그린, 베트남 거지새끼들한테 뿌린 자금을 제외해도 2,000만 불이 넘습니다.”

“엄청나군.”

“이번에 마약 20퍼센트를 도매상한테 판매하면 또 1,000만 불 가량이 수금될 겁니다.”

“그럼.”

스몰비의 목소리가 굳어져 있는 것을 느낄 수 있었다. 숨을 죽인 제임스는 다시 스몰비의 말을 들었다.

“제임스 그놈이 그 돈을 다 갖고 파나마로 갈 수는 없을 테니까 파나마로 떠난 후에 회수하기로 하지. 그놈은 어차피 그곳에서 죽을 테니까 말이야.”

다음날 오후, 3시 정각이 되었을 때 루스는 갑자기 핸들을 꺾어 인도 옆에 차를 세웠다. 그러고는 시동을 켜 놓은 채 밖으로 나와 바로 옆쪽 식당으로 들어섰다. 차이나타운 안이었고 식당도 중식당이다.

카운터로 다가간 루스가 계산대 옆에 놓인 전화기를 들면서 말했다.

"잠깐 전화 쓸게요."

그러고는 주머니에서 지갑을 꺼내 주인의 눈앞에 펼쳐 보였다.

"수사관입니다. 잠깐 비켜 주실래요?"

주인인 중국인 사내는 눈앞에 펼쳐진 신분증을 차분한 표정으로 보고나서 머리를 끄덕였다. 사내가 안쪽으로 사라졌을 때 루스는 버튼을 눌렀다. 식당 안에는 테이블이 반쯤 채워져 있었는데 소란했다.

아이들이 이리저리 뛰는데도 제지하는 사람도 없다.

"여보세요."

신호음이 두 번 울렸을 때 바로 제임스가 전화를 받았으므로 루스는 어깨를 늘어뜨렸다. 지금 제임스는 코리아타운 식당 카운터에 서 있을 것이다. 도청을 의식했기 때문인데 지금 주머니에 든 핸드폰을 사용한다면 틀림없이 도청당할 것이었다.

"알아냈어요."

루스가 서두르듯 말했다.

"크리스 하든은 지금 시애틀 북쪽 머슨빌이라는 마을에 있어요. 머슨빌 동쪽 호숫가의 외딴 별장."

말을 멈춘 루스가 주위를 둘러보았다. 이쪽에 시선을 주는 사람도 없다. 주인도 보이지 않았다.

여섯 살쯤 되어 보이는 동양 아이 하나가 옆을 달려 지나갔다.

150

이번에 스몰비의 경호원으로 따라온 요원 제프리는 루스와 1년 전에 작전국에서 같이 근무했던 인연이 있었던 것이다.

루스는 1시간 전에 그에게 10만 불을 주고 크리스에 대한 정보를 받아 내었다. 거금 10만 불을 받은 제프리 한스는 스몰비를 3년째 수행하고 있었으므로 심복이나 같다. 그런데 스몰비가 간과한 사실이 있다.

스몰비의 행태를 대충 파악한 제프리는 점점 상사에 대한 충성심을 잃어가고 있었던 것이다. 스몰비가 사적 용무로 자신을 여러 번 대동했던 것도 그 원인 중의 하나가 되었다.

제프리는 루스한테서 10만 불을 받고 정보를 넘기면서도 전혀 부담을 느끼지 않는 눈치였다. 크리스 하든이 CIA에서 비공식으로 업무 정지가 된 상태였고 스몰비가 그를 만난 것은 규정 위반이라는 것도 알고 있기 때문이다.

"제임스, 오늘밤은 나한테 오지 말아요."

루스가 낮게 말하고는 다시 주위를 둘러보았다.

"감시당하고 있는 것 같아요. 강도가 좀 세게 말이죠."

"알았어. 루스, 조심해."

제임스가 부드럽지만 가라앉은 목소리로 말했다.

"고마워, 루스."

그러고는 전화가 끊겼으므로 루스는 길게 숨을 뱉고 나서 전화기를 내려놓았다. 주인을 찾았지만 보이지 않았다. 루스가 밖으로 나왔을 때 길가에 주차된 차 앞에 경찰 한 명이 서 있었다. 주위에 차가 없는걸 보면 도보 순찰이다.

"댁이 차주이신가?"

다가선 루스에게 경찰이 물었다. 눈동자가 검었고 독수리 부리처럼 콧등이 휘어진 용모였다.

"미안해요."

루스가 주머니에서 지갑을 꺼내들고는 경찰의 눈앞에서 펼쳤다.

"수사관입니다. 바로 갈게요."

"아, 어서 타시죠."

힐끗 신분증을 본 경찰이 머리를 끄덕이더니 허리에 찬 권총 손잡이를 쥐었다. 그러고는 루스의 시선을 받은 채로 권총을 뽑아 그대로 발사했다. 루스의 가슴을 향해 쏜 것이다.

"짐?"

통나무 문이 열릴 때면 삐걱대는 소리가 요란해서 크리스는 그것이 경보장치라고 했다. 주방에 선 크리스가 문에 등을 보인 채로 말했다.

"짐, 다음부터는 그놈의 마켓에서 스테이크는 사지마. 절대로."

크리스가 몸을 돌리면서 말을 이었다.

"그 빌어먹을 놈들의 고기는 유통기간 표시를 위조한 것이……."

말을 그친 크리스가 놀라 눈과 입을 동시에 크게 벌렸다. 앞에 서 있는 사내는 경호원 지미 코린트가 아니었다. 제임스다. 제임스 호, 아프가니스탄에서 헤어진 후에 처음 만난다.

"제, 제임스."

진정하려고 기를 썼지만 크리스의 목소리는 갈라졌고 끝 부분이 떨렸다.

"여기에 오다니."

"잘 지내는군."

크리스의 두 눈에서 시선을 떼지 않은 채로 제임스가 말했다. 제임스는 등산용 파커 주머니에 두 손을 찌르고 있었는데 전문가인 크리스는 안다. 주머니 속의 권총을 쥐고 있는 것이다.

저 권총은 소음기도 끼지 않았다. 하긴 이 외딴곳에서 중기관총을 쏘아대도 모를 것이었다. 크리스는 그때까지 두 손에 쥐고 있던 주걱과 비닐봉지를 앞쪽 식탁 위에 내려놓았다.

그것도 아주 천천히. 총을 쥔 놈 앞에서는 어떻게 처신할 것인지를 배운 자의 행동이다.

"가스를 꺼, 크리스, 몸을 반만 돌리고……."

제임스가 억양 없는 목소리로 말했다. 표정도 차분했다. 바로 이런 표정이 가차 없이 살인을 한다. 이를 악문 크리스가 몸을 반만 돌리고 손을 뻗어 가스 스위치를 껐다. 프라이팬에서 스테이크가 구워지고 있었던 것이다.

"크리스, 그 식탁 위로 올라가 앉아라."

제임스가 주머니에서 손을 빼면서 말했다. 짐작했던 대로 손에 베레타를 쥐고 있었다. 베레타로 식탁을 가리킨 제임스가 다시 말했다.

"널 먹지는 않아. 이 개자식아. 그러니까 올라가서 책상다리로 앉아. 아프가니스탄에서 사람들이 앉는 자세로."

심호흡을 한 크리스가 식탁위로 올라가 책상다리로 앉았다. 몸이 환하게 드러난 터라 지신이 마치 식탁에 오른 요리 같은 느낌이 들었다.

크리스는 제임스가 전혀 뒤쪽에 신경을 쓰지 않는다는 것을 알았다. 지미 코린트는 이미 당한 것이다. 살인 전문가인 제임스가 지미를 내버려두고 들어왔을 리가 없다.

"자, 네 배후, 네가 지휘하는 작전, 그리고 네 끄나풀까지 다 밝혀라."

제임스가 말했을 때 크리스가 풀썩 웃었다.

"제임스, 농담이지?"

이제 정신을 차린 크리스가 웃음 띤 얼굴로 제임스를 보았다.

"어차피 죽게 될 몸인데 내가 왜 다 불어서 널 기쁘게 해줘야 하지?"

"네 가족."

제임스의 얼굴에도 쓴웃음이 떠올랐다.

"그게 인간의 약점이지. 가족 없는 인간이 없고 제 목숨보다 가족을 더 소중하게 여긴다는 것이."

베레타의 총구가 크리스의 사타구니를 겨누었다.

"크리스 하든의 가족은 무방비 상태더군. 하긴 조직에서 보호해줄 의무도 없지."

제임스의 말이 이어졌다.

"샌프란시스코의 네 어머니 로린 여사."

크리스가 이를 악물었고 제임스의 목소리가 집안을 울렸다.

"그리고 옆 블록에 사는 네 아내 엘리스, 거기에다 열두 살 난 아들 보비."

제임스의 얼굴에 다시 웃음기가 떠올랐다.

"하나씩 죽여주마, 크리스."

루스 해밀턴의 장례식에는 조문객이 서른 명 정도밖에 모이지 않았지만 행사 요원이 더 많은 것 같았다. 유해는 루스의 고향인 조지아 주 콜럼버스 교외의 묘지에 묻혔는데 CIA에서는 부국장보 스몰비와 코크란까지 날아왔다.

루스는 미혼인 데다 외동딸이었으므로 장례식장 분위기는 더 스산했다. 그러나 두 손을 꼭 쥔 채로 장례식을 지켜보는 루스 부모는 자제심을 잃지 않았다. 스몰비한테서 위로 인사와 함께 훈장을 받을 때 어머니가 잠깐 흐느꼈을 뿐이다.

장례식은 간단하게 끝났다. 스몰비와 코크란은 20분 만에 장례식장을 나와 기다리고 있던 승용차에 올랐다. 차가 묘지 입구로 나왔을 때 스몰비가 코크란에게 물었다.

"제임스는?"

"지금 산타모니카 해변에 있습니다."

기다리고 있었다는 듯이 코크란이 금방 대답했다.

"빌라 안에 이틀째 박혀 있다는데요."

"아마 머리를 싸매고 있겠지."

쓴웃음을 지은 스몰비가 의자에 등을 붙였다.

"빌어먹을, 일이 꼬이는군."

"제프리 한스는 크리스의 은신처를 알고는 있지만 루스한테 말한 것 같지는 않습니다."

그러자 스몰비가 천천히 머리를 끄덕였다.

"털어놓기 전에 우리가 손을 쓴 것 같아. 만일 루스 년이 그것을 알았다면 제임스가 지금 가만있을 리가 없었을 테니까."

"제프리 그놈이 자살하게 만든 건 실수였습니다."

이맛살을 찌푸린 코크란이 말을 이었다.

"체포조가 서두르는 바람에……."

"차라리 잘 된 거야. 그놈이 잡혀서 불어댔다면 골치가 더 아팠을 테니까."

제프리 한스는 루스와 만나는 장면이 발각된 후에 체포조가 덮치자 재빠르게 총을 빼내 제 머리를 쏴 버렸다. 자살해버린 것이다. 루스를 미행하던 코크란의 팀이 미숙했기 때문이다.

다급해진 코크란은 스몰비와 상의를 했고 곧 루스를 제거하기로 결정이 되었다. 루스를 쏜 경찰은 스몰비가 보낸 킬러였던 것이다.

그러나 루스는 경찰을 가장한 스파이크의 전 조직원에 의해 살해당한 것으로 발표가 되었다. 루스는 이미 제임스의 여자로 알려져 있었기 때문이다.

그때 스몰비의 바지에 넣은 핸드폰이 진동을 했으므로 대화가 끊겼다. 핸드폰을 꺼내본 스몰비가 입맛을 다셨다.

"크리스 놈이야."

투덜거리듯 말했지만 스몰비가 핸드폰을 귀에 붙였다.

“그래, 크리스, 무슨 일이야?”

“스몰비, 상의할 이야기가 있어.”

차 안은 조용해서 크리스의 말이 옆에 앉은 코크란에게도 들렸다.

“내일 오후에 와주지 않겠나? 중요한 일이야.”

“이봐, 나, 지금 조지아의 콜럼버스에 있다고.”

스몰비가 짜증스런 목소리로 말했다.

“전화로 하면 안 되나?”

“만나야 돼, 스몰비. 이번이 마지막이라고.”

“뭐라고?”

“이번만 만나면 돼. 다시 부탁은 하지 않을 테니까.”

“전화로는 안 돼?”

“자금 문제야, 스몰비.”

그러자 힐끗 코크란에게 시선을 준 스몰비가 손목시계를 보았다.

“좋아, 그럼 곧장 시애틀로 가지. 내일 오후 6시까지는 그 더러운 오두막에 도착할 수 있을 거야.”

“좋아, 기다리지.”

그러고는 전화가 끊겼으므로 스몰비가 혼잣소리를 했다.

“이놈이 진짜 퇴직할 모양이군. 돈 문제라고 하는 걸 보니 말이야.”

“다 왔어, 크리스. 10분쯤 후면 도착할 거야.”

뱉듯이 말한 스몰비가 핸드폰을 귀에서 떼더니 옆에 앉은 코크란을 보았다.

"제임스가 루스의 사인에 대해서 의혹을 품고 있을 거야. 그것이 당연하고……."

"하지만 증거가 없지요."

머리를 기울였던 코크란이 말을 이었다.

"우리는 루스가 제임스에게 정보를 준다는 증거를 잡았지만 말입니다."

"제임스는 아직도 집에만 박혀 있나?"

"파나마로 떠나려고 주변 정리를 하고 있습니다."

스몰비가 머리를 끄덕였다. 제임스는 파나마의 마약왕 보사카로부터 방문해도 좋다는 허락을 받은 것이다. 보사카를 잡으려면 특공대 1개 중대와 공군 지원 등 예산만 3억 불이 넘게 든다는 계산이 나왔다.

그것에다 국제 분쟁에 휘말릴 각오까지 해야 되는 것이다. CIA는 제임스 호라는 인간 폭탄 하나만 보내 보사카를 정리하면 된다. 엄청나게 남는 장사였다.

스몰비 입장으로는 제임스가 실패해도 손해 볼 것이 없다. 그때 앞좌석에 앉은 경호원이 머리를 돌려 스몰비를 보았다.

"다 왔습니다."

스몰비도 앞쪽에 얼핏 보이는 저택 지붕을 보았다. 저녁 무렵이어서 하늘은 붉게 물들었고 숲 사이로 호수도 드러났다. 석양 빛을 받은 호수가 황금빛으로 반짝이고 있었다.

"경치가 좋군요."

이곳에는 처음인 코크란이 감탄했다.

"나도 은퇴하면 이런 곳에서 살고 싶군요."

스몰비는 대답하지 않았다. 차가 저택 앞에서 멈추자 일행 넷이 내렸다. 스몰비와 코크란, 경호원과 운전사였다. 경호원과 운전사는 저택 계단 밑에 남았고 스몰비와 코크란은 서둘러 안으로 들어섰다.

저녁 6시가 되어가고 있어서 둘은 서둘고 있었다. 밤 비행기로 LA로 돌아가려는 것이다.

"크리스."

삐걱대는 통나무 문을 열고 들어선 스몰비가 소리쳐 부르고는 이맛살을 찌푸렸다.

"이봐, 우린 바빠. 빨리 그놈의 자금 이야기를 끝내자고."

그때 옆쪽 문이 열렸으므로 둘은 몸을 돌렸다.

"아니."

외침 소리를 낸 것은 코크란이다. 코크란의 움직임도 빨랐다. 한걸음 뒤로 물러서면서 가슴에 찬 권총 홀더에서 스미스앤 웨슨의 손잡이까지는 쥐었다.

"퍽! 퍽!"

무딘 발사음이 울리면서 총탄에 이마와 가슴이 뚫린 코크란이 던져진 자루처럼 벽에 몸을 부딪치면서 쓰러졌다.

"제, 제임스."

손을 들어 막는 시늉을 하면서 스몰비가 소리쳤다. 목소리는 갈라져 있었고 두 눈의 초점은 모아지지 않았다.

"웨, 웬일이야?"

눈앞에 선 사내는 제임스 호였던 것이다. 그때 밖에서 요란한 총성이 났다. 기관총이다. 총성이 수십 번 울리더니 뚝 그쳤다.

스몰비의 얼굴이 하얗게 굳어졌다. 경호원과 운전사는 기관총을 소지하지 않은 것이다. 그때 제임스가 말했다.

"크리스 하든도 바로 조금 전에 없앴다."

제임스가 턱으로 옆쪽 방을 가리켰다.

"시체는 저쪽에 누워 있지. 놈은 끝까지 미련을 못 버렸지만."

쓴웃음을 지은 제임스가 총구를 스몰비의 이마에 겨눴다.

"이제 너까지 없애고 떠날 거다."

제임스의 눈동자가 흐려졌다. 먼 곳을 바라보는 것 같다. 그때 제임스가 말을 이었다.

"한국으로 돌아가려고 해, 내 아버지의 고향으로."

아버지의 나라

"한국에 있습니다."

CIA 한국 지사장 피터 안이 찌푸린 얼굴로 말했다. 피터 안은 한국인 3세로 한국에 부임한 지 1년이 되어간다. 기밀 통신이 아니었으므로 피터 안이 거침없이 말을 이었다.

"한국항공으로 어제 오후 7시 반에 입국 수속을 했는데 지금 행방은 알 수가 없습니다."

피터 안이 손에 쥐고 있던 제임스 호의 조회서를 보았다. 사복 차림의 제임스 호가 정색한 표정으로 찍혀 있다. 그때 수화구에서 부국장 버나드 크루의 목소리가 울렸다.

"수배 대상은 아냐, 하지만……."

버나드의 목소리가 조금 낮아졌다.

"동향 파악은 해 놓도록."

"알겠습니다. 부국장님."

통화가 끊겼으므로 입맛을 다신 피터가 앞에 선 라이스 정을 보았다.

"도대체 무슨 일이야? 부국장이 직접 이자를 챙기는 이유가 뭐야?"

피터가 아직도 손에 쥐고 있던 조회서를 흔들어 보았다. 역시 한국계 요원인 라이스는 눈만 껌벅일 뿐 대답하지 않는다.

"제임스 호, 아버지 이름은 한주영. 아버지를 만나러 왔을까?"

의자에 등을 붙인 피터가 창밖으로 시선을 돌렸다. 광화문 사거리에는 차량 통행이 많았지만 질서 있게 움직였다.

1년 전 방콕에서 근무할 때 매일 시달렸던 교통체증을 떠올린 피터가 혼잣소리를 했다.

"하긴 서울이 제일 낫지. 돈만 많다면 말야. 요즘은 물가가 비싸져서……."

그때 라이스가 불쑥 물었다.

"피터, 한주영을 체크해 볼까요?"

피터의 시선을 받은 라이스가 말을 이었다.

"한국은 비슷한 이름이 많아서 한참 헤매게 될 겁니다."

"어쨌든 체크는 해놓도록."

고쳐 앉은 피터가 정색하고 말했다.

"부국장이 직접 연락해올 정도라면 보통 일은 아닌 것 같으니까 말야."

그러더니 다시 투덜거렸다.

"이유를 말해줘야 할 것 아냐? 무조건 동향 파악만 해두라니,

젠장."

　그 시간에 부국장 버나드 크루는 호텔 방에서 보좌관 노만 헌팅턴과 창가에 나란히 서 있었는데 내려다보이는 밤거리는 불빛으로 휘황했다. 이곳은 밤 11시, LA 다운타운에 위치한 벨라 호텔의 특실 안이다. 버나드가 입을 열었다.

　"서울 지사에서 궁금해 하겠지만 이번 사건과 제임스 호하고는 연결시키지 말도록."

　손에 쥔 위스키 잔을 버릇처럼 흔들면서 버나드가 말을 이었다.

　"그놈이 루스 해밀턴을 좋아했던 거야. 그래서 그 패거리들을 소탕했어."

　그 패거리들이란 머스빌 동쪽 호숫가 저택에서 죽은 크리스 하든과 코크란, 스몰비를 말하는 것이다. 거물 셋이 살해당한 CIA는 발칵 뒤집혔지만 겨우 언론에 노출되는 것은 막았다. 그래서 먼저 스몰비를 교통사고로 사망한 것으로 처리했다. 코크란과 크리스는 해외 출장 간 것으로 되어 있었는데 적당한 때가 될 때까지 CIA가 관리하는 냉동 창고에 보관될 것이다. 그때 노만이 말했다.

　"제임스 호의 어머니와 여동생이 살해된 것도 크리스 하든과 연관이 있습니다. 스파이크와 크리스 하든이 얽혀져 있었거든요."

　"그리고 스몰비와 코크란이 크리스의 뒤를 봐주었고 말이지."

　뱉듯이 말한 버나드가 잔에 든 위스키를 한 모금에 삼키더니 노만을 보았다.

　"제임스 호가 이것으로 끝낼까?"

　버나드의 시선을 받은 노만이 외면했다. 머슨빌에서 거물 셋을 처형한 제임스 호는 곧장 비행기를 타고 한국으로 날아간 것이다. 외딴집의 시체는 17시간이나 지난 후에야 CIA의 추적팀에 의해 발견되었는데 버나드는 그것이 누구의 것이며 어떤 사건이었는지 알아내는 데 또 4시간 반이 걸렸다. 그러나 그때는 이미 제임스 호가 서울에 도착한 후였다.

　“보스.”

　창밖을 내다보며 노만이 버나드를 불렀다.

　“제임스는 한때 CIA 소속 용병으로 국가에 자긍심을 가졌던 군인입니다.”

　버나드가 눈을 가늘게 뜨고 노만을 보았다. 단정하게 빗어 올린 회색 머리칼과 회색 눈동자, 그러나 얼굴 피부는 거칠었고 주름살이 많다. 건장한 체격이었지만 20년 전 콩고에서 총격을 받아 왼쪽 다리는 의족이다. 노만이 말을 이었다.

　“결국 우리가 제임스를 배신한 겁니다. 제임스가 처음에 스파이크를 친 것도 크리스 하든과의 거래를 알았기 때문이죠.”

　“그래서?”

　이맛살이 찌푸린 버나드가 몸을 돌려 탁자 위에 놓인 위스키 병을 집어 들고 왔다. 잔에 술을 따른 버나드가 노만의 잔을 보더니 술병을 창틀에 내려놓았다.

　“그놈 때문에 간부급 셋을 포함한 요원 8명이 희생되었어. 그리고……”

　버나드가 한 모금에 술을 삼키고는 세차게 재채기를 했다. 가쁜

164

숨을 고른 버나드가 말을 이었다.

"놈은 5천만 불이 넘는 자금을 들고 튀었단 말야, 노만."

"보스, 그 자금은 우리 회사의 비자금 리스트에도 포함되지 않았습니다."

쓴웃음을 지은 노만이 버나드를 보았다.

"이제 덮기만 하면 아무도 그 돈에 대해서 알 수도 없고 받아낼 이유도 없습니다."

제임스 호와 얽힌 사건은 이제 명백하게 드러난 것이다. 그리고 사건은 종결되었다. 주모자들이 모두 살해되는 것으로 종결된 것이다. 그때 버나드가 정색한 얼굴로 노만을 보았다.

"노만, 우리 조직에서는 죽어야 사건이 종결돼. 그것도 죽은 놈 본인한테만 한정이 된다."

한국은 처음이다. 한국말은 한국사람 비슷하게 말할 수 있었지만 제임스는 도무지 어색했고 거북했다. LA 코리아타운의 분위기와는 전혀 다른 곳이었다. 코리아타운처럼 이곳에도 서양인이 드문드문 있었지만 달랐다. 도시의 모습, 우중충한 겨울 하늘, 도로를 꽉 메우고 달리는 차량, 거기에다 냄새까지 달랐다. 외국이었다. 자신과 모습이 비슷한 인간들이 이곳의 땅 주인이었어도 그렇다. 유전자의 반이 이들과 같다는 것쯤으로는 전혀 동질감이 느껴지지 않았다.

그러나 이곳도 돈에는 오염이 되어 있었다. 강남의 오피스텔을 월세로 빌리는 데 제임스의 여권을 슬쩍 한번 보기만 했을 뿐으로 서류가 만들어졌다. 신원 확인 따위는 하지 않아서 이곳도 돈만 있으면 범법자가 지낼 만하다고 느껴졌다. 한국에 온 지 나흘째가 되는 날 오전, 서울 시내 지리와 물가를 열심히 익혔으므로 제임스는 돈 계산에 허둥대지는 않았다. 제임스가 논현동의 대한호텔 커피숍에 들어섰을 때는 10시 10분이었다. 커피숍은 한산했는데 안쪽 테이블에서 기다리던 30대 사내가 반색을 하고 일어섰다.

"어서 오십시오."

다가간 제임스를 사내가 웃음 띤 얼굴로 맞았다.

"관광 잘 하셨습니까?"

"네, 조금."

마주 보고 앉았을 때 사내가 은근한 시선으로 제임스를 보았다.

"언제 출국하시지요?"

"며칠 더 있을 겁니다."

제임스가 건성으로 대답했다. 사내의 이름은 박성태, 제임스가 입국한 다음날에 만나 일을 맡긴 심부름센터 소장이다. 제임스의 시선을 받은 박성태가 테이블 위에 서류봉투를 내려놓았다.

"오지은 씨는 찾았습니다. 병원이 하나둘이어야 말이죠."

정색한 박성태가 제임스를 보았다. 긴 얼굴에 코가 길고 입과 코 사이가 넓어서 말상이다. 박성태의 눈동자가 쉴새 없이 흔들렸다.

"현재 성동병원 외과의로 근무하고 있습니다. 연희동 집에서 다니고 있더군요."

"수고했습니다."

"그런데 한주영 씨는."

박성태가 흔들리는 눈동자로 제임스를 보았다.

"납북되었습니다."

"납북?"

한국말에 서툰 제임스가 눈을 가늘게 뜨고 박성태를 보았다.

"그게 무슨 말입니까?"

"예, 그게……."

박성태도 당황한 듯 눈동자가 어지럽게 흔들렸다. 납북이란 말을 모르는 한국인이 없었기 때문일 것이다. 제임스의 시선을 받은 박성태가 말을 이었다.

"북한으로 납치되었다는 말입니다."

"납치?"

"예, 그것이……."

박성태의 표정이 굳어졌다.

"그러니까 한주영 씨는 서해안에서 배를 빌려 바다낚시를 하다가 친구분 셋하고 같이 북한 경비정에 납치되었는데 북한은 월북했다고 주장했지요."

"도대체 무슨 말인지……."

"가끔 있었던 일입니다. 경계선을 넘었다고 어선도 납치해가고 그랬으니까요."

"확실합니까?"

"예? 예. 대한민국에 61세가 된 한주영 씨는 17명이었습니다. 그중 베트남에 근무한 사람은 딱 한 명이었죠. 컴퓨터 조회하는데 돈이 좀 들었습니다. 이건 경찰과 통해야 되는 일이라……."

“언제 납치되었다구요?”

“1981년이니까 지금부터 에, 또, 24년 전인가?”

어지럽게 흔들리는 박성태의 눈동자를 보면서 제임스도 계산했다. 그렇다면 1975년 4월 30일, 사이공이 함락되던 마지막 날 베트남을 떠났던 해군 대위 한주영은 6년 후에 북한으로 납치되었다는 말이 된다. 6년 동안 한주영은 무엇을 하고 있었던가? 제임스의 표정을 살피던 박성태가 그 대답을 했다.

“한주영 씨는 그때 사업을 하고 있었습니다. 그때 기사를 검색해 보니까 사업가라고 나오더군요.”

“가족은?”

제임스가 갈라진 목소리로 묻자 박성태가 손바닥으로 서류봉투를 두드렸다.

“여기 서류가 있습니다.”

“한 시간만 쉬고 갈게.”

조경숙에게 말한 오지은이 식당을 나와 계단으로 다가갔다.

“또 거기서 졸려는 모양이군.”

뒤에서 조경숙이 소리쳐 말하자 옆을 지나던 간호사들이 시선을 주었다. 점심시간이어서 병원 지하식당은 혼잡했다. 식당을 개방한 후부터는 환자 가족뿐만 아니라 인근 주민들까지 몰려들었기 때문이다. 계단을 올라 병원 1층의 휴게실로 들어선 오지은은 창가의 자리에 앉아 커피를 시켰다. 이곳은 손님이 서너 테이블뿐으로 한산했다. 식당은 민간 사업자에게 임대했지만 휴게실은 대

168

학병원 직영이다. 장사가 안 되어도 임금이 꼬박꼬박 나가는 터라 종업원은 게을렀고 관리자는 항상 외출 중이었다. 그러나 오지은에게 이곳은 병원 안의 유일한 휴식공간이었다.

다리를 길게 뻗고 앉아 창밖을 바라보던 오지은의 머릿속에 제임스의 모습이 떠올랐지만 얼굴은 희미했다. 그러나 제임스와 몸이 부딪친 기억은 지금도 생생했다. 오지은은 길게 숨을 뱉고는 눈을 감았다. 이곳에 앉아 제임스와의 섹스 장면을 떠올리는 때가 가장 안락한 순간이었다. 제임스하고는 연락도 되지 않았지만 언젠가는 다시 만날 것이었다. 제임스는 나타난다. 눈을 뜬 오지은은 휴게실 안을 둘러보았다. 어느새 손님은 두 데이블로 술어들어 있었다. 눈을 감고 있으면 제임스가 어느 곳에서 이쪽을 바라보고 있다는 생각이 드는 것이다.

오지은이 다시 의자에 머리를 붙이고는 눈을 감았으므로 제임스는 폐 안에 갇힌 숨을 길게 뱉어내었다.

이곳은 오지은의 비스듬한 위쪽의 창밖 계단 모서리여서 머리를 들고 나서 다시 왼쪽을 보지 않으면 알아차릴 수는 없다. 오지은한테서는 여유 있는 분위기가 느껴졌다. 구겨졌지만 흰 가운이 어울렸고 파마한 머리가 어깨 위로 늘어진 것도 보기 좋았다. 제임스는 다시 눈을 감고 있는 오지은의 얼굴을 찬찬히 바라보았다. 유리창에 막혀 있지만 직선거리는 17미터쯤 된다. 시선을 고정시키고 한참이 지나자 오지은의 숨소리까지 들리는 것 같았다.

"아직."

제임스가 오지은의 얼굴을 내려다보면서 영어로 말했다. 그에게는 아직 영어가 익숙했고 가슴속의 말이 바로 전달되었다. 제임스가 낮지만 또박또박 말했다.

"아직 널 만날 수는 없어. 널 다시 흔들리게는 하지 않을 거야."

그러고는 애무하듯이 오지은의 다리 끝에서 머리까지를 찬찬히 훑었다.

"기다려, 지은."

"아, 한주영 씨말이죠?"

오규진이라고 이름을 밝힌 50대 사내는 거친 인상이었지만 친절했다. 제임스의 말을 듣더니 금방 옆쪽 캐비닛에서 두툼한 서류철을 꺼내들더니 앞에 앉았다.

"그렇지, 여기 있구나."

때 묻고 헤진 서류를 몇 번 넘긴 오규진이 얼굴을 펴고 제임을 보았다.

"한주영 씨 친척 된다고 하셨지요?"

오규진이 확인하듯 다시 묻더니 대답도 듣지 않고 서류를 읽었다.

"1981년 5월 2일 오후 3시 반에 납북되었어요. 일행으로 이덕수, 박인용, 장수만, 그리고 어선을 개조한 낚싯배 선장 유정호 씨까지 다섯입니다."

제임스는 잠자코 들었다. 이곳은 종로 3가에 위치한 납북자송환투쟁위원회였는데 다섯 평 정도의 사무실에는 직원이 오규진과

170

여직원 둘 뿐이었다.

"미스 김, 여기 커피 한 잔."

여직원에게 소리쳐 말한 오규진이 부리부리한 눈으로 제임스를
보았다.

"미국에서 오셨다구요?"

"예, 제 국적은 미국입니다."

"한주영 씨하고는 어떻게 되시는가요?"

"예, 아버지의 먼 친척이 되신다는데……."

"저런."

혀를 찬 오규진이 눈을 가늘게 뜨고는 팔짱을 졌다.

"그럼 한주영 씨가 납북당하신 걸 모르고 오셨구나."

"예, 그렇습니다."

"참, 기가 막히군."

"그럼 생사는 알 수 없습니까?"

제임스가 묻자 오규진이 입맛을 다셨다.

"글쎄요, 거기, 한주영 씨 가족은 만나 보셨나? 그쪽에서 손을
썼을지도 모르는데."

그리고는 다시 입맛을 다셨다.

"여긴 연락처 구실을 할 뿐이어서, 정부 지원도 전혀 없고 사회
단체에서 보내주는 지원금으로 겨우 사무실 운영비나 내는 곳이
라서 말요."

"……."

"나하고 미스 김은 그저 교통비만 받고 이 일을 합니다."

마침 미스 김이라는 아가씨가 종이컵에 담긴 커피를 가져왔으므로 제임스는 대꾸하지 않았다. 한주영은 납치당한 이후로 한번도 언론에 나타나지 않았다. 탈북자가 많아졌지만 그때 같은 배에 탔던 다섯 명의 소식은 전무했다. 1981년 5월 2일 사건은 그 낚싯배의 이름을 따서 해신호 사건이다.

한윤주가 다가가 서자 김지숙이 외면한 채 말했다.

"힘들겠어. 얘, 너두 요즘 우리 형편 알잖니?"

옆쪽에서 거울을 닦던 이명옥이 거울 속으로 한윤주를 보았다. 시선이 마주치자 눈을 조금 크게 떠 보인다.

"더구나 일이백도 아니고 말야. 어디 딴 데 알아볼 데 없니?"

"제가 알아서 할게요."

시선을 내린 한윤주가 다소곳이 말했다.

"신경 쓰게 해드려서 죄송해요, 원장님."

"신경은 뭘."

입맛을 다신 김지숙이 자리에서 일어서더니 시계를 보는 시늉을 했다.

"벌써 다섯 시가 다 되었네. 난 잠실에 들렀다가 퇴근할 테니까 너희들도 시간 되면 나가."

"네, 원장님."

대답은 이명옥이 했다. 김지숙이 미용실을 나갔을 때 이명옥이 입술을 부풀이며 말했다.

"너두 요즘 우리 형편 알잖니? 흥."

172

김지숙의 목소리를 흉내 낸 이명옥이 한윤주의 옆으로 바짝 다가가 섰다.

"언니, 근데 7백이나 왜 필요해? 무슨 일 있어?"

"아냐, 그냥."

"말해봐, 내가 모아둔 돈이 2백쯤 있는데, 급하면 다른 데도 알아볼게."

"얘는…… 됐어."

머리를 저은 한윤주가 이명옥의 어깨를 감싸 안았다가 풀었다.

"넌 참 착한 애야, 고마워."

"망할 년 같으니, 잠실 헬스클럽 회원권만 헤도 1억이라며?"

눈을 치켜뜬 이명옥이 다시 김지숙 욕을 했다.

"건물 임대료만 월 2천씩 걷는다고 자랑하던 년이 그래 7백이 없어?"

"그만해."

"글쎄, 언니 7백이 왜 필요한데?" 하고 이명옥이 다시 물었을 때 가운 주머니에 넣은 핸드폰이 진동을 했다.

제임스는 커피숍 안으로 들어서는 여자를 보았다. 코트를 입었지만 날씬한 몸매였다. 갸름한 얼굴에 파마한 머리를 뒤로 묶어 올려서 목이 길게 드러났다. 커피숍 안은 손님이 남녀 한 쌍뿐이어서 여자는 곧장 이쪽으로 다가왔다.

"납북자송환위원회에서 오신………."

다가선 여자가 묻자 제임스는 자리에서 일어섰다.

"예, 미국 교포들이 만든 단체지요. 서울의 납북자송환투쟁위원회에 들러 한주영 씨 신상기록을 보고 연락을 드린 겁니다."

전화상으로 대충 말했지만 제임스는 차분하게 말을 이었다.

"미국 정부를 움직이면 납북자 문제를 더 빨리 해결할 수 있을 것이라는 의견으로 단체가 만들어졌지요, 그래서……."

제임스가 똑바로 여자를 보았다. 여자 이름은 한윤주, 78년생이니까 한주영이 귀국한지 3년 만에 낳은 딸이다. 제임스와는 5살 연하의 배다른 동생이 된다.

"한주영 씨에 대해서 자세히 듣고 싶습니다. 말씀해 주실 수 있습니까?"

탁자 위에 소형 녹음기를 내려놓으면서 제임스가 물었다. 한윤주의 검은 눈동자가 똑바로 제임스를 향해 있다. 그늘진 표정이다. 엷은 입술은 꾹 다물고 있어서 뭔가를 참고 있는 것 같기도 했다. 곧은 콧등 위에 조그만 점 하나가 또렷하게 드러났다. 이윽고 한윤주가 입을 열었다.

"제가 세 살 때 납치되서서 전 그때 기억도 안 나요. 같이 찍은 사진을 봐도 별 감정이 없어요. 하지만."

"……."

"어머니가 20년 동안 온갖 수단을 다 쓰셨죠. 하지만 국가에서 도와주지 않는데 어쩌겠어요? 오히려 나서는 걸 막던데요 뭐."

그러고는 한윤주가 엷은 입술을 비틀며 웃었다.

"실제는 이 나라가 북한하고 내통하고 있기 때문이죠. 그러니 납북이라고도 못해요. 들으셨어요? 간첩이 한국 장군을 조사했다

174

는 이야기요. 이런 세상이 되었다는데 어떻게 아버지를 데려와
요?"

"……."

"북한이 한국을 통일시켰을 때나 아버지가 우리한테 올 수 있겠
죠. 물론 양쪽이 다 살아 있어야겠지만."

그러고는 한윤주가 똑바로 제임스를 보았다. 탐색하는 것 같은
표정이었다.

"선생님도 조심하세요. 여긴 완전히 빨갱이 세상이 되었다구
요. 국회의원은 말할 것도 없고 장관까지 빨갱이가 섞여 있어요.
그 본부는 저기……."

침을 삼킨 한윤주가 뱉듯이 말했다.

"청와대구요."

제임스는 어깨를 부풀렸다가 내리면서 심호흡을 했다. 지금까
지 한국은 미국의 맹방이라고 들어왔다. 50여 년 전 북한의 남침
으로 전쟁이 일어나 수백만의 사상자를 내었다. 그때 미군이 참전
을 해서 한국의 적화통일을 막았다고 배웠다. 그 전쟁에서 미군
사상자도 수만 명이었다. 이른바 피로 맺어진 맹방이다. 그런데
그 한국이 전쟁도 없이, 소리 없이 적화가 되다니. 그때 한윤주가
제임스의 궁금증 하나를 다시 덜어주었다.

"정부에서 조직적으로 반미 교육을 시켜왔기 때문에 요즘 애들
은 미국을 싫어하고 있어요. 지금 대통령도 반미 감정을 부추겨서
대통령이 되었구요."

제임스는 한윤주에게 시선을 떼었다. 한윤주는 격해져 있었지

만 도무지 공감이 가지 않는 것이다. 반미주의 국가는 지구상에 얼마든지 있다. 여기뿐만이 아니다. 그래서 아프가니스탄에서 탈레반과 싸웠으며 그전에는 콩고에서, 베이루트와 크로아티아에서도 반미 세력과 전투를 했다. 그때 한윤주가 말을 이었다.

"어머니는 아버지 찾는다고 중국에 들어갔다가 사기까지 당했어요."

외면한 한윤주가 얼굴을 일그러뜨리며 웃었다.

"조선족 브로커한테요. 당국에서는 그런 것도 금지시키고 있기 때문에 누구한테 하소연도 못하고 울기만 했죠."

"……."

"옌지에 사는 브로커가 아버지는 자강도 강계에서 국영식당 지배인으로 있다가 그만두고 집에서 쉬고 있다는 거예요. 북한에서도 결혼해서 애가 하나 있다는군요."

제임스는 한윤주가 '북한에서도' 했을 때 힐끗 시선을 들었다가 내렸다. 한윤주는 외면하고 있어서 제임스의 시선을 받지 않았다. 다시 한윤주가 혼잣소리처럼 말했다.

"우리 어머니만 불쌍하죠. 아버지란 인간은 거기서 또 여자 만나 자식까지 낳았는데도 빼내 오려고 지금도 몸부림을 치고 있거든요."

"……."

"유방암 3기 진단을 받았는데, 수술비가 없어서 수술을 못하는 처지인데 말이죠."

"……."

"결론적으로 아버지란 인간이 우리 집안을 풍비박산 만든 거예요. 난 아버지가 원망스러워요."

힐끗 한윤주를 보았지만 눈동자는 맑았다. 초점도 또렷하게 잡혀졌다. 한윤주가 말을 이었다.

"그래서 말인데요. 아버지란 인간이 돈이라도 싸 짊어지고 온다면 모를까 전 관심 없어요. 전에는 어머니 소원이라서 가만뒀지만 지금은 어머니부터 살려야 돼요. 그 사람 이야기는 더 이상 안 할래요."

"참, 더럽게 되었어요."

머리를 저으면서 라이스 정이 말했다.

"납치된 지 20년이 넘었습니다. 아마 북쪽에서 죽었을 겁니다. 그쪽 평균 수명이 낮으니까요."

피터 안이 손끝으로 테이블을 두드리며 라이스를 보았다.

"그럼 제임스 그놈이 그 사실을 알고 있었을까?"

쓴웃음을 지은 라이스가 어깨를 조금 들었다가 내려놓았다.

"글쎄요, 알았건 몰랐건 간에 제임스와 한주영을 연결시킬 수가 없게 된 거요. 서울에는 한주영이 딸과 부인만 남아 있으니까요."

"빌어먹을 나라야." 했지만 피터의 표정은 덤덤했다. 기를 쓰고 찾을 일이 아닌 것이다. 부국장 버나드 크루는 동향 파악은 해놓으라고 애매하게 말해놓고는 다시 연락도 하지 않았다.

"시발, 그럼 그놈은 어디서 찾지?"

피터와 라이스는 지금 한국어로 대화하는 중이었는데 피터는 가끔 욕을 붙여 쓴다. 미국에서는 한국인과 대화할 기회가 없었기 때문에 욕을 배우지 못했다. 피터의 시선을 받은 라이스가 이맛살을 찌푸렸다. 네가 모르는데 내가 어찌 알겠느냐는 표정 같았다.

제임스 호에게는 코리아, 자세한 국명으로는 Republic Of KOREA라는 나라가 외국이나 같았다. 한국어를 배운 것은 어머니 영향이 컸다. 아버지한테서 한국어를 배운 어머니 도이 무앙이 어렸을 때부터 한국어 교육을 시켰던 것이다. 그뿐이다. 어려서는 아버지 한주영이 천신만고 끝에 미국 땅까지 찾아오거나 우연히 극적인 상봉을 하는 꿈을 자주 꾸었지만, 사춘기가 지날 때쯤 해서 싹 지웠다. 한주영은 패망한 월남 땅에 가족을 버려두고 떠난 것이다. 그리고 그 증거가 지금 드러났다. 귀국한 지 3년 만에 한윤주가 태어난 것을 봐도 그렇다. 한주영이 북한에 납치된 것도 인과응보이다. 저주가 붙어서 꾸미는 가정마다 불행해지는 모양이었다. 사춘기 이후로 한주영을 잊고 살았으니 제임스에게 한국이라는 나라가 생소한 것은 말할 것도 없다.

국립도서관의 열람실에서 창밖을 내려다보던 제임스가 다시 모니터 화면으로 머리를 돌렸다. 한국어를 읽고 쓰기가 서툰 터라 열람실에서 영어판 신문을 읽고 있는 중이었다. 신문은 정보 채취에 가장 빠르고 효율적인 수단이다. 잘 활용하면 지식 습득에도 큰 도움이 된다. 군에서 배운 요령이었다. 오늘로 나흘째, 한윤주와 헤어진 그 다음날부터 제임스는 국립도서관 열람실에서 하루 8시간씩 한국에 대한 정보를 습득했다. 신문뿐만 아니라 영어판 한국의 역사, 집중적으로 6·25 전쟁 이후의 정치, 사회상을 관찰했다. 그러자 한윤주가 품고 있는 친북 성향의 정권에 대한 분노도 이해할 수 있었다. 5·16 쿠데타를 일으킨 박정희 장군이 한국 경제를 비약적으로 발전시켰다는 것도 알 수 있었다. 그리고 2대에 걸친 좌파 정권이 전교조를 통해 어린 학생들에게 친북 반미 감정을 불어넣고 한미 동맹을 해체하여 군을 무력화시키려고 하는 중이며 북한에 수십억 불의 비자금을 비밀리에 건네주고 있다는 것도 언론 보도만 읽어도 알 수 있었다. 그 와중에 납북자, 탈북자, 6·25 전쟁 당시의 국군포로 송환은 정권의 압력을 받아 묻힌 것이다. 대신 좌파 세력이 기승을 무려 간첩이 영웅처럼 조건 없이 북송되고 원조를 받는 처지인데도 북한 관리들이 마치 점령군처럼 한국 정부와 민간단체를 대하고 있었다. 세계 어느 곳에도 반역자는 있다. CIA 용병으로 세계 각국을 다니면서 제임스는 동포를 배신하는 반역자들은 무수히 보았다. 한국도 예외는 아니었다. 친북 정권에 선을 댄 시민단체들, 일부 노조는 신문만 읽어도 반역 세력이었다. 국가와 민족을 배신하고 있는 반역무리의 본산도 청와대라고 불리는 대통령 궁이었다. 대통령 본인은 아직 알 수 없지만 주변 참모들 중 반역자가 끼어 있는 것은 분명했다. 이제 그들은 자신의 본색을 숨기려고도 하지 않았다. 좌파, 친북이란 단어가 진보, 평화의 동의어 취급을 받는 세상이 된 것이다.

"미국이 발을 빼야겠군."

모니터에서 시선을 떼면서 제임스가 혼잣소리로 말했다.

"이런 쓰레기들을 위해서 미군이 주둔할 필요는 없지."

제임스의 생각으로는 좌파 친북 세력이 정권을 잡도록 뽑아준 유권자들이 대가를 치러야 할 것이었다. 정권이 민심과 헌법을 거역하고 반역한다면 1960년처럼 군이 일어나 바꿔야하지 않겠는가? 미국이 그런 것까지 신경 쓸 필요는 없다. 집권 세력이 미군 철수를 원한다면 당장 이 나라를 떠나는 게 옳다. 그래서 북한이 한국을 합병하건 말건, 국민 소득이 2만 불에서 1천 불로 떨어져 친북주의자 말대로 민족끼리 같이 굶든지 말든지 내버려둘 일이었다.

"정확하시군요."

손목시계를 내려다보는 시늉을 하면서 박성태가 웃었다. 오후 7시 정각이다. 자리에 앉은 제임스가 주위를 둘러보았다. 홍대 근처의 커피숍 안이었다. 손님이 많았고, 떠들썩한 분위기였는데 종업원은 다가오지 않았다. 불러야 오는 모양이었다. 제임스의 시선을 받은 박성태가 입을 열었다.

"예, 조사를 했습니다."

이번에는 주머니에서 수첩을 꺼내든 박성태가 진지한 표정으로 말을 이었다.

"한윤주 씨는 어머니 박옥영 씨하고 둘이 신림동 단독주택 반지하 월세방에서 살고 있습니다."

"반지하 월세방이라니?"

제임스가 묻자 박성태는 헛기침을 했다.

"반지하란 말은 절반쯤 지하에 있다는 뜻인데 방값이 쌉니다. 거기에다 월세를 살고 있습니다."

"……."

"보증금 없이 한 달에 월세가 30만 원이더군요. 그런데……."

머리를 든 박성태가 제임스를 보았다. 눈동자가 다시 흔들리고 있다.

"박옥영 씨는 유방암 3기입니다. 병원에 확인했더니 수술 날짜까지 잡아놨다가 갑자기 퇴원을 하고 나갔다는군요."

"……."

"제 생각입니다만 수술비가 없어서 그런 것 같습니다. 입원비 정산은 했더군요."

잠깐 제임스의 눈치를 살핀 박성태가 말을 이었다.

"그리고 저, 박옥영 씨가 사기를 당한 것은……."

박성태가 입맛을 다시고 나서 말을 이었다.

"같이 납치당한 이덕수 씨 부인하고 박옥영 씨가 같이 중국 옌지로 갔다고 합니다. 이덕수, 박인용, 장수만, 유정호 씨 가족까지 일일이 찾아다닌 후에야 알게 되었지요."

"……."

"이덕수 씨 부인도 2천만 원을 사기 당했다고 하더군요. 박옥영 씨는 3천5백을 당했습니다. 현지에서 조선족 브로커한테 당한 거죠."

"……."

"그놈 이름이 최길준인데 패거리가 많았답니다. 살아 돌아온 것이 다행이라고 하더군요.”

“…….”

“강계에서 찍은 한주영 씨 사진은 확실한 것 같답니다. 브로커가 찍어온 사진인데 아마 지금도 박옥영 씨가 갖고 있을 거라네요. 그래서 돈을 준비해놓고 중국으로 간 거지요.”

“…….”

“돈을 북한 관리한테 먹여야 탈북이 된다고 해서 송금을 받았는데 다 받고 나더니 더 내라면서 위협을 하더라는군요. 그러다가 둘한테 더 이상 나올 것이 없다는 걸 알고는 놔 주었답니다.”

“이름이 뭐라고 했지요?”

제임스가 불쑥 물었다. 박성태가 눈동자만 굴리자 제임스가 다시 물었다.

“그 조선족 브로커.”

“예, 최길준입니다.”

수첩을 본 박성태가 또박또박 말했다.

“언니, 누가 찾아 왔어.”

이명옥이 소곤대며 말했지만 김지숙이 들었다. 그래서 한윤주와 김기숙은 동시에 대기실 쪽을 보았다.

“어머.”

한윤주가 짧게 외친 이유는 귀찮았기 때문이다. 대기실에 서있는 사내는 일주일쯤 전에 만난 납북자송환위원회 직원이다. 그것도 미국에서 날아온 사내, 손님은 김미숙이 직접 관리하는 단골

한 명뿐이었으므로 바쁘지는 않다. 대기실로 들어선 한윤주를 향해 사내가 눈인사를 했다. 그때서야 사내 이름이 떠올랐다. 제임스 호.

"잠깐 이야기 할 일이 있어서 찾아왔는데, 시간 내실 수 있습니까?"

사내가 무표정한 얼굴로 묻더니 손목시계를 들어보였다. 시선도 그쪽에다 주지 않는다.

"10분이면 됩니다."

한윤주도 담담하게 머리를 끄덕여 보였다. 지난번에 헤어질 때 직장 위치를 알려주었지만 이렇게 찾아오리라고는 상상도 하지 못했다. 잠시 후에 둘은 미용실 근처의 커피숍에 마주 앉았다. 득달같이 다가온 종업원에게 커피를 시킨 제임스가 입을 열었다.

"LA 본부에다 보고를 했더니 오늘 아침에 지시가 왔습니다."
제임스가 주머니에서 봉투를 꺼내 한윤주 앞에 내려놓았다.

"위원회 이사회는 납북자 가족이신 한윤주 씨 어머니께 수술비를 지원하기로 결의했습니다."

눈만 깜박이는 한윤주를 향해 제임스가 말을 이었다.

"1천만 원입니다. 받았다는 영수증만 써 주시지요. 위원회에 제출해야 되니까요."

"제가……."

겨우 정신이 든 한윤주가 침을 삼켰다. 그러자 순식간에 얼굴이 상기되었다가 다시 하얗게 굳어졌다.

"제가 왜요?"

한윤주가 물었을 때 제임스는 입맛을 다시더니 외면했다.

"글쎄, 저는 한윤주 씨 사정을 그대로 보고했더니 이렇게 된 겁니다."

못마땅한 말투였으므로 한윤주는 시선을 내렸다. 그러자 제임스가 독촉했다.

"저, 영수증 써 주시오. 제가 바빠서."

"뒤탈 없을 테니까 신경 쓸 것 없어."

박성태가 자신 있는 표정으로 말을 이었다.

"커피 값 계산할 때 우연히 지갑을 보았는데 글쎄……"

이제는 초점이 또렷하게 잡힌 눈동자로 박성태가 조명철을 보았다.

"백만 원짜리 수표가 한 뭉치 들어 있었어. 거짓말 아냐."

"교포는 확실한 거요?"

조명철이 백미러로 박성태를 보았다.

"확실해. 미국 여권도 내가 봤어."

"사람 찾으러 왔다구?"

"그래, 난 그놈한테서 수당으로 지금까지 4백만 원을 받았어."

그러고는 손목시계를 내려다본 박성태가 정색했다.

"그놈한테서 1억 뜯어내면 넌 1천만 원 받는 거야. 2억이면 2천이고."

"그만큼 있을까?"

"있을 거야."

184

박성태가 자신 있게 말했다.

"일이나 확실하게 해."

"염려 놓으서."

어깨를 부풀려 보인 조명철이 주위를 둘러보는 시늉을 했다. 한강변 고수부지의 주차장에는 차가 딱 세 대 세워져 있다. 승용차 두 대와 승합차 한 대다. 승용차는 박성태와 조명철의 차였고, 승합차에는 사내 셋이 숨어 있다. 창문에 선팅이 되어 있어서 밖에서는 보이지가 않았는데 조명철의 부하들이다.

"5분 전이야."

다시 손목시계를 본 박성태가 이 시이로 말했다. 오후 8시 5분 전, 1월 하순이어서 주위는 이미 짙게 어둠이 덮여 있었다. 강변에 세워진 휴게실도 문을 닫았고 통행하는 사람도 보이지 않는다. 운전석에 앉은 조병철이 다시 백미러로 박성태를 보았다. 조명철은 박성태의 고향 후배로 폭력전과 3범이다. 영등포에서 삐끼로 일하다가 박성태의 호출을 받고 친구 셋을 데려왔는데 돈을 준다면 무슨 짓이라도 할 놈들이었다. 주위를 둘러본 박성태가 말했다.

"어쨌든 그놈이 차를 타고 올 거다. 한국에는 아는 놈이 없으니까 택시를 타고 올 거야. 택시가 떠나면 바로 덮쳐."

그때 바로 옆쪽 문이 벌컥 열렸으므로 박성태는 기절초풍을 했다. 놀란 것은 조명철도 마찬가지여서 눈을 부릅뜨고 온몸을 굳혔다. 제임스가 뒷좌석에 올랐다.

"아, 아니."

놀란 박성태가 말까지 더듬었다.

"어, 어떻게."

"아, 걸어왔는데."

다가앉은 제임스의 시선이 조명철에게 옮겨졌다.

"아, 이 친구는 제 동생입니다. 여기까지 운, 운전을……."

말을 더듬던 박성태가 뚝 입을 다문 것은 조명철 때문이다. 별 세 개짜리답게 조명철은 그 사이에 정신을 가다듬고 전의를 갖춘 상태였다. 머리를 돌린 조명철이 제임스를 향해 빙그레 웃었다.

"형씨, 잠깐 내리시죠."

조명철이 눈을 치켜뜨고 말했다. 입술은 웃는 모습이었는데 분위기가 섬뜩했다. 그러더니 조명철이 차의 경적을 세 번 울렸다.

"뛰, 뛰, 뛰."

승합차에 타고 있는 친구들을 부르는 신호다. 한 차례 누르기로 했지만 조명철은 한 번 더 눌렀다.

"뛰, 뛰, 뛰."

고수부지에 경적소리가 울려 퍼졌다. 그때 제임스가 정색한 얼굴로 박성태에게 물었다.

"왜 내리라는 겁니까?"

그 순간 조명철이 가슴에 차고 있던 회칼을 꺼내 제임스를 겨누었다. 흰 칼끝이 제임스의 목에서 10센티미터도 안 되는 거리에 놓여졌다.

"시발놈아."

눈을 치켜뜬 조명철이 이 사이로 말했다.

"좋은 말할 때 나려, 시발놈아."

그러고는 조명철이 다른 손으로 경적을 거칠게 눌렀다. 두드린다는 표현이 맞다.

"뛰, 뛰, 뛰."

다시 경적이 울렸다. 승합차와의 거리는 10미터도 안 되는 것이다. 달려오면 3초도 안 걸리는데 벌써 10초도 더 지났다. 그 순간이었다. 박성태는 옆에 앉은 제임스의 몸이 기울어지는 것만 보았다. 그러나 다음 순간 낮은 외침이 울렸다.

"아!"

눈을 치켜뜬 박성태는 조명철의 칼을 쥔 손이 제임스에게 잡혀 비틀려지는 것을 보았다. 외침은 조명철의 입에서 났고 다시 조용한 차 안에서 뭔가 부러지는 소리가 났다.

"두둑!"

"아아악!"

엄청나게 큰 비명이 울렸으므로 박성태의 머리칼이 곤두섰다. 그때 박성태는 조명철의 팔 하나가 반대 방향으로 부러진 채 흔들리는 것을 보았다. 칼은 이미 바닥에 떨어져 보이지 않는다.

"아아이고오!"

이번에는 제 눈으로 제 팔을 본 조명철이 비명과 신음을 한꺼번에 토해내는 소리였다. 그때 제임스의 주먹이 날아가 조명철의 두 눈 사이를 쳤다.

"퍼석!"

마른바가지가 깨지는 소리가 들리더니 조명철이 뒤로 반듯이 넘어졌다.

　승합차로 다가간 박성태는 숨을 멈췄다. 문이 열려진 승합차 안에 세 사내가 널브러져 있었던 것이다. 엎어지고 뒤집혀진 세 사내는 제각기 신음을 뱉으며 꿈틀거렸다. 그러나 머리를 들어 올리지도 못한다. 그때 뒤에서 인기척이 났으므로 박성태는 덜덜 떨었다. 영하의 날씨였지만 식은땀이 났고 이가 부딪쳐 따따닥 소리가 났다.

　"팔 다리가 부러졌으니까 석달은 병원에 있어야 될 거다."

　옆에 선 제임스가 사내들을 보며 말했다.

　"저기 저놈은 눈이 튀어 나와서 시간이 좀 더 걸릴 거야."

　"살려주십시오."

　턱이 흔들려 이가 더 세게 부딪쳤으므로 박성태가 이를 악물면서 말했다.

　"저놈이 저를 끌고 온 겁니다. 저는 안 하려고 했는데……."

　그 순간 박성태는 아랫배에 극심한 충격을 받고는 털썩 무릎을 꿇더니 몸이 굽은 새우처럼 구부렸다. 배를 채인 것이다.

　"우아악."

　신음과 함께 입에서 그날 먹었던 음식이 다 쏟아져 나왔다.

　"아이고오."

　얼굴을 땅바닥에 문대면서 박성태가 신음과 비명을 한꺼번에 쏟아냈었다.

　"살려주십시오, 선생님."

다시 사지가 떨렸고 가랑이 사이가 뜨뜻해졌다. 오줌이 흘러나온 것이다.

죽 그릇을 깨끗이 비운 박옥영이 머리를 들고 한윤주를 보았다.

"휴가는 삼일 남은 거니?"

"응."

건성으로 대답한 한윤주가 밥상을 들고 주방으로 다가갔다.

"저기 말야, 미국에다 연락할 수 없을까?"

한윤주의 등에 대고 박옥영이 물었다. 잠자코 그릇을 개수대에 내려놓은 한윤주를 향해 박옥영이 말을 이었다.

"그냥 고맙다는 인사만 하려고 그래."

박옥영의 수술은 잘 끝났다. 담당 의사는 수술이 성공적이라고 했다. 일단은 위기를 넘긴 셈이다. 수술이 끝나 입원실로 돌아왔을 때부터 박옥영은 서울에 와 있다는 미국의 납북자송환위원회 직원한테 인사를 해야겠다고 한윤주를 졸랐다. 그래서 한윤주가 지난번에 걸려온 제임스의 휴대전화로 연락해보았지만 통화정지 상태가 되어 있었다.

"윤주야, 내가 알아볼까?"

박옥영이 물었을 때 한윤주는 몸을 돌렸다.

"거기가 한국처럼 114 누르면 되는 줄 알아? 미국이라구. 그리고 그 위원회는 한국 사람들이 만든 거야. 정말 짜증나 죽겠네."

박옥영이 퇴원해서 집에 온 지 이틀째가 되는 날이었다. 제임스 호를 만나 돈을 받은 지는 이주일이 된다. 아마 그 사내는 미국으로 돌아가 있을 것이었다. 잔소리를 들은 박옥영이 가만있었으므로 한윤주가 다가가 침대 옆에 섰다.

"엄마, 좀 기다려. 내가 어떻게든 알아봐줄게."

"그래."

박옥영의 습기 띤 두 눈이 반짝였다.

"은혜를 잊으면 안 돼. 그럼 인간이 아냐."

"알았어."

"그나저나 네 미용실 원장한테도 고맙다. 바쁠 텐데 보름씩이나 휴가를 주고."

한윤주는 외면한 채 대답하지 않았다. 원장 김지숙이 들으면 어리둥절할 소리였다. 왜냐하면 제임스 호한테서 돈을 받은 날에 미용실을 그만두었기 때문이다. 김미숙한테 반 달 일한 월급은 이명옥한테 주라고 호기 있게 말하고는 때려치웠다. 한윤주는 그것이 지금까지의 인생에서 가장 시원한 장면이라는 생각을 한다.

"누구시라구요?"

말은 똑똑히 들었지만 라이스 정은 무의식중에 다시 물었다. 그러나 다음 순간 가슴이 뛰었고 피가 머리로 올라왔다. 제임스 호, 제임스 호가 직접 전화를 해온 것이다. 그때 수화구에서 입맛 다시는 소리가 들렸다.

"녹음되고 있을 테니까 나중에 다시 듣도록."

그렇게 뱉듯이 말한 사내가 물었다.

"본부에서는 날 잡으라는 거야?"

“무슨 말씀이신지.”

긴장한 라이스가 심호흡을 하고나서 녹음장치를 확인했다. 자동으로 위치 추적 장치가 가동되고 있었으므로 18초 후에는 통화자 위치가 드러난다. 그러나 행동조는 준비가 안 되었다. 전혀 예상하지 못하고 있었기 때문이다. 그리고 1997년 이후로 위치 추적 후에 행동조를 움직인 사건이 없었다. 그때 라이스가 시간 끌려는 속셈을 눈치 챘는지 사내의 목소리가 차가워졌다.

“그럼 한주영 씨 집 근처에 감시조를 배치시킨 이유가 뭐야?”

“누구라고 하셨지요? 한 누구요?”

“한주영이 납치당했다는 걸 당신들도 알고 있잖아? 내가 왜 나하고 관계가 없는 인간들 근처에 가겠어?”

“이해가 안 갑니다, 선생님. 도무지 무슨 말씀이신지.”

“넌 내가 어떤 인간인지 잘 알거다.”

“선생님, 다시 한 번 말씀해주시면…….”

“모르면 본부에 조치해봐, 이 병신아.”

“용건을 자세히 말씀해주시면…….”

그때 서둘러 다가온 요원이 우측 모니터 화면을 손으로 가리켰다. 모니터 화면에 뜬 위치는 서대문 전철역 근처다. 그때 사내가 말했다.

“쓸데없는 수작 말고 본부에 연락해서 나한테 용건이 있느냐고 물어. 내가 다시 연락할 테니까. 대답을 들어 놓으란 말야, 이 병신아.”

그러고는 전화가 끊겼으므로 라이스의 얼굴이 일그러졌다.

"개새끼."

라이스가 한국어로 욕을 했다.

"병신새끼, 시발놈."

쇼핑카트에 대파 한 단을 넣은 한윤주가 한걸음 발을 떼었다가
멈춰 섰다. 옆에서 밀고 온 카트와 부딪쳤기 때문이다.

"미안합니다."

카트를 뒤로 뺀 한윤주가 무공해 상추를 훑어보았을 때 사내가
말했다. 옆에서 카트를 밀고 온 사내였다.

"저기, 카트를 해산물 코너 옆에다 두시고 왼쪽 비상구로 들어
가 보시지요. 그곳에서 제임스 씨가 기다리고 계십니다."

"네?"

놀란 한윤주가 눈을 크게 떴지만 사내는 외면한 채 양파를 고르
는 시늉을 했다. 사내가 말을 이었다.

"정부 기관원이 제임스 씨를 미행하고 있어서 그럽니다. 납북
자 가족을 도우려고 왔어도 미행을 당한다니까요."

"알겠어요."

화가 난 한윤주가 이를 악물었다가 풀었다. 빨갱이 세상이니 당
연했다.

계단 위쪽의 벽에 등을 붙이고 서 있던 제임스가 한윤주의 시선
을 받더니 보일 듯 말듯 머리를 끄덕여 보였다.

"안녕하세요."

한윤주는 인사를 했지만 목소리가 잠겼다. 밝은 소리를 내려고 했다가 오히려 못 나온 것이다.

"이쪽으로."

짧게 말한 제임스가 등을 떼더니 앞장서 계단을 올랐고 한윤주는 뒤를 따른다. 이윽고 둘이 마주보고 선 곳은 7층 구석의 열대어 매장 옆이었다. 이곳은 손님이 드물어서 조용했다.

"저기."

먼저 말을 꺼낸 것은 한윤주였다. 한윤주가 서두르듯 말했다.

"엄마 수술 잘 끝냈어요. 의사는 고비를 넘겼다고 했어요. 상태가 좋아지고 있다면서요. 모두 선생님 덕분입니다. 감사드려요."

제임스가 입을 벌렸다가 닫았고 한윤주의 말이 이어졌다.

"엄마는 퇴원해서 집에 계세요. 수술 끝났을 때부터 엄마는 선생님한테 인사를 해야 한다고 얼마나 찾았는지 몰라요. 그래서 제가 여러 번 통화를 했지만 전화가 안 되더군요."

"……."

"정말 감사드려요. 그때는 제대로 인사도 못 드렸는데……."

마침내 한윤주의 눈에서 눈물이 흘러내렸다. 그것은 본 제임스가 입맛을 다시더니 외면했고 한윤주는 바싹 다가섰다.

"엄마하고 통화 한번 해주세요, 네?"

"……."

"저희들 때문에 한국 기관에서 감시받고 계시다면서요? 정말 죄송해서 어쩌죠?"

그때 제임스가 입을 열었다.

"괜찮습니다. 다 위원회가 시켜서 한 일이니까 저한테 고맙다고 하실 필요 없습니다."

"저기, 엄마 바꿔드릴게요." 하면서 한윤주가 주머니에 든 핸드폰을 꺼냈다.

"엄마 인사를 한번만 받아주세요. 부탁드립니다."

"잠깐만."

손을 들어 막는 시늉을 한 제임스가 긴장한 표정으로 한윤주를 보았다.

"먼저 제 이야기를 들으시고."

몸을 굳힌 한윤주를 향해 제임스가 말을 이었다.

"이것도 위원회 결정인데 제가 옌지로 가서 임무를 수행하라는 지시를 받았습니다. 한윤주 씨 아버님을 찾아서 가능하면 한국으로 데려오라는 겁니다."

제임스가 한윤주 씨 아버님이라는 단어를 힘주어 말했지만 놀란 한윤주는 눈을 치켜뜨고 숨도 쉬는 것 같지 않았다.

"물론 경비는 위원회가 댑니다. 위원회에서 그런 결정을 내린 이유는 한윤주 씨 아버님이 북한에 살아 계시다고 생각한 것 같습니다. 브로커가 사기를 쳤지만 북한 강계에서 찍은 사진까지 있다고 했지요. 제가 그것까지 보고를 했거든요."

"……."

"그래서 제가 중국으로 떠날 예정인데 한윤주 씨가 어머님한테서 그 조선족 브로커에 대한 정보를 저한테 자세히 챙겨주셨으면 합니다. 가능하겠지요?"

194

가능하냐고 물을 필요도 없는 일이었다. 대답 대신 한윤주는 눈에 고인 눈물을 손끝으로 닦아내었다. 그때 제임스가 손을 내밀었다.

"어머니 바꿔주세요. 하지만 지금 제가 한 이야기는 집에 들어가서 하시죠. 차분하게 말씀 드려야 할 일 같아서요."

제임스의 표정도 차분했다.

노만 헌팅턴의 보고를 받은 부국장 버나드 크루가 먼저 풀썩 웃었다.

"제임스 그놈이 한국에 기어들어간 지 한 달 만에 그것도 그놈이 먼저 연락을 해왔단 말이지? 내 얼굴이 화끈거린다."

"보스."

노만이 정색하고 버나드를 보았다.

"제임스는 CIA뿐만 아니라 FBI까지 득시글거렸던 LA에서도 잡지 못한 놈입니다. 이제 제임스는 제 얼굴과 비슷한 놈들이 5천만이나 있는 곳에 끼어들었단 말입니다.

"닥쳐, 노만."

"더구나 보스는 서울의 피터 안에게 행적만 체크하라고 하셨습니다. 요원들이 적극적으로 나설 이유가 없었죠."

"그런데."

귀찮다는 듯이 손을 들어 보인 버나드가 눈을 가늘게 뜨고 노만을 보았다. 랭글리의 사무실 안이다. 노만은 한 시간 전에 서울 지사장 피터 안으로부터 제임스가 연락을 해왔다는 보고를 받은 것이다.

"노만, 그놈은 한국에서 살 작정일까?"

버나드가 억양 없는 목소리로 물었다.

"제 아비가 납치되었다면 제 놈하고 인연이 있는 인간은 한국에 아무도 없지 않겠어? 그런데 왜 남남인 한주영 가족 근처에서 얼쩡거렸을까?"

노만도 생각하는 표정이 되었고 버나드의 말이 이어졌다.

"제임스가 연락해온 것은 경고의 의미가 아냐. 그놈은 용병이고 동작 하나라도 헛되게 사용하지 않아."

"제 생각도 그렇습니다. 보스."

머리를 끄덕인 노만이 말을 이었다.

"서울에서 당연히 본부에 보고할 줄도 예상하고 있었던 겁니다."

"그리고 본부의 메시지를 들으려는 것이야."

"다시 연락하겠다는 의미가 그겁니다."

"그럼 우리 입장을 결정해야 될 순서인데……."

쓴웃음을 지은 버나드가 말을 이었다.

"그놈한테 끌려 들어가는 것 같아서 찜찜하지만 말야."

"악."

놀란 박성태의 입에서 비명 같은 외침이 뱉어졌다. 아파트 현관 앞에서 제임스와 정면으로 마주쳤기 때문이다. 제임스가 상계동 박성태의 아파트까지 찾아온 것이다.

"웬, 웬일이십니까?"

얼굴이 굳어진 박성태가 말까지 더듬었다. 고수부지 사건 이후로 박성태는 제임스의 종이 되었다. 제임스에게 충성을 맹세하고 다시 같이 일하게 된 것이다. 그것은 제임스가 원했기 때문이었지만 박성태로서는 선택의 여지가 없었기도 했다. 다시 같이 일하자는 제임스의 제의를 거절했다면 아마 지금도 병원에 누워 있을 것이었다. 조명철과 친구 셋은 아직까지 성동병원에 입원하고 있었는데 병원 선택은 제임스가 했고 일인당 5백만 원씩 입원비가 건네졌다. 물론 제임스가 준 돈이다. 박성태는 생색을 냈는데 아직도 팔에 깁스를 하고 눈이 부은 조명철도 만족했다. 잠시 후에 제임스와 박성태는 아파트 근처이 편의짐 구석에 서 있었다. 5층짜리 임대 아파트는 개발지역으로 지정되어 입주자 태반이 떠난 상태여서 근처에는 식당은 물론 커피숍도 없다.

"어디로 이사갈 거야?"

불쑥 제임스가 물었으므로 박성태는 눈을 크게 떴다.

"예? 무슨 말씀입니까?"

"저 아파트 헐린다던데, 입주자들도 다음 달까지 나가야 된다면서?"

"예, 그것이……."

박성태는 외면했다. 그것 때문에 조금 전 집을 나오면서 와이프하고 대판 싸운 것이다. 임대 아파트에 월세로 살고 있었기 때문에 수중에 쥔 1천3백만 원 가지고는 변두리 월세방 보증금밖에 낼 수가 없다. 내년이면 초등학교에 입학할 아들놈과 유치원에 다니는 딸까지 네 식구가 살 만한 집을 얻을 수가 없는 것이다. 그래서

박성태는 고향인 전라북도 무주로 당분간 처자식을 내려 보낼 계
획이었지만 와이프는 울며불며 안 간다고 떼를 썼다. 그렇다고 장
모 혼자서만 시골에 살고 있는 경기도 화성의 처가로 처자식을 보
낼 수도 없는 것이다. 그때 제임스가 주머니에서 봉투를 꺼내 박
성태에게 내밀었다.

"받아."

"뭐, 뭡니까?"

박성태가 더듬대자 제임스는 봉투를 주머니에 찔러 넣어 주었다.

"집에 돌아가서 와이프한테 주고 와."

창밖에 시선을 준 채 제임스가 차분한 목소리로 말했다.

"2억이야. 그 돈이면 이 근처에서 작은 아파트 하나 살 수 있겠
더구만."

놀란 박성태가 몸만 굳혔을 때 제임스의 말이 이어졌다.

"보수를 미리 주는 거야."

"예, 피터 안입니다."

전화기를 건네받은 피터 안이 정색한 얼굴로 말했다. 앞에 선
라이스 정도 긴장하고 있다. 제임스 호의 전화인 것이다.

"그동안 본부에서 연락을 받았을 텐데."

수화구에서 제임스의 목소리의 울렸다.

"나한테 전하라는 이야기도 있었을 것이고, 자, 들읍시다."

지금 제임스의 목소리는 스피커를 통해 방 안을 울렸고 녹음도
되고 있다. 옆방의 위치 추적 장치는 위성의 도움을 받아 발신지

를 추적하고 있을 것이다. 얼굴을 일그러뜨린 피터가 입술만을 달싹였다. 한국어로 '시발' 이라고 하는 입술 모양이 되었다. 피터가 목소리를 내었다.

"제임스 씨, 당신은 미국 영토에 발을 딛을 수 없습니다. 이것이 본부에서 당신에게 전달하라는 내용입니다."

"흥."

수화구에서 낮은 코웃음소리가 났고 그 소리도 방안을 울렸다.

"계속하시오, 미스터."

"하지만 당신의 미국 시민권은 유지됩니다. 그것을 명심해주시기 바랍니다."

"이상이요?"

"그렇습니다. 제임스 씨."

"당신 생각은 어떻습니까?"

"난 생각이 없어요, 제임스 씨."

"알아서 득 될 일이 아니지."

혼잣소리처럼 말한 제임스가 말을 이었다.

"이제는 내 말이 전달될 차례요."

피터와 라이스는 숨을 죽였고 제임스의 목소리가 방을 울렸다.

"내가 본래 이런 의도는 없었는데 곧 중국으로 갑니다."

피터와 라이스가 서로의 얼굴을 보았을 때 제임스의 말이 이어졌다.

"중국을 통해 북한으로 들어가려고."

놀란 라이스가 고인 침을 삼키다가 이를 악물었다. 재채기가 터져 나오려고 했기 때문이다.

"납북된 한주영 씨가 북한에 살아 있다는 증거가 있어요. 조선족 브로커가 찍어온 사진은 합성이 아니고 진품이었습니다. 그러니까 한주영 씨는 1년 전까지만 해도 살아 있었던 거죠."

"……."

"난 전공이 적진 침투에다 요인 암살, 테러, 납치여서 이번 일에 아주 적당한 거죠. 더구나 그쪽 군상들과 용모도 비슷한 데다 언어도 통하니까 말요."

"……."

"그럼 용건을 말하지. 나한테 한주영 씨 빼내오는 작업 외의 명분을 주시오. 이를테면 요인 암살 같은……."

"……."

"핵발전소 폭파도 괜찮습니다."

"……."

"한주영 씨만 빼내오기가 멋쩍어서."

그러더니 제임스가 서두르듯 말했다.

"5일 쯤 후에 다시 연락을 하죠. 당신들 결정 과정은 그쯤 걸릴 테니까."

한윤주는 박성태와 세 번째 만났다. 첫 번째는 마트에서, 두 번째는 제임스의 심부름을 온 박성태에게 조선족 브로커가 찍어왔다는 사진을 넘겨주었었다.

"기다리고 계십니다."

공손한 태도였다. 그것이 한윤주에 대한 것보다 제임스를 모시는 자세 때문이라는 것쯤은 한윤주도 안다. 커피숍 안으로 들어서자 창가의 구석에 앉아있던 제임스가 눈인사를 했다. 오후 3시 정각이다. 럭키호텔 커피숍은 몽골인들이 모이는 장소로 알려졌지만 손님이 제임스 외에 한 테이블뿐이었다. 앞쪽에 앉은 한윤주가 먼저 들고 온 서류봉투를 제임스 앞에 놓았다.

"다 가져왔어요."

시선을 내린 한윤주가 조금 굳어진 목소리로 말했다.

"어머니한테서 중요한 내용은 다 적어 놓았구요."

한윤주의 말을 들으면서 제임스가 봉투 안에 든 서류를 꺼내 훑어보았다. 한윤주 어머니 박옥영이 작년에 옌지에 갔을 때 조선족 브로커 최길준으로부터 받은 주소, 진행 내용, 한주영이 살아 있다는 강계 시내의 집, 최길준의 전화번호에다 머물었던 숙소, 자주 들렀던 식당까지 단정한 글씨체로 적혀 있었다. 적힌 종이가 여러 장이었으므로 머리를 든 제임스가 한윤주를 보았다. 그때 제임스의 시선을 기다렸다는 듯이 한윤주가 말했다.

"제가 같이 가겠어요."

얼굴을 굳힌 한윤주가 침을 삼키고 나서 말을 이었다. 아직도 시선은 제임스에게서 떼어지지 않는다.

"어머니한테도 허락받았어요, 아니, 어머니는 제가 그러기를 먼저 바라고 있었던 것 같아요."

"……"

"절대 폐를 끼치지 않을게요. 아니……."

심호흡을 한 한윤주가 말을 이었다.

"제가 아버지는 싫어했지만 제가 가는 것이 의무라는 생각이 들었습니다. 아무 상관도 없는 선생님이 미국에서까지 오셔서 이런 일을 해 주시는데……."

"……."

"제 경비는 제가 댈게요. 지난번에 주신 돈에서 좀 남았고……."

"……."

"첫째로 어머니가 그 말씀 들으시고 기운을 부쩍 내세요. 오늘 아침에는 일어나 집안 청소까지 했어요."

"……."

"꼭 데려가 주세요." 하고 나서 한윤주가 눈을 치켜떴으므로 제임스는 외면했다. 그 눈에서 눈물이 굴러 떨어질 것 같았기 때문이다. 이 여자는 한주영을 닮았다. 지난번에 최길준이 강계에서 찍어왔다는 한주영의 사진을 보자마자 느꼈었다. 야무진 입의 선이 그렇고 얼굴형이 비슷했다. 그리고 무엇보다도 분위기가 같다. 피가 섞여지면 꼭 집어서 말할 수 없는 그런 분위기가 되는 것 같다.

차가 신호등에 걸려 멈춰 섰을 때 제임스가 말했다.

"한윤주도 같이 간다는데……."

박성태가 백미러를 보았지만 제임스는 시선을 주지 않았다. 제임스의 말이 이어졌다.

“할 수 없지. 그래도 자기 아버진데.”

신호가 풀렸으므로 박성태는 다시 차를 출발시켰다. 그렇다면 일행은 셋이다. 박성태도 중국에 따라가기로 되어 있었기 때문이다.

“사흘 후에 출발이야.”

이번에도 외면한 채 제임스가 말했다.

“곧장 옌지로 간다.”

테러리스트

엔지 공항의 입국 심사대에서 제임스의 여권을 본 심사원이 물었다.

"미국인입니까?"

영어로 물었으므로 제임스가 얼굴을 펴고 웃었다.

"그렇소. 한국을 거쳐 왔습니다. 그런데 영어 잘 하시는군."

"미국에 사는 한국분이시군요."

"그렇죠."

여권을 꼼꼼하게 들여다보고 나서 컴퓨터 조회까지 끝낸 심사원이 마침내 스탬프를 찍었다.

"저놈이 내가 영어를 하는가 체크한 것 같군."

이미 심사대를 나와 한국 관광객 사이에 끼어 서 있던 박성태와 한윤주에게 다가간 제임스가 말했다. 주위는 한국 관광객으로 소란스러웠고 들뜬 분위기였다. 찾을 짐도 없었으므로 셋은 곧장 공항 건물 밖으로 나왔다. 한윤주는 긴장했는지 얼굴이 굳어진데다 행동이 어색했다. 그래서 택시를 타고 시내를 향해 달릴 때 제임스가 옆에 앉은 한윤주에게 말했다.

"거긴 내일부터 관광이나 다녀. 한국 단체 관광객들 따라서 백두산 다녀와도 되겠다."

제임스는 어느덧 자연스럽게 반말을 썼고 한윤주도 부담 없이 받아들였다. 한윤주가 시선만 주었으므로 제임스가 말을 이었다.

"여긴 중국이라구, 한국과 중국과의 관계는 지금이 가장 좋더구만."

운전사가 조선족이었으므로 셋은 더 이상 입을 열지 않았다. 중국 땅이긴 했지만 조선족 자치구에 와 있는 것이다. 그리고 조선족 브로커 최길준이 살고 있는 곳이 이곳이다. 최길준은 이곳으로 박옥영과 이덕수 부인을 유인해서 피땀 흘려 모아온 돈을 강탈했는데 현재로서는 유일한 정보원이다. 조선족 운전사는 한국산 택시를 거칠게 몰았다. 오후 5시가 되어가고 있다.

"돈이면 다 되는 세상입니다. 아버님도 알고 계시지 않습니까?"

최길준의 부리부리한 눈이 웃을 때는 가늘어져서 갑자기 어린애 같은 얼굴이 된다. 따라서 그 웃음을 받는 상대 대부분은 따라 웃었다. 지금도 앞쪽에 앉은 두 노인은 따라 웃었다.

"제가 함흥까지 다녀오는 데 일주일이 걸립니다. 가는 데는 이틀이면 되지만 올 때는 김진수 선생을 모시고 와야 하기 때문에."

정색한 최길준이 넓고 우람한 어깨를 늘어뜨리면서 길게 숨을 뱉었다. 짙은 눈썹이 여덟 팔자로 늘어졌고 시름에 젖은 표정이 되었다.

"지난번 뵈었을 때 잘 걷지 못하시더군요. 차를 얻어 타지 못하면 제가 업고 걷는 수밖에 없습니다."

"신세 잊지 않겠습니다."

70대가 훨씬 넘어 보이는 노인이 백발머리를 숙여 최길준에게 절을 했다. 노인의 눈짓을 받은 할머니가 가방에서 신문지에 싼 돈뭉치를 꺼내 최길준의 앞에 놓았다.

"먼저 1만 불 가져왔습니다."

노인이 절절한 표정으로 최길준을 바라보며 말을 이었다.

"내일 딸 부부가 사례금을 가지고 올 겁니다."

"함흥까지 대충 열네 군데 검문소가 있다고 하지 않았습니까? 아버님?"

다시 최길준이 정색하고 노인 부부를 보았다.

"저하고 다 통하는 사이지만 재수 없으면 1천 불 내주면 끝날 일을 3천 불이 들 때가 있단 말입니다. 더 재수 없으면 잡혀서 보위부 감옥에 박히는 겁니다."

최길준의 열변이 이어졌고 노인 부부는 경청했다. 전남 해남에서 이곳까지 날아온 노인 부부는 북한 함흥에서 살고 있다는 노인의 형님을 탈북시키려는 것이다. 노인은 이미 최길준을 통해 형님과 두 번이나 전화 통화를 했기 때문에 이번에는 아주 모시고 갈 작정을 하고 나왔다. 형님은 문중의 장손이었으므로 일가친척들

의 기부금도 모였고 노인은 상속을 받았던 임야 중에서 형님 몫을
팔아서 자금을 만들었다. 지금까지 최길준에게 들어간 돈은 한화
로 3천만 원 가량이었고 형님을 모시고 나오면 사례금 3천만 원이
더 지급될 것이었다.

엔지시 변두리에 위치한 대동반점 로비는 한산했다. 손님은 그
들이 앉은 바로 뒷자리에 낮술에 취해 자고 있는 허름한 행색의
한인과 출입구 근처 자리에 앉은 세 사내뿐이다.

"그럼 저는 오늘밤에 출발합니다. 일주일 후에 선생님 모시고
오겠습니다."

돈뭉치를 집어든 최길준이 결연한 표정으로 말하자 노인 부부
는 서둘러 일어서더니 허리를 굽혀 절을 했다.

"잘 부탁합니다."

목이 멘 노인의 목소리가 떨렸다.

"복 받으실 겁니다. 이제 돌아가신 부모님 소원을 풀어드리게
되었습니다."

출입구 근처에 모여 앉았던 세 사내는 최길준의 일행이었다.
길 건너편 개장국집으로 옮겨간 네 사내는 구석 쪽 테이블에 둘러
앉았다. 오전 11시경이어서 식당 안에는 아직 손님이 그들뿐이었
다. 개장국에 백주를 시킨 최길준이 부리부리한 눈으로 사내를
보았다.

"이제 저 영감한테는 다 뜯었다. 내일 딸년 부부가 들고 오는 사
례금만 채가면 끝난다."

의자에 등을 붙인 최길준이 길게 숨을 뱉었다.

"그놈의 영감탱이 의심이 많아서 애 많이 먹었어."

"어떻게 하지? 들어갈 거야?"

사내 하나가 묻자 최길준이 찌푸린 얼굴로 머리를 끄덕였다.

"그래야지. 딸 부부까지 온다는데 함흥 영감 목소리는 들려줘야지."

"설마, 데리고 나오는 건 아니지?"

옆쪽 다른 사내가 묻자 최길준은 풀썩 웃었다.

"미쳤냐? 이틀 후에 내가 함흥에서 영감 목소리 들려주고는 출발한다고 할 거다. 그리고 하루 후에……."

최길준이 누런 이를 드러내고 소리 없이 웃었다.

"나하고 영감이 보위부에 잡히는 거지. 질색을 한 영감이 살려달라고 할 테고, 그럼 내가 겨우 보위부대장과 타협을 하는 거다. 5만 불로 말야."

"5만 불."

놀란 사내 셋의 눈이 둥그레졌다가 일제히 얼굴에 웃음기가 떠올랐다.

"야, 쎄다."

하나가 말하자 최길준이 정색했다.

"딸 부부가 3천 가지고 온댔지만 2천 쯤 더 보텔 수 있을 거야. 보위대원한테 잡힌 영감이 총살을 당한다는데 2천이 문제냐? 시간만 있으면 2억도 된다."

최길준이 머리를 돌려 중앙에 앉은 사내를 보았다.

“네가 보위부 대장 노릇을 해.”

그러고는 그 옆의 사내에게 말했다.

“넌 보위대원이고, 너까지 셋이 북한으로 떠난다.”

최길준이 좌측에 앉은 사내를 똑바로 보았다.

“네가 제일 중요해. 여기 남아서 분위기 잘 잡으란 말이다. 감시도 철저히 하고, 그럴 리는 없겠지만 일이 안 풀려서 년놈들이 돈을 내놓지 않을 경우에는…….”

그러자 사내가 대신 말을 이었다.

“빼앗는 거지 뭐. 애들 셋만 데리고 들어가면 10분이면 끝나.”

“죽이지는 말고.”

“형, 내가 미쳤어? 공안이 꼬이도록은 하지 않을 테야.”

자신 있게 말한 사내의 눈도 부리부리했다. 바로 최길준의 동생이다. 그때 백주가 식탁 위에 놓였으므로 최길준이 술병을 들었다.

오후 5시가 되었을 때 최길준은 소파에서 일어나 욕실로 들어섰다. 이제 출발 준비를 하려는 것이다.

옌지시 외곽에 위치한 최길준의 빌라는 80평형으로 2층 형태여서 단지는 전원주택이 배치된 것 같았고 경관도 잘 조성되었다. 최길준의 빌라는 아래층이었는데 이곳에서 두 달 전에 데려온 가수 하명희하고 둘이서 산다. 욕실 앞까지 다가온 하명희가 저녁 먹을 테냐고 물었다. 가는 데다 맑고 높은 목소리는 억양까지 독특해서 마치 노래 부르는 것 같다.

샤워를 하면서 최길준은 시내의 3층짜리 여관 용성장을 인수하기로 마음먹었다. 용성장을 리모델링하고 지하실에 나이트클럽을 만들면 한 달에 50만 위엔 순수익은 보장될 것이었다. 거기에다 나이트클럽 전속가수로 하명희를 고용하면 일석이조다. 하명희는 소원대로 많은 관중들 앞에서 마음껏 노래를 부를 수 있을 것이고 나는 왕창 돈을 모으게 된다. 용성장을 구입할 자금은 이미 준비되었다. 2년쯤 후면 옌지에서 또 한 명의 조선족 재벌이 탄생하는 것이다.

샤워를 마쳤을 때 최길준은 문득 하명희의 알몸을 떠올리고 불끈 욕정이 솟았다. 하마터면 잊을 뻔 했던 것이다. 지난번에도 떠나기 직전에 바지만 내리고 소파에서 섹스를 했다. 액땜을 한 것이다. 하명희하고 산 두 달 동안 세 건의 작업을 했고 한국 돈으로 1억2천만 원을 벌었다. 이번 작업만 끝내면 5천만 원은 더 모을 수 있을 것이다.

"야, 이리와."

욕실을 나온 최길준이 버럭 소리쳤다. 집안에는 하명희와 둘 뿐이어서 알몸에 수건만 쥐고 있다. 하명희가 보이지 않았으므로 최길준은 침실 쪽으로 다가가며 다시 불렀다.

"야, 이리와, 한 번 하자."

마음이 급해지면서 열이 올랐고 다리 사이의 물건이 저절로 곤두섰다.

"뭐해?" 하고 침실로 들어선 최길준이 입과 눈이 딱 벌어졌다. 바로 옆쪽의 1미터도 떨어지지 않은 곳에 사내 하나가 서 있었기 때문이다. 건장하다.

"악."

놀란 외침을 뱉은 최길준이 무의식중에 몸을 뒤로 젖혔지만 늦었다. 사내가 올려 찬 발길이 지금도 곤두서있는 물건 밑동을 정통으로 걷어찼고 그 순간 최길준의 몸이 20센티미터는 떠올랐다.

"아악!"

이번에는 뱃속에서부터 끓어 오른 것 같은 신음을 뱉으면서 붕 떴던 최길준이 몸을 둥그렇게 오므리며 엎어졌다. 그때 다시 사내의 발길이 등판을 내려찍었으므로 최길준은 아까 먹었던 개장국을 와락 토해내었다. 눈앞에 수만 개의 흰 별이 떠 있었고 이제 온몸에는 감각이 없다.

빌라 앞을 둘러본 박성태는 심호흡을 했다. 주위는 어두웠다. 전원지역 같은 주택가는 조용했다. 가끔 차도에 승용차가 지나갈 뿐 주민도 보이지 않는다. 담배 생각이 간절했지만 박성태는 참았다. 빌라 뒤쪽 창문을 열고 집안으로 들어간 제임스는 아직 연락이 없다. 그러나 제임스가 어떻게 되었을지는 불안하지 않았다. 만일 잘못되었다면 밖에 나와 있는 자신은 모른 척 하면 그만이다. 그쯤은 아까부터 생각해 두었으므로 박성태는 다시 심호흡을 하고 주위를 둘러보았다. 박성태의 임무는 바깥 경비다. 만일 누가 온다든가 이상이 있을 경우에 안에 있는 제임스에게 연락을 하는 것이다.

그때 뒤쪽 문이 열리면서 열리는 기척이 났으므로 박성태는 질색을 했다가 진정했다. 빌라의 현관문이 삼분지 일쯤 열리더니 제임스의 모습이 드러났다. 마치 제 집 문을 연 것처럼 제임스는 태연한 표정이다.

"들어와."

제임스가 말하더니 몸을 돌렸으므로 박성태는 서둘러 안으로 들어섰다.

"신발 그대로 신어."

역시 신발을 신은 채로인 제임스가 응접실로 다가가며 말했다. 그 순간 박성태는 응접실 구석의 의자에 온몸이 묶여져 앉혀 있는 최길준을 보았다. 입에도 테이프가 붙여져 있다.

"집을 뒤져서 현금만 빼내라."

제임스가 말하고는 최길준의 앞으로 다가가 섰다.

"자, 이제 말해보실까." 하면서 제임스가 손에 쥐고 있던 가위를 들었으므로 박성태는 숨을 삼켰다. 그러나 제임스가 시킨 대로 분주하게 집안을 뒤지기 시작했다.

"납북된 한주영이 강계 어디에서 살고 있는지, 연락은 어떻게 하는지를 다 불어라."

침실을 뒤지고 있는 박성태의 뒤에서 제임스의 목소리가 들렸다.

"하나도 빠짐없이, 네가 불기 전에 먼저 기합을 주겠다."

그러더니 앓는 것 같은 소리와 함께 뭔가 비벼대는 소리가 났다. 듣고 나서야 그것이 가위의 칼날이 비벼지는 소리라는 것을 깨달은 박성태가 머리만 돌려 뒤를 보았다. 그 순간 박성태는 숨을 들이키면서 갑자기 오줌이 마려웠다. 최길준은 온몸을 비틀어대고 있었는데 의자에 묶인 손에서 피가 흘러내렸다. 손가락 하나

212

가 잘려진 것이다. 입에 테이프로 막혀진 최길준은 눈만 찢어질듯이 치켜뜨고는 고통으로 눈물을 쏟아내는 중이다.

"자, 덤으로 하나 더."

제임스의 목소리는 차분했다. 다시 으르렁대는 신음과 쇠가 비벼지는 소리를 들으면서 박성태는 벽장문을 열었다가 숨을 삼켰다. 여자가 눕혀져 있는 것이다. 눈과 입까지 테이프로 가린 채 누운 여자의 가슴이 오르내렸다. 그러나 기절한 듯 조금도 반응하지 않았다. 그때 제임스가 말했다.

"자, 입에서 테이프를 뗀 순간에 허튼소리 말고 술술 털어놓아라. 한마디라도 어긋나면 넌 죽는다."

침실 안쪽의 옷장을 연 박성태의 심장이 세차게 뛰었다. 찾던 금고가 있는 것이다. 더구나 조금 열려 있다.

그로부터 한 시간쯤 후에 제임스와 박성태는 옌지 시내를 향해 달리는 차 안에 앉아 있었다. 차는 제임스가 조선족 동포에게 빌린 렌트카였는데 한국산 현대 마크가 선명했다. 중국에는 현대차가 많아서 오히려 눈에 덜 띈다.

"아, 저기."

잠자코 앞쪽만 보던 박성태가 손으로 앞쪽을 가리켰으므로 제임스는 속력을 줄였다. 대형 매장의 정문 앞에 한윤주가 서 있었던 것이다. 오후 7시가 되어가고 있어서 매장 앞 보도에는 통행인들이 많은 편이었지만 한윤주의 모습은 금방 눈에 띄었다. 차가 멈춰 서자 한윤주는 뒷좌석에 올랐다. 긴장한 듯 얼굴이 굳어져

있다. 차가 다시 달리기 시작했을 때 한윤주가 백미러를 향해 물
었다.

"어디로 가죠?"

"아파트를 구해 놓았어."

제임스가 앞쪽을 살피면서 대답했다. 표시판을 찾는 것이다. 한
윤주가 더 이상 묻지 않았으므로 차 안에는 엔진음만 들렸다. 역
시 앞쪽을 응시하고 있었지만 박성태는 긴장하고 있었다. 박성태
는 지금까지 꽤 험한 인생을 살아왔다. 그래서 제임스한테 강도짓
을 하려고도 시도했으며 작년에는 일을 맡긴 의뢰인의 등을 쳐서
몇 백만 원 갈취도 했다. 그러나 살인 현장을 본 것은 처음이다. 한
시간 전에 박성태는 제임스가 눈도 깜박하지 않고 최길준의 명줄
을 끊는 장면을 본 것이다. 제임스는 최길준의 뒤에서 머리를 두
손으로 엇갈려 잡더니 힘도 쓰는 것 같지도 않게 비틀어 목뼈를
부러뜨려 죽였다. 옆에 서있던 박성태는 뼈가 부러지는 소리를 들
으면서 오줌을 조금 흘렸다.

도로 표시판을 살피던 제임스가 목적지를 찾았는지 차에 속력
을 내면서 말했다.

"나 혼자 북한으로 들어갈 테니까 둘은 이곳에서 관광이나 하고
있어."

제임스의 말이 이어졌다.

"열흘쯤 걸릴 거야."

한윤주가 입을 열고 뭔가 말하려다가 다시 다물었다. 옌지에 도
착한지 오늘로 나흘째가 되는 날이다. 그동안 셋은 옌지의 최고급

214

호텔인 국제호텔에 묵고 있었는데 한윤주와 박성태는 낮에 관광만 했다. 제임스가 그러라고 시켰기 때문이다. 제임스는 아침이면 사라졌다가 밤이 되어서야 돌아왔다. 그러고는 나흘째가 되는 오늘 오후에 박성태는 제임스에게 불려가 일을 맡았다. 빌라 앞에서 감시하다가 나중에 집안을 뒤져 현금을 챙기는 간단한 일이었지만 지금도 몸이 떨린다. 그때 마침내 한윤주가 차 안의 정적을 깨뜨렸다.

"아파트를 구해 놓으셨다구요?"

"그래 70평형으로 신축 건물이야."

제임스가 차분하게 말했다.

"가구도 다 갖춰졌고 냉장고도 가득 차 있어. 들어가 살면 돼."

"어떻게……." 했다가 한윤주는 입을 다물었다. 궁금한 것이다. 그것은 박성태도 마찬가지였다. 제임스는 옌지에 도착한 다음날 조선족한테서 렌트했다면서 차를 가져왔고 앞 번호가 133으로 나가는 핸드폰을 두 개 가져와 둘에게 나눠주었다. 그러고는 이제 가구까지 다 갖춰졌다는 아파트로 둘을 데려가는 것이다. 그때 제임스가 말을 이었다.

"난 도와주는 친구가 있어. 그렇게만 알고 있으면 돼."

박성태는 금방 납득했다. 최길준의 빌라까지 찾아낸 것이다. 지금 차 트렁크에는 빌라에서 가져온 미화 10여만 불과 중국 돈 2백여만 위엔이 실려져 있다.

아파트는 방이 세 개에 각각 화장실과 욕실이 딸린 데다 응접실

도 컸다. 가구도 새것이었고 방금 누가 머물다 갔는지 재떨이에는
피우다 만 담배꽁초도 들어 있었다. 집안을 둘러본 한윤주가 감탄
하는 표정으로 제임스에게 말했다.

"이런 집은 여기서도 비싸겠죠?"

"아마."

애매하게 말한 제임스가 머리를 돌려 박성태를 보았다.

"박 사장, 달러는 저쪽 배낭에다 담아."

제임스와 박성태는 방금 트렁크 두 개 분량이나 되는 돈뭉치를
아파트로 가져온 것이다. 방 세 개는 누가 지정해주지 않았는데도
곧 임자가 정해졌다. 그것은 제임스가 안의 왼쪽 방으로 먼저 들
어가는 바람에 한윤주는 오른쪽 방을 차지한 것이다. 박성태는 제
임스를 보더니 한윤주보다 먼저 현관 쪽 방으로 들어갔다. 샤워를
마친 제임스가 옷을 갈아입고 있을 때 문에서 노크 소리가 났다.
방문을 연 제임스는 앞에 선 한윤주를 보았다. 한윤주도 방금 씻
었는지 얼굴에 윤기가 났고 반팔 셔츠에 반바지를 입고 있었다.

"들어가도 돼요?"

눈 밑을 조금 붉힌 한윤주가 물었으므로 제임스는 잠자코 비켜
섰다. 방으로 들어선 한윤주가 방 안을 둘러보는 시늉을 했다.

"내 방하고 구조가 똑같네. TV도……."

TV 옆쪽에 걸린 거울을 보더니 한윤주가 풀썩 웃었다.

"거울도, 마치 호텔방 같네요."

제임스가 잠자코 창가의 의자에 앉았다. 창가에 놓인 의자와 탁
자도 같은 것이다. 이곳은 CIA가 급하게 만들어놓은 숙소였다. 방

216

마다 제각기 다른 가구나 장식을 해줄 이유도 여유도 없었을 것이다. 그때 몸을 돌린 한윤주가 제임스를 보았다. 웃음기는 조금 남아 있었지만 긴장한 듯 볼이 굳어졌고 눈동자가 흔들렸다.

"언제 가세요?"

한윤주의 목소리가 떨렸다. 떨린 제 목소리를 의식한 듯 한윤주의 눈 밑이 더 빨개졌다.

"오늘 밤."

힐끗 벽시계를 보고난 제임스가 말을 이었다.

"12시쯤, 국경은 내일 밤에 넘게 될 거야."

한윤주가 시선을 내리더니 제 발을 내려다보았디. 잎이 너진 슬리퍼를 신고 있어서 가지런한 발가락이 다 드러났다. 그때 머리를 든 한윤주가 입을 열었다.

"저기요."

시선이 부딪치자 한윤주는 결심한 듯 떼지 않았다.

"저, 필요하지 않으세요?"

"뭐가?"

정색한 제임스가 묻자 한윤주는 침을 삼켰다. 이제는 얼굴이 하얗게 굳어 있었다. 한윤주가 굳은 목소리로 말했다.

"저기, 여자요."

"……."

"제가 해 드릴게 없어서 그래요."

"……."

"너무 미안하고, 고맙고 그리고……."

다시 침을 삼킨 한윤주의 목소리가 조금 빨라졌다.

"많이 생각했거든요? 웃으시면 안 돼요. 전 진심이니까요."

"……."

"부담 갖지 마시고, 돈 주고 산 여자처럼 대해주셔도 돼요. 아니, 그렇게 대해주시는 게 저한테는 더 편해요."

"……."

"저도 억지로 하고 싶지 않아요. 드리고 싶어요. 몸도 뜨거워질 것 같구요."

"그만."

손을 들어 보인 제임스가 자리에서 일어나 창문을 향하고 섰다.

"그만하면 됐어. 그만해."

"저는……."

"그 마음 다 이해해. 그러니까 그만."

창밖을 내다본 채 제임스가 한마디씩 분명하게 말했다.

"만일, 만일에 말인데 내가 한윤주 씨 아버님 가족을 같이 데려올 수도 있어. 최길준한테 물었더니 북한에서 결혼한 부인은 몇 년 전에 죽었고 공장에 다니는 18살짜리 딸 하나가 있어. 걔가 당신 아버님하고 같이 살고 있다는 거야."

이번에는 한윤주가 입을 다물었고 제임스의 말이 이어졌다.

"몸이 아픈 당신 아버님을 걔가 공장에 다니면서 보살피고 있었던 거지. 아마 당신 아버님은 같이 탈북하고 싶어할 거야."

"……."

"이쪽저쪽 다니면서 아버님은 씨앗을 뿌린 셈이 되었지만 당신

218

아버님 탓만 할 수는 없지.”

“…….”

“더구나 그 애, 18살짜리는 무슨 죄가 있어? 안 그래?”

그러고는 제임스가 얼굴을 일그러뜨리며 웃었지만 한윤주는 보지 못했다.

“그 애 의견도 들어봐야겠지만 어쨌든 예상은 하고 있어야 될 거야.”

말을 그치고 몇 초쯤 지났을 때 제임스는 뒤쪽에서 문이 닫히는 소리를 들었다. 그제야 몸을 돌린 제임스는 빈 방을 향해 길게 숨을 뱉었다.

다음 날 밤 10시 반, 어젯밤 옌지를 떠난 제임스는 이제 압록강이 내려다보이는 낮은 언덕 위에 앉아 있었다. 강폭은 50미터 정도밖에 안되었지만 대각선으로 150미터쯤 거리에 북한군 초소가 있는 것이다. 안의 불빛을 가렸어도 자세히 보면 콘크리트 막사 귀퉁이에서 희미한 불빛이 새어나온다. 뒤에서 인기척이 나더니 사내 하나가 다가와 제임스 옆에 쪼그리고 앉았다. 바람이 세었고 주위의 마른 풀숲이 흔들리면서 파도소리 같은 소음을 내었다.

“20분쯤 기다리면 교대를 합니다.”

사내가 두터운 코트 깃 속으로 머리를 움츠리며 말했다. 어둠 속에서 사내의 눈이 반짝였다. 사내 이름은 송태호, 35세라고 했는데 40살은 넘어 보였다. 왜소한 체격인데도 등에 30킬로그램이 넘는 배낭을 메고 10여 킬로미터를 걸어왔는데 제임스에게 조금도 뒤지지 않았다. 제임스는 옌지에 내렸을 때부터 송태호의 도움을 받았다. 송태호의 도움을 받지 못했다면 아직 최길준도 찾아내지 못했을 것이다.

"언제부터 이 일을 했습니까?"

제임스가 불쑥 묻자 송태호는 어둠 속에서 이를 드러내고 웃었다. 나흘 동안 여러 번 만났어도 이런 이야기를 하는 건 처음인 것이다. 서울 CIA 지사장 피터 안은 옌지에서 송태호를 접선하라고만 했지 그의 신상 내역은 말해주지 않았다.

"1년 반이 되어갑니다."

앞쪽 강 건너편 북한 국경 경비대 초소를 응시한 채 송태호가 말을 이었다.

"저도 탈북자죠. 자세히 말하면 북한군 보위부 소속 대위였다가 국경을 넘어 귀순을 했지요."

머리를 돌린 송태호가 제임스를 보았다.

"어디로 귀순한지 아십니까? 한국 영사관은 불안해서 베이징의 미국 영사관에 연락을 했지요. 그랬더니 받아들여 주더군요. 만일……."

잠깐 말을 멈췄다. 송태호가 시선을 준 채 또박또박 말했다.

"한국 측에 연락했다면 받아들이지 않았을 겁니다."

"설마."

"아닙니다."

어둠 속에서 눈을 치켜뜬 송태호가 머리까지 저었다.

"한국은 적화되기 직전입니다. 북한군부는 그렇게 믿고 있어요. 그리고 그 증거를 곧 보시게 될 겁니다."

그때 경비초소에서 새어나오던 불빛이 조금 커지면서 주위까지 비쳤다. 그러자 송태호가 일어섰다.

"자, 놈들이 교대합니다, 가십시다."

앞장을 선 송태호가 곧장 얼어붙은 강을 건넜으므로 제임스는 뒤를 따랐다. 둘 다 커다란 배낭을 멨고 두터운 모직 코트 차림에 방한모를 썼고 가죽 방한화를 신었다. 꽤 잘사는 주민 차림이었다. 배낭에는 중국산 짝퉁 제품을 담았는데 제임스는 배낭과 신발, 코트 속에 달러 뭉치를 숨겨 놓았다. 모두 8민 불이다. 송태호는 지리에 익숙한 듯 곧 야산 자락을 타고 걸었다. 경비초소는 이제 뒤쪽으로 멀어지고 있다. 경비병들은 초소 옆으로 모여 교대를 하는 듯 소음이 들려왔다.

"오늘 밤에 30킬로미터를 걸어야 합니다."

어깨를 웅크리고 앞장서 걸으면서 송태호가 말했다.

"내일 아침 7시에 고풍 근처의 보급대까지 가야 됩니다."

자강도 고풍군 고풍을 말하는 것이다. 한주영이 살고 있는 강계는 훨씬 위쪽이다. 헐벗은 산을 훑고 지나는 바람은 칼끝처럼 차고 매웠으므로 제임스는 이를 악물었다. 내복도 철저하게 북한인처럼 위장했기 때문이다. 둘의 목적지는 평양이다. 옆쪽 벌판 위에 희미한 불빛이 두어 점 보였다. 농가일 것이다. 그때 송태호가 말했다.

"50호쯤 되는 마을입니다. 전기가 들어오지 않아서 지금 불빛이 보이는 집은 국경 경비대 초소죠."

그러더니 송태호가 제임스의 마음을 읽은 것처럼 말을 이었다.

"예, 이 길을 여러 번 다녔습니다."

도로를 피해 산길과 들길을 걸은 지 두 시간, 등에 배낭을 멨어도 둘의 보행 속도는 시간당 5킬로미터 정도여서 국경 지역은 빠져 나왔다. 두 시간 동안 쉬지 않고 걸은 터라 둘은 산기슭의 바위 밑에 붙어 앉았다. 새벽 1시 반이 되어가고 있었다.

"난 이번 작전을 마치면 미국으로 갑니다."

배낭에서 삶은 감자를 꺼내면서 송태호가 말했다. 감자는 얼어서 얼음덩이가 되어 있었지만 둘은 두 개씩 나눠 갖고 손바닥으로 녹였다.

"LA로 보내준다는 약속을 받았습니다. 집에다 직장까지 구해 준다는군요."

"잘됐네요."

바위에 기대앉은 제임스가 말했다. 바람이 매섭게 불었으므로 제임스는 목을 움츠렸다. 왜 한국으로 가지 않느냐고는 묻지 않았다. 감자를 한입 베어 먹은 송태호가 불쑥 물었다.

"근데, 고향이 어디십니까?"

"미국이죠."

금방 대답했던 제임스가 손에 쥔 감자를 보았다.

"강계에 있는 사람은 탈북시켜달라는 부탁을 받았기 때문에……."

222

"아, 그렇습니까?"

송태호가 감자를 오래 씹으면서 말했다.

"옌지에서 기다리는 그 여자분 부탁이었군요."

"그렇죠."

감자를 입에 넣고 깨물었지만 단단해져서 돌덩이 같았다. 입에서 감자를 빼내 제임스가 말을 이었다.

"납북자 송환위원회를 통해 우연히 알게 된 여자죠."

다시 한입 감자를 베어 씹으면서 송태호는 대답하지 않았다. 송태호가 안내원으로 붙은 이유는 평양 작전을 수행하기 위해서였다. 본부에시는 작전명을 베트맨으로 지었는데 송태호는 작전명치고 묘하다는 생각이 들었지만 금방 잊었다.

새벽 5시 5분 전이 되었을 때 그들은 목적지에 닿았다. 오는 도중에 나무를 해오는 주민 두 명을 만났고 경비초소 셋을 지났으며 한 곳에서는 경비병이 불쑥 나오는 바람에 하마터면 마주칠 뻔 했지만 무사히 온 것이다.

"7시에 보급대 트럭이 옵니다."

보급소 건물이 정면으로 보이는 폐가의 창고에 앉아 송태호가 말했다. 아직 주위는 어두웠지만 창고 안은 외풍이 심하지 않아서 견딜 만했다. 송태호가 말을 이었다.

"이틀에 한 번씩 고풍군당에서 지원물자를 수령하러 평양으로 트럭 한 대씩을 보내지요. 그 트럭은 저기 보급소에 들려 지난번에 수령했던 지원물자의 빈 자루를 싣고 갑니다."

제임스의 시선을 받은 송태호가 얼굴을 일그러뜨리며 웃었다.

"트럭 운전사는 보위부 소속 상사이고 경비병 둘이 동승합니다. 그리고 인솔 책임자는 군당 보급관이죠."

"그럼 넷인가요?"

"그렇습니다."

"다 포섭한 겁니까?"

제임스가 묻자 송태호는 머리를 저었다.

"운전사 김동구 하나뿐입니다."

온몸을 웅크리고 앉은 송태호가 말을 이었다.

"김동구가 지난주에 이미 처자식을 옌지로 빼돌렸습니다. 그래서 믿을 만하지요. 이 작전이 잘 끝나야 옌지에서 처자식과 합류할 테니까요."

"……."

"우리는 김동구한테 부탁해서 차를 얻어 타는 연기를 해야 됩니다. 김동구는 경비병을 통솔하는 보위부 측 지휘관이니까 군당 보급관을 설득시킬 수 있을 겁니다."

"만일 보급관이 거부한다면?"

"그럴 리가." 했다가 송태호는 가라앉은 시선으로 제임스를 보았다.

"시체 셋을 싣고 가야겠지요."

"아이구, 형님."

송태호와 제임스가 다가갔을 때 먼저 군복 차림의 사내가 소리쳤다. 눈을 크게 뜬 사내가 다시 소리쳤다.

"여기 웬일이시오?"

"내 동무하고 평양까지 태워주게."

다가선 송태호가 굽실대며 말했다. 주위에 선 병사 두 명과 보급관을 향해 절을 한 것이다.

"아버님한테 그동안 모아놓은 물건을 드리려고 그래."

"숙부님한테요?"

그렇게 물었던 사내의 시선이 제임스에게로 옮겨졌다.

"내 동무는 호위총국에 있는 형님댁에다 선물을 전해주려고 그래."

"이것 참."

입맛을 다신 사내가 옆에 선 작달막한 체구의 사내를 보았다. 이 사내만 두터운 모직 코트에 털모자 차림의 민간인이다.

"보급관 동지가 허락해주셔야 되는데, 이거."

그러자 작달막한 사내가 송태호와 제임스를 번갈아 보았다. 찌푸린 얼굴이다.

"당의 보급차에 민간인을 태우면 곤란한데."

투덜거리는 듯 말하자 상사 견장을 붙인 운전사가 옆으로 다가섰다.

"보급관 동지, 내 사촌입니다. 내가 신세 갚을 테니까 봐주시지요."

그러더니 보급관을 트럭 뒤쪽으로 데리고 들어갔다. 경비병 둘은 제각기 외면하고 있었는데 둘 다 어렸다. 키도 작고 왜소한 체격이어서 매고 있는 AK소총이 커 보였다. 이윽고 트럭 뒤에서 상사가 나왔는데 혼자였다.

"형님, 뒤에 타시지요."

상사가 힐끗 제임스에게 시선을 주고 나서 말을 이었다.

"자루를 뒤집어쓰고 계시지요. 우리 전사들하고 같이 타고 가시면 됩니다."

그러더니 손짓으로 병사 둘을 또 불렀다.

트럭이 출발한지 한 시간쯤 되었을 때 병사 하나가 제임스에게 물었다.

"동무, 결혼하셨소?"

"아니."

머리를 저은 제임스가 병사를 똑바로 보았다.

"동무는 나이가 몇이야?"

"스물다섯."

기껏해야 스무 살 정도로 짐작했던 제임스가 눈을 크게 떴다가 내렸다. 그때 옆에 앉아있던 송태호가 병사 둘에게 삶은 감자를 두 덩이씩 나눠주었다.

"자, 먹으라구."

"고맙소, 동무."

냉큼 감자를 받은 병사들의 얼굴이 환해졌다.

"점심으로 먹을 것도 들었소?"

병사 하나가 물었으므로 송태호가 웃었다.

226

"평양에 도착할 때까지 감자는 실컷 먹여 줄게."

송태호는 병사들과 제임스의 접촉을 막으려는 것이다. 북한에 대한 지식이 부족한 제임스가 실수하면 일이 커진다. 그래서 감자를 내밀어 말을 막은 것이다. 도로 사정이 좋지 않아서 트럭은 요동을 쳤고 가끔 멈추기도 했는데 60킬로미터 이상은 달리지 못했다. 평안북도 운산과 박천을 지나 평안남도 안주와 문덕, 숙천을 거쳐 평양시로 진입하는 여정이었는데 직선거리는 200킬로미터도 되지 않는다. 그런데 트럭은 오후 4시에나 평양에 도착한다는 것이다. 아홉 시간이나 걸린다.

박천에서 평안남도 안주로 넘어올 때 검문소의 병사들이 트럭 화물칸 위에까지 올라왔지만 양곡 빈 자루 밑에 숨어 있던 둘은 발각되지 않았다. 화물칸 안에 보위부 소속 병사까지 있었기 때문에 검문자들은 빈 자루를 뒤적거리지는 않았다. 트럭이 다시 출발했을 때 송태호가 제임스에게 말했다.

"평양 입구에서는 검문이 철저하지요. 하지만 우리는 평성을 지나고 나서 내려야 합니다."

자루 더미를 뒤집어 쓴 채 송태호가 말을 이었다.

"우리가 잡히면 병사들은 상사가 시켰다고 하면 큰 벌은 피할 수 있겠지만 보급관은 수용소로 보내질 겁니다."

그러고는 송태호가 쓴웃음을 지었다.

"상사 저 친구는 물론 총살되겠지요. 우린 간첩으로 총살되거나 종신형을 받게 될 것이고."

“……..”

“상사는 보급관한테 50불쯤 주었을 겁니다. 그 이상을 주면 의심을 받을 테니까요.”

자루를 깔고 덮은 채 있는 것이 오히려 편안했으므로 송태호는 누운 채 말을 이었다.

“여기에서 달러는 큰 가치가 있지요. 50불을 암시장에서 바꾸면 보급관 1년 월급이 넘을 겁니다.”

송태호의 말을 들으면서 제임스는 눈꺼풀이 무거워졌다. 잠이 덮쳐온 것이다. 엔진음을 자장가처럼 듣고 트럭의 요동을 오히려 토닥이는 손길처럼 느끼면서 제임스는 잠이 들었다.

제임스와 윤태호는 평성을 지나 3킬로미터쯤 달렸을 때 트럭에서 내렸다.

“보급관 동지, 고맙습니다.”

트럭에서 내린 송태호는 싹싹한 말투로 보급관에게 말했다.

“그럼 여기서 내일 오전 11시에 다시 뵙지요.”

운전석 옆에 앉은 보급관이 머리를 끄덕였다. 이미 상사 김동구한테서 들은 것이다. 트럭은 길가에 멈춰서 있었는데 차량 통행이 많았다. 오후 3시가 되어가고 있었다.

“시간을 딱 맞춰서 오기 힘드니까 10시부터 기다리라우.”

보급관이 거드름을 피우며 말했을 때 송태호가 주머니에서 구겨진 50불짜리 지폐를 꺼내 내밀었다.

“이거 제 성의니까 받아 두시라구요.”

그러고는 은근하게 웃으며 덧붙였다.

"물건 잘 넘겼을 때는 보급관 동지께 내가 1백 불 더 쓰지요."

그것은 1백 불을 더 내민다는 말이나 같다. 보급관은 둘을 태웠을 때부터 중국에서 짝퉁 물건을 들여와 평양에다 내다파는 장사꾼으로 상사 김동구한테서 들었을 것이었다. 보급관의 얼굴이 환해졌고 운전석에 앉은 김동구가 소리쳤다.

"형님, 내일 만나자구요."

도로를 피해 샛길로만 평양특별시 경계선을 넘어 용성에 도착했을 때는 오후 5시 10분이었다. 용성은 작은 도시였는데 약속 장소인 국영식당 앞에 서 있던 사내가 둘을 보더니 서둘러 다가왔다.

"조금 늦었습니다."

송태호가 말하자 사내는 대꾸도 않고 제임스를 보았다. 40대쯤의 나이에 모직 코트를 입고 머리에는 러시아식 털모자를 썼다. 얼굴도 윤기가 흘러서 한국에 갖다놔도 어울릴 모습이었다.

"이쪽은 제임스 씨."

송태호가 먼저 제임스를 소개했다.

"그리고 이쪽은 정무원의 경공업부에서 일하는 김학진 씨."

그러자 김학진이란 사내가 제임스를 향해 머리를 끄덕여 보이더니 눈으로 옆쪽에 주차된 차를 가리켰다.

"자, 탑시다."

검정색 벤츠였다. 트렁크에 짐을 넣은 제임스는 뒷좌석에 탔고 김학진과 송태호가 앞에 앉았다. 차를 발진시키면서 김학진이 말했다.

"만찬은 8시에 유경식당에서 열립니다."

송태호와 제임스는 앞쪽만 보았고 김학진의 말이 이어졌다.

"만찬이 끝나는 시간은 밤 10시, 숙소인 평양고려호텔에 도착하는 시간은 밤 10시 반입니다. 통전부장이 남한 측 인사를 호텔까지 데려다줄 겁니다."

머리를 끄덕인 제임스가 백미러를 보았다.

"호텔 경비 상태는 그대로인가요?"

"그렇습니다."

백미러로 시선을 맞춘 김학진이 말을 이었다.

"평양고려호텔의 5개 층을 모두 차지하고 있어서 거긴 한국인 천지가 되었습니다."

벤츠는 잘 포장된 6차선 도로를 속력을 내 달려가고 있었다. 오늘 평양 인민문화궁전에서 남북한 경제협력 민관 합동회의가 끝난 후에 남북한의 관계자들은 유경식당에서 만찬을 한다. 한국은 이번 회담에 경제부총리를 단장으로 통일부장관과 산자부장관 거기에다 국내 재벌그룹 순위 10위권 안에 드는 6명의 재벌그룹 대표와 2백여 명의 기업인에다 시민단체 대표가 참석한 대규모 회의였다. 정부 측 관계자와 언론사의 취재 인원까지 포함해서 5백 명 가까운 한국인이 방문한 것이다.

검문소가 다가왔으므로 김학진은 벤츠의 속력을 줄였다. 그러자 차단기 옆에 서 있던 경비장교가 번호판을 보더니 그냥 통과하라는 듯이 손을 흔들어 보였다. 1차선을 달리는 벤츠는 다시 속력을 내었고 다른 차량들은 2차선과 3차선에서 멈춰서 있었다.

밤 9시 정각이 되었을 때 방문의 벨이 울렸다. 마침 손목시계를 보던 최인석은 튕겨나듯이 일어나 문으로 다가갔다.

"누구요?"

소리쳐 물었지만 대답이 없었으므로 최인석은 문을 열었다. 두 사내가 서 있다가 앞에서 선 사내가 희미하게 웃었다.

"안녕하십니까?"

"어서 오십시오."

정색한 최인석이 정중하게 인사를 하고 비켜섰다. 두 사내는 검정색 코트 차림에 머리도 단정했고 구두는 반질거렸다. 둘 중 앞장서 들어선 사내는 50대 중반쯤의 나이에 상관 같았고 뒤를 따른 사내는 가죽 손가방을 쥐었는데 40대로 보였다. 수행원이다. 방복판에 놓인 원탁 앞에 섰을 때 50대 사내가 최인석을 향해 손을 내밀었다.

"잘 오셨습니다."

"다시 뵙게 되어서 영광입니다."

최인석이 두 손으로 사내의 손을 잡고는 허리를 굽혔다. 사내는 동행한 수행원을 최인석에게 소개시켜주지 않았으므로 인사는 그것으로 끝나고 셋은 원탁에 둘러앉았다. 고려호텔의 객실 안이다. 호텔 안은 조용했다. 투숙했던 경제사절단 전원은 지금 유경식당에서 북한 관계자들과 만찬 중이기 때문이다. 최인석은 아프다는 핑계로 참석하지 않았다.

"여기 가져왔습니다."

최인석이 원탁 위에 가죽가방 하나를 올려놓으면서 말했다.

"동지들의 협조를 받아서 지난번에 말씀하신 자료는 다 준비했습니다."

"고맙습니다."

사내는 얼굴을 펴고 웃었다. 검은 머리칼에 혈색도 좋았지만 주름살은 깊고 굵었다. 눈초리가 쳐진 눈매에 눈빛이 강해서 강인한 인상이었는데 웃는 순간에 분위기가 바뀌었다. 하회탈처럼 사람을 끌어들이는 표정이 되는 것이다. 사내가 가방을 들더니 수행원에게 넘겨주었다. 그러자 수행원이 재빠른 동작으로 가방을 열어 내용물을 확인했다.

"최 동지, 몇 년만 더 고생하시면 우리는 통일된 조국에서 밝은 세상을 함께 즐기게 될 것입니다."

사내가 부드러운 표정으로 말하자 최인석은 커다랗게 머리를 끄덕였다.

"그날은 꼭 옵니다. 한국에 있는 동지들이 차곡차곡 준비하고 있습니다."

사내는 북한 통일선전부 부부장 조수동이었고 최인석은 시민단체인 민족자주연합의 대표 겸 미군철수총연합회 공동대표까지 맡고 있는 유명인사다. 조수동의 시선을 받은 최인석의 말에 열기가 띄워졌다.

"이제 우리 조직은 정부기관뿐만 아니라 문화계, 교육계, 입법부까지 광범위하게 뻗쳐 있습니다. 남조선 해방은 시간문제가 되었습니다.”

“모두 최동지 같은 애국 애족 영웅들의 노력 때문입니다.”

그때 가방 안의 내용물을 꺼내보던 수행원이 조수동에게 머리를 끄덕여 보였다. 가방 안에는 서류와 테이프, 디스켓으로 가득 차 있는 것이다. 모두 국가 기밀 자료였다. 그때 최인석이 말했다.

“제가 내일 위대하신 영도자 김일성 주석님을 참배하도록 해주십시오.”

조수동의 시선을 받은 최인석이 상기된 얼굴로 말을 이었다.

“제 소원입니다. 이번에는 꼭 참배하고 돌아갈 겁니다.”

“좋습니다.”

감동한 듯 조수동이 심호흡을 하고 나서 말했다.

“내일도 오늘처럼 아프시다면 방에 남아 계십시오. 오전 10시에 안내원을 보내겠습니다.”

그때 문에서 노크 소리가 울렸으므로 수행원이 자리에서 일어섰다.

“누구요?”

문으로 다가간 수행원이 묻자 밖의 소리가 최인석에게도 들렸다.

“종사원입니다.”

“무슨 일이야?”

“전화기 고치러 왔습니다.”

“전화기가 왜?” 하면서 수행원이 문을 연 순간에 퍽, 소리가 났다. 머리를 든 조수동과 최인석은 수행원이 뒤로 반듯이 넘어지고 있는 것을 보았다. 수행원이 나무토막처럼 넘어진 순간 둘은 방 안으로 들어선 사내를 보았다. 호텔 종사원 복장 차림의 사내는 손에 소음기가 끼어진 권총을 쥐었다.

"아, 아니."

엉거주춤 몸을 일으켰던 조수동의 입에서 기괴한 외침이 뱉어졌다. 그러나 다음 순간 사내가 쥔 권총 총구가 흔들리면서 퍽, 소리가 났다. 이번에는 조수동의 이마가 뚫리면서 뒤로 넘어졌다.

"아, 다…… 당신."

다시 총구가 이쪽으로 겨누어 졌으므로 최인석이 하얗게 질린 얼굴로 겨우 말을 뱉었다.

"내, 내가 누군지 알아? 난 한국 사람이라구."

그때 최인석은 사내의 입가가 조금 치켜 올라가면서 얼굴에 희미하게 웃음기가 떠오른 것을 보았다.

"난 북한 사람 아니라구! 한, 한국인 시민단체 대표야, 정부 요직에 내, 내 친구가……."

그 순간 사내가 쥔 총에서 묵직한 총성이 울렸다. 이번에는 두 번이다. 이마에 두 개의 총구멍이 뚫린 최인석은 의자와 함께 넘어졌다.

"왜 이럽니까?"

로비로 들어선 한국 대표단의 부대표 안홍기가 묻자 이문섭이 바짝 다가섰다.

"아무 일 없습니다."

"그래요?" 했지만 안홍기는 입맛을 다셨다. 로비는 점점 사람들로 들끓기 시작했는데 만찬을 끝낸 한국 측 대표단들이 몰려들었기 때문이다. 그런데 엘리베이터 입구에 검색대가 설치되어 있어서 하나씩 검색하는 바람에 순식간에 인파가 쌓였다. 검색대는 둘 뿐인데 로비에 몰린 한국 대표단은 수백 명인 것이다.

"이거, 저기 회장단부터."

당황한 이문섭이 옆쪽 안내원에게 서둘러 지시했다. 한국 재벌 그룹 총수들이 엘리베이터를 타지도 못하고 모여 서 있는 것을 본 것이다. 안내원이 서둘러 그쪽으로 다가갔을 때 안홍기가 다시 이문섭을 보았다. 이문섭은 통일선전부 부부장 대리였다. 그때 군중들의 소음이 높아지더니 한홍기의 귀에 불평을 티뜨리는 소리가 이곳저곳에서 들렸다.

"이것 참."

입맛을 다신 안홍기가 막 입을 열었을 때 검색대가 옆으로 젖혀지더니 밀려서 있던 대표단들이 엘리베이터로 다가갔다. 검색을 포기한 것이다.

"이거, 무슨 지랄이야?"

옆을 지나던 한국 측 인사 하나가 투덜거렸다. 밤 10시 40분이 되어가고 있었다.

"자, 그럼 부대표 동지."

이문섭이 손을 내밀었는데 시선이 다른 곳에 가 있다. 건성인 것이다. 이문섭이 두리번거리면서 작별인사를 했다.

"내일 다시 뵙겠습니다."

"예, 그럽시다."

악수를 나눈 안홍기는 몸을 돌렸다. 안홍기가 엘리베이터에 탔을 때 옆으로 박창민이 다가와 섰다. 박창민의 방은 안홍기와 같은 층이다.

"무슨 일이야?"

가득 찬 엘리베이터 안에서 누가 물었지만 대답 소리는 들리지 않았다. 엘리베이터에서 내린 안홍기의 옆으로 예상했던 대로 박창민이 따라 붙었다. 박창민은 수입업자로 작년에 북한산 제품을 수입해서 꽤 돈을 벌었다. 물론 안홍기가 뒤를 봐주었기 때문이다. 안홍기는 민간단체인 남북교역협의회 의장으로 정부 측 대리인 역할을 맡은 적이 많다. 여론이나 국제관계가 악화되었을 때 남북교역협의회는 민간단체의 이름으로 정부의 지원 물자를 북쪽에 보내는 것이다.

"방에 술 있지요?"

박창민이 물었으므로 안홍기는 머리를 끄덕였다. 본래 둘이서 한잔하기로 초저녁에 약속을 해놓은 것이다. 안홍기의 방으로 들어선 둘은 곧 선반에 비치된 북한산 인삼주를 꺼내놓고 술자리를 만들었다.

"이번에 정부에서 지원받은 경협자금 2천억 원에서 1천억 원을 송금해달라는데……."

한 모금에 인삼주를 삼킨 안홍기가 눈을 가늘게 뜨고 박창민을 보았다.

"그 돈을 우리 민간단체에서 쪼개 받은 다음에 송금해줘야겠어. 그래야 표시가 안 날 테니까."

236

“추적하면 다 드러납니다.”

박창민도 인삼주를 한 모금 삼키고는 쓴웃음을 지었다.

“수사기관이 마음만 먹으면 다 추적해서 잡습니다. 추적을 안 할 뿐이죠.”

“감히 누가 하겠어?”

따라 웃은 안홍기가 반란에 술을 채웠다. 정부 차원에서 보내는 자금이다. 정부 수사기관이 그것을 추적할 수는 없는 것이다. 그때 안홍기가 말을 이었다.

“이봐, 박 사장이 200억을 맡아.”

그러고는 목소리를 낮췄다.

“그 돈에서 130억만 달러로 바꿔 북한 구좌로 송금하고 말이야.”

심호흡을 하고 난 안홍기가 박창민을 똑바로 보았다. 박창민도 숨을 죽이고 있다.

“나머지 70억 중 50억은 홍콩 은행의 내 구좌로 넣어. 내가 구좌 번호를 알려줄 테니까 말이야.”

그러고는 눈만 껌벅이는 박창민을 향해 빙그레 웃었다.

“그래, 자네 몫은 20억이야. 심부름 값 치고는 거금이지, 안 그래?”

“그럼 70억이 배달사고가 난 셈인데, 괜찮을까요?”

낮고 차분한 목소리로 박창민이 묻자 안홍기는 쓴웃음을 지었다.

“시발, 정부 놈들이 우리한테 1천억 내준다고 해놓고 1천1백억은 먹었는지 누가 알 거야? 누가 그 돈을 따진 적 있어? 그리고……”

다시 한 모금에 인삼주를 삼킨 안홍기가 말을 이었다.

"북한 놈들, 1천억 내라고 했지만 실제로 위쪽에는 5백 억 받을 거라고 보고했는지 어떻게 알아? 눈먼 돈은 임자가 없는 거야."

"그렇군요."

커다랗게 머리를 끄덕인 박창민의 얼굴이 환해졌다.

"알겠습니다. 하지요."

"그럼 아래층에 있는 최인석이나 불러. 그놈하고 술이나 마시게."

"서류 전해준다고 방에 남았는데." 하면서 일어선 박창민이 웃음 띤 얼굴로 안홍기를 보았다.

"최인석이하고 지하실 노래방이나 가실까요?"

전화기를 집어든 박창민이 룸 번호를 누르면서 물었다.

"거기 아가씨들이 괜찮다던데요."

그 순간 박창민은 버튼을 누르는 소리가 들리지 않는 것을 깨달았다. 그래서 머리를 한쪽으로 비튼 순간에 눈앞에 하얗게 되는 것을 느끼고는 의식이 끊어졌다. 방이 폭발해버렸으므로 고통을 느낄 겨를도 없이 온몸이 분해되어버린 것이다.

다음 날 오전 11시 반이 되었을 때에야 고풍군당 소속의 트럭이 평성 부근의 어제 멈춰 섰던 길가에 도착했다. 기다리고 있던 제임스와 송대호가 트럭으로 다가갔을 때 보급관이 먼저 말했다.

"미안하오, 동무들. 검문이 어떻게 심한지 말이야. 평양 벗어나는데 검문을 여섯 번이나 받았다니까."

그러더니 덧붙였다.

"호위총국 놈들이 양곡 자루까지 총검으로 다 찔러 보더라니까."

"무슨 일 있습니까?"

놀란 표정으로 송태호가 묻자 이번에는 운전사 김동구가 대답했다.

"낸들 압니까? 우린 또 누가 튀었나 보다 생각했지요."

"자, 여기." 하고 송태호가 구겨진 100불짜리 지폐를 건네주자 보급관은 얼른 받아 주머니에 넣었다. 그러고는 눈으로 뒤쪽 화물칸을 가리켰다.

"거기 두 사람 더 들어갈 틈이 있을 거요. 애들더러 만들어 놓으라고 했으니까."

세 가족

“잘 파셨소?”

트럭 화물칸으로 올라갔을 때 어리게 보였던 병사가 알은 체를
했다. 제임스는 눈만 껌벅였고 송태호가 대답했다.

“팔기는 뭘 판다는 거야?”

“우리가 모르고 있는 줄 아슈?”

자리를 비껴주면서 병사가 싱글거렸다.

“중국산 밀수품 장사 다니는 거 말요.”

그러나 다른 병사도 거들었다.

“그 짐 가방에 중국산 물품 들었지 않소?” 하고 병사가 물었으
므로 송태호와 제임스는 시선을 맞췄다. 가방 안에 들었던 짝퉁
제품은 모두 김학진에게 넘겨주고 온 것이다. 그때 제임스가 헐렁
해진 가방 안에서 시계 두 개를 꺼내더니 병사들에게 하나씩 나눠
주었다.

“팔고 남은 거요.”

짝퉁이지만 금박을 입힌 롤렉스시계였다. 눈이 둥그레진 두 병사는 낚아채듯 시계를 받더니 입까지 딱 벌어졌다.

“그거, 암시장에서 10만 원 받았어.”

송태호가 말하자 두 병사는 약속이나 한 듯이 재빠르게 시계를 주머니에 넣었다. 북한군 전사 월급은 수당까지 다 합쳐서 한 달에 1천 원도 못된다. 그러나 쌀 1kg이 1천 원 정도니 월급 가지고는 쌀 1kg 밖에 사지 못하는 것이다. 따라서 두 병사는 10년 월급 가치의 시계를 받은 셈이다. 앞은 덜컹거리며 흔들렸지만 북쪽으로 달려가고 있었디.

“어젯밤 일은 외부에 발설하지 않은 모양입니다.”

양곡 자루에 등을 붙이고 나란히 앉은 송태호가 낮게 말했다.

“하지만 한국 쪽에는 보도되었겠지요.”

당연한 일이다. 북한은 철저하게 보도 통제를 해놓았겠지만 한국은 다르다. 아마 최인석이 사살된 것과 안홍기와 박창민이 폭사한 것에 대해서는 지금쯤 한국 측 전 언론이 보도하고 있을 것이었다.

트럭은 평성을 지나 순천 근방에서 한 번 검문을 받았지만 양곡 자루 안쪽으로 숨어 있던 송태호와 제임스는 발각되지 않았다. 검문이 건성이어서 트럭 위로 올라오지도 않았기 때문이다. 짐을 가득 실었기 때문에 고물트럭은 밤 10시가 되어서 고풍에 도착했다. 트럭이 보급소가 보이는 길가에 멈춰 섰을 때 먼저 내린 보급관이 다가오는 둘을 향해 웃음 띤 얼굴로 말했다.

"동무들, 다음에 또 봅시다."

"다음에도 잘 부탁합니다."

따라 웃은 송태호가 1백 불짜리 지폐를 보급관에게 내밀었다.

"형님, 조심해 가시오."

보급관 뒤쪽에 선 김동구가 의미심장한 표정으로 말했으므로 송태호는 머리를 끄덕였다.

"동생도 조심해서 잘 가게."

김동구는 내일 새벽에 국경으로 떠날 것이었다. 가족은 이미 중국 땅에 가 있는 것이다. 트럭이 다시 출발했을 때 둘은 어둠에 덮인 길가에서 서로의 얼굴을 보았다.

"자, 이제 강계 일이 남았는데……."

어깨의 배낭을 치켜 멘 제임스가 송태호에게 말했다.

"내일 날이 밝기 전에 도착할 수 있을까요?"

"예정시간보다 조금 늦었습니다."

발을 떼면서 송태호가 말을 이었다.

"기다리고 있었으면 좋겠는데, 이쪽은 변수가 많아서 말입니다."

깊은 밤이었고 영하의 날씨여서 도로에는 통행인도 차량도 다니지 않았다. 초승달이 산등성이 위에 걸려 있었는데 날카로운 양 끝을 보자 추위가 더 매섭게 느껴졌다. 그들은 방금 도착한 트럭에서 양곡을 내리는 보급소를 멀찍이 떼어놓고 지나 고풍을 향해 걸었다. 군청 소재지가 가까워져 오는데도 주위는 적막강산이었고 불빛도 보이지 않는다. 2킬로미터 쯤 걸었을 때 서너 걸음 앞장서 가던 송태호가 걸음을 늦추는 바람에 제임스는 하마터면 부딪칠 뻔 했다.

"저기."

송태호가 턱으로 앞쪽을 가리켰다.

"길가 빈집 앞에."

그러더니 서둘러 발을 떼었다. 5, 60미터쯤 떨어진 길가에 낮은 산자락이 뻗쳐 있었고 끝에 커다란 바위처럼 보이는 집이 있다. 불을 켜지 않아서 어디가 문인지 구분도 안 되었다. 그러나 20미터쯤으로 가까워졌을 때 제임스는 옆쪽 벽에 붙어 서 있는 물체를 보았다. 사람이다. 그쪽에서 움직이지 않았다면 발견하지 못했을 것이다. 그들이 디가갔을 때 벽에서 몸을 뗀 사람이 한걸음 다가왔다. 작은 체격이다. 중학생쯤으로 보였다.

"박 동무시오?"

송태호가 묻자 그쪽이 대답했다.

"네, 송 선생님."

여자 목소리다. 놀란 제임스가 눈을 크게 떴을 때 그들은 바로 한 발짝쯤의 거리를 두고 섰다.

"늦으셨네요."

여자의 목소리가 굳어 있었다. 얼어붙은 얼굴 근육 때문이다.

"평양에서 검문을 여러 번 받는 바람에."

가볍게 말한 송태호가 여자에게 먼저 제임스를 소개했다.

"미국에서 오신 제임스님이서. 납북자 송환위원회에 계신."

그러더니 제임스를 보았다.

"이 분은 박옥희 씬데 전천군 인민병원의 의사죠. 박옥희 씨도

이번에 같이 탈북하실 겁니다."

"잘 부탁합니다."

조금 풀린 목소리로 박옥희가 인사를 했다. 어두웠지만 동그란 얼굴에 크게 뜬 눈 윤곽이 선명했다.

"차는 저쪽에 있습니다."

박옥희가 손으로 길 위쪽을 가리켰으므로 제임스는 머리를 들었다. 그러나 불빛 한 점 보이지 않는 어둠 속이어서 길도 잘 안 보였다. 그러자 박옥희가 앞장서 걸으며 말했다.

"자, 가시죠."

이제 말소리는 또렷해졌고 움직임도 날렵했다.

시내로 들어서기 전에 그들은 검문소를 피해 우회했는데 검문소 앞에 서 있는 병사는 졸고 있는지 움직이지 않았고 희미한 불빛이 비치는 막사 안에서도 인기척이 나지 않았다. 밤 11시 반이 되어가고 있었다. 고풍은 군청 소재지였지만 가로등도 없는 거리는 짙은 어둠에 덮인 데다 통행인이나 차량도 보이지 않았다. 가끔 길가의 주택에서 두런거리는 말소리가 들리지 않았다면 주민이 대피한 빈 도시처럼 느껴졌을 것이다. 건물을 훑고 부딪치는 바람이 칼끝처럼 매서웠으므로 셋은 머리를 숙이고 걸었다. 박옥희, 송태호, 제임스의 순서였다.

이윽고 박옥희가 걸음을 멈춘 곳은 길가의 역시 짙게 어둠에 덮인 건물 앞이었다. 그동안 사거리 두 곳을 지났더니 벌써 건물이 드문드문 세워진 변두리가 나왔는데 통행인은 열 명도 채 만나지

244

못했다. 건물의 대문은 열려져 있었으므로 박옥희가 손으로 밀자 열렸다. 송태호와 제임스는 박옥희를 따라 안으로 들어섰다. 문 안쪽은 꽤 넓은 마당이었는데 차 한 대가 세워져 있었다. 트럭을 개조한 구급차였다. 차제 옆쪽에 '전천군 인민병원' 이라고 커다랗게 씌어져 있다.

"안에 위생복이 있습니다."

차 뒤쪽 문을 열면서 박옥희가 말했다.

"여긴 군 병원의 창고라서 내일 아침이면 사람들이 옵니다. 지금 떠나야 될 것 같습니다."

열려진 문 앞에 선 제임스는 강한 약품 냄새를 맡았다. 병원 구급차가 맞다.

구급차는 고풍에서 진천으로 뻗쳐진 간선도로를 달리는 중이다. 포장도 되지 않은 길이어서 고물 구급차는 무섭게 흔들렸다.

"이런 길을 갖고 어떻게 전쟁을 한다는 건지 참……."

핸들을 쥔 송태호가 마침내 참고 참던 불평을 터뜨렸다. 송태호는 병원 마크가 붙여진 인민복을 입었고 그 옆에는 박옥희가 의료원 가운위에 코트를 걸쳤다. 창가에 앉은 제임스도 인민복 차림이었는데 간호보조원 가운이 밖으로 드러났다. 전천군 인민병원의 구급차 운전사, 의사, 간호보조원으로 위장을 한 것이다. 구급차는 산길을 달려가는 중이었는데 인적은 물론이고 차량도 보이지 않는다.

"저기 모퉁이를 돌면 검문소가 있어요."

박옥희가 앞쪽을 바라보며 말했다. 전조등 빛이 뻗어나갔지만 모퉁이는 보이지 않았다.

"오후에 오면서는 검문을 받지 않았는데……."

박옥희의 말이 끝나기 전에 모퉁이가 불빛에 드러났다. 그때 송태호가 힐끗 제임스를 보았다.

"이쪽 검문소의 주재 병력은 10명 정도인데 보통 5, 6명만 남아 있지요."

송태호가 운전에 열중하면서 말을 이었다.

"나머지는 국경 너머로 밀무역 벌이를 내보내거나 초소장이 돈을 먹고 집으로 보냈거나 하지요. 군용 식량도 부족하니까요."

그때 구급차가 모퉁이를 돈 순간에 그들을 셋은 앞쪽의 초소를 보았다. 셋은 침묵했지만 차의 속력은 줄이지 않았다. 1백 미터쯤 떨어진 초소의 불빛이 환했기 때문에 차단봉 앞에 서 있는 병사 셋이 뚜렷하게 드러났다. 병사들은 모두 이쪽을 향하고 서 있다.

"내가 이야기할게요."

앞쪽을 향한 채 박옥희가 말했다.

"통행증도 있으니까 별일 없습니다."

그때 차가 차단봉 앞에 멈춰 섰고 병사 하나가 운전석 옆으로 다가왔다.

"동무, 이 시간에 어딜 가는 거요?"

송태호에게 거친 목소리로 묻자 박옥희가 그쪽으로 몸을 굽히며 대답했다.

"고풍에 환자 수송해주고 돌아가는 길이요."

"통행증."

병사가 손을 내밀었을 때 반대쪽 제임스 옆으로도 병사 하나가 다가왔다.

"전천에 내 동무가 사는데, 한용구라고 아시오?"

병사가 불쑥 제임스에게 물었다. 불빛을 받은 병사의 얼굴은 작았고 체격도 왜소했다. 어깨에 맨 AK소총이 그래서 무거워 보였다.

"아니, 모릅니다."

제임스가 머리를 저었을 때 이번에는 군관이 다가왔다. 체격이 컸고 눈빛이 날카로운 사내였다.

"환자를 고풍까지 실어다 주었다구?"

군관이 소리쳐 묻자 박옥희가 제임스 쪽으로 몸을 기울여 군관을 보았다.

"전천에 왔다가 쓰러졌어요. 고풍 군당의 당원 동지입니다."

제임스는 박옥희의 몸에서 옅은 여자 냄새를 맡았다. 지금까지 숱하게 여자 냄새를 맡았지만 화장품이나 향수가 첨가되지 않은 이런 냄새는 처음이다.

"동무들도 고생이 많소."

군관이 박옥희를 향해 쓴웃음을 지으며 말했다.

"이 시간에는 차가 거의 안 다니거든."

"그렇습니다."

"잘됐어. 날 다음 검문소까지 태워주시오. 차 기다리고 있었어요."

"타십시오. 군관 동지."

그러면서 박옥희가 손으로 제임스의 허벅지를 찔렀다. 자리를 비키라는 신호였으므로 제임스는 엉거주춤 일어섰다.

"제가 뒤쪽에 타지요."

"어, 이거 미안해서."

군관이 머리를 끄덕여 보이더니 박옥희 옆자리에 올랐고 제임스는 뒤쪽 환자 수송 칸으로 옮겨갔다. 그러자 병사가 통행증을 송태호에게 넘겨주더니 차단봉이 올려졌다.

다시 구급차는 어둠 속을 달렸다. 비포장도로여서 끊임없이 덜컹이며 흔들렸고 가끔은 구덩이를 피해 급회전을 하거나 속력을 줄렸다. 평균 시속이 50킬로미터도 안 되었는데도 송태호는 잔뜩 긴장해야만 했다.

"의사 동무는 고향이 어디요?" 하고 군관이 불쑥 물었으므로 차안의 세 남녀는 긴장했다. 물론 박옥희, 송태호, 제임스였다.

"네, 함흥입니다."

박옥희가 다소곳이 대답했다.

"함흥 의대를 나와 1군단 직할병원에서 5년 근무하다가 2년 전에 전천군 인민병원 의사로 전속 되었지요."

그러고는 힐끗 군관을 보았다.

"중위로 제대했습니다."

"결혼하셨소?"

"예, 남편이 보위부에 있습니다."

“아아.”

놀란 듯 군관이 상체를 세우더니 정색하고 박옥희를 보았다.

“그러십니까? 이거 무례했습니다.”

“아닙니다.”

“이렇게 밤늦게 일하시는데 제가 폐만 끼치고 있습니다.”

그러더니 차 안에는 어색한 정적이 덮여졌다. 제임스가 뒷모습만 봐도 군관이 쩔쩔매는 기색이 역력했다. 중위로 제대한 의사의 남편이라면 보위부의 고급 장교일 것은 분명했다. 상위 계급장을 붙인 보병 군관이 얼어붙을 만했다. 그 후부터 군관은 반대편 문 쪽에 몸을 붙이고는 조는 시늉을 했으므로 차 안의 대화는 끊겼다. 그러다 40분쯤이 지났을 때 군관이 번쩍 뜨고 말했다.

“왼쪽 산허리를 꺾으면 바로 검문소야. 거기서 내려주기요.”

말은 송태호에게 하고는 눈은 박옥희를 바라보며 웃었다.

“잘 타고 왔습니다. 의사 동무.”

“안녕히 가십시오.”

박옥희도 따라 웃었다. 차가 모퉁이를 돌자 이번에도 불을 컨 검문소가 나타났다. 차단봉이 내려졌고 옆쪽 벙커에는 기관총까지 설치되어 있다. 불빛아래 대여섯 명의 병사가 서 있다가 일제히 이쪽을 본다. 차가 검문소 앞에서 멈추자 군관이 내리면서 소리쳤다.

“보내드려! 전천군 인민병원 구급차다!”

그러자 병사들이 일제히 군관을 향해 경례를 하더니 곧 차단봉이 올라갔다.

"차 태워주셔서 고맙습니다."

군관이 박옥희를 향해 경례를 하면서 말했다.

"수고하십시오. 군관 동지."

박옥희가 정중하게 말했고 송태호는 다시 차를 출발시켰다.

"정말 결혼하신 거요?"

뒤쪽 검문소 불빛이 보이지 않게 되었을 때 송태호가 불쑥 물었다. 제임스는 뒤쪽 환자용 간이침대에 걸터앉아 있었기 때문에 박옥희의 표정을 보지 못했다. 그때 박옥희가 대답했다.

"아뇨." 하더니 잠시 후에 덧붙였다.

"전천 인민병원의 여의사 한 명이 보위부소속 소좌하고 결혼했지요. 그래서……."

"그 군관 놈이 보위부 이야기가 나온 후부터 꼼짝 못하더군."

송태호의 말에 웃음기가 떠올랐다.

"이제 전천까지 검문사가 몇 개 남았습니까?"

"전천 입구에 하나, 그리고……."

머리를 돌린 박옥희가 제임스에게 잠깐 시선을 주었다가 말을 이었다.

"강계에는 일주일 전에 다녀와 봤는데 전천에서 강계까지 검문소가 세 곳 있어요. 모두 검문을 받습니다."

차 안에 무거운 정적이 덮여졌고 엔진 소음만 울렸다.

"박옥희 씨는 우리하고 같이 탈북 하실 거죠?"

"그렇습니다."

박옥희가 앞을 향한 채 대답했고 제임스는 등에 대고 다시 물었다.

"북한에 가족이 있습니까?"

"있다면 이렇게 떠날 수 있겠습니까?"

차분한 박옥희의 대답에 말문이 막힌 제임스가 눈만 껌벅였고 송태호는 차에 속력을 내었다가 얼른 브레이크를 밟았다. 앞쪽에 구덩이가 보였기 때문이다. 그때 박옥희가 말을 이었다.

"부모는 다 돌아가셨고 함흥에 언니가 살았는데 넉 달 전에 자살을 했죠."

그러고는 머리를 돌려 다시 제임스를 보았다. 얼굴에 옅게 웃음기가 떠올라 있다.

"포섭당하기 좋은 조건이었는데 마침 접근해 오더군요."

"한국으로 갈 겁니까?"

"미국으로."

자르듯 말한 박옥희가 정색하고 덧붙였다.

"한국으로 갔다가 그쪽 사람들이 날 잡아서 돌려보낼지도 모르죠. 간첩도 돌려보내는 상황인데."

전천 입구의 검문소에서는 차 동체의 병원 마크만 보더니 그대로 통과시켰다. 새벽 3시가 되어가고 있었다. 송태호가 지쳐 있었기 때문에 그들은 전철을 지나 화암이라는 도시에서 쉬었다. 도시라기보다 마을이라는 표현이 맞는 곳이었다. 차를 길가의 공터에 세워놓고 엔진을 켠 채로 셋은 잠깐 눈을 붙였다. 이곳에서 강계까지는 도로 상태도 좋았으므로 송태호는 한 시간 거리라고 했다. 운전석에는 송태호가 누웠고 뒤쪽 환자용 간이침대에 박옥희가 그리고 바닥에 옷가지 등을 깔고 제임스가 누웠다. 하지만 서로 침대에 오르라면서 박옥희와 제임스는 한참이나 실랑이를 했다가 송태호의 중재를 받았다.

제임스가 눈을 떴을 때는 정확히 한 시간이 지난 4시 10분이었다. 운전석의 송태호는 코를 심하게 골았다. 엔진을 켜놓아서 차 안은 훈훈했지만 가스 냄새가 심했다. 그래서 창문을 더 내리려고 상반신을 일으켰다가 주춤 움직임을 멈췄다. 침대에 누운 박옥희가 바라보고 있었기 때문이다. 반듯이 누워 있던 박옥희가 시선이 마주치자 웃어 보였는데 눈이 맑았다. 금방 깬 얼굴이 아니다. 제임스는 앞쪽 유리창을 조금 더 내리고 돌아와 바닥에 앉았다. 누워 있는 박옥희와 눈높이가 비슷한 위치가 되었다.

"강계의 그분과는 어떤 관계세요?"

박옥희가 상반신을 일으키며 물었다. 헝클어진 머리칼을 손가락으로 쓸어내리며 이제는 제임스를 내려다보았다.

"납북자 송환위원회에서 부탁을 받고……."

제임스가 외면한 채 말을 이었다.

"지금 옌지에서 그분 딸이 기다리고 있어요."

"그렇군요. 그런데 강계에도 딸이 있던데……."

정색한 박옥희가 제임스를 보았다.

"착하고 예뻤어요. 제가 아버지 모시고 탈북할 거냐고 물으니까 머리를 끄덕이더군요."

"……."

"오늘 중으로 찾아간다고 했으니까 기다리고 있을 겁니다."

평양 작전과 마찬가지로 한주영의 탈북도 철저하게 준비되었다. CIA는 중국과 북한 내부의 정보망을 이용하여 새로운 협조자를 포섭했으며 미리 사전 답사까지 시켜놓은 것이다. 박옥희는 먼저 한주영과 딸을 만나 탈북 의향을 묻고 결행 날짜까지 통보해주었다. 잠자코 있는 제임스를 향해 박옥희가 말을 이었다.

"강계에서 만포까지 이 차로 가봤는데 도중에 검문소가 여섯 개가 있었습니다. 통행증, 여행허가증 검사를 다 했고 차 수색까지 했습니다."

심호흡을 한 박옥희가 말을 이었다.

"한주영 씨하고 딸을 환자로 위장시켜 가지만 군 병원에 통신만 하면 서류가 위조된 것이 발각됩니다. 그렇게 되면……."

제임스는 다시 외면했다. 모두 죽는 것이다. 그러나 거동이 불편한 한주영을 탈북시키려면 이 방법밖에 없다. 그때 앞쪽에서 코고는 소리가 뚝 그치더니 송태호가 벌떡 일어섰다.

"어이구, 늦었다."

손목시계를 본 송태호가 소리쳤다. 오전 4시 25분이다.

"기다리시오."

통행증을 받아 쥔 군관이 차 안을 둘러보고 나서 말했다.

"강계시당 인민병원에 연락을 해 볼 테니니까."

그러고는 몸을 돌렸을 때 박옥희가 길게 숨을 뱉었다.

"어제 강계 인민병원에 연락을 했어요. 붕대하고 소독약, 항생제를 나눠달라고."

제임스의 시선을 받은 박옥희가 얼굴을 일그러뜨리며 웃었다.

"책임자가 펄쩍 뛰더군요. 난데없는 부탁이었으니까요. 저희들 몫도 부족한 판에 군 병원에 나눠주겠어요? 미쳤다고도 하더군요. 그래서……."

팔짱을 낀 박옥희가 앞쪽을 향한 채로 말을 이었다.

"내가 미와 250불을 모아 놓았다고 했지요. 이놈들은 약품을 암시장에 내다 팔거든요. 그랬더니 기다리겠다고 했어요."

그때 초소 안으로 들어갔던 군관이 나왔다 무표정한 얼굴로 다가온 군관이 불쑥 통행증을 송태호에게 건네주면서 말했다.

"아직 시간이 이르니까 8시 반에 오라고 합니다."

"알겠습니다. 군관 동지."

박옥희가 공손하게 말했다.

"추운 날씨에 고생하십니다."

"잘들 가기요."

군관이 손을 들어보이자 차단봉이 올라갔다. 이제 강계까지는 검문소가 없다. 제임스는 길게 숨을 뱉었다. 오전 6시 15분이었다.

"박 동무는 미국에서 뭘 하실 거요?"

이제는 날이 밝아지고 있었으므로 도로 주변의 벌거숭이 산야가 드러났다. 강계시 외곽으로 들어섰을 때 송태호가 불쑥 물었다. 긴장이 조금 풀린 듯 목소리도 가벼워져 있었다.

254

"의학 공부를 더해서 의사 자격증을 받고 싶지만……."

거기까지는 금방 말했던 박옥희가 쓴웃음을 지었다.

"어렵겠죠, 하지만 공부는 할 겁니다."

"먼저 영어부터 익혀야 할 텐데."

"그래야죠."

"참." 하고는 송태호가 머리를 돌려 제임스를 보았다. 제임스는 다시 창 쪽에 앉았다.

"제임스 씨는 미국 시민이시니까 잘 아시겠군. 우리처럼 이민 간 사람한테 영어 교육시켜주는 기관이 있습니까?"

"있을 겁니다."

둘의 시선을 받은 제임스가 말을 고쳤다.

"당연히 있지요."

"난 어학에 소질이 없는 것 같은데."

입맛을 다신 송태호에게 제임스가 위로하듯 말했다.

"LA에 가면 한국인 교포가 많아서 영어 한 마디 안 해도 살 수 있습니다. 내가 LA에 있어봐서 잘 알아요."

"거기선 북한 동조세력들이 활개치지는 않겠지요?"

"그랬다간 맞아 죽지요."

그러고는 제임스가 쓴웃음을 지었다.

"미국을 택한 건 잘 하신 거요. 지금 한국을 들어간다면 거기가 북한 영토로 착각을 할 테니까."

강계시당 인민병원의 외래부원장은 보통 북한 인민과는 다르게

장신에다 살이찐 체격이었다. 피부도 혈색이 좋았고 손목에는 금
딱지 로렉스 시계를 찼다. 외래부원장은 2급으로 원장 다음 서열
이며 병실은 맡지 않는다. 병실과 환자는 기술부원장이 맡는 것이
다. 외래부원장 강남철은 별관 안으로 들어섰다. 강계인민병원 본
관 건물 옆쪽의 벽돌로 지은 별관은 의약품과 자재창고로 쓰였는
데 오가는 사람이 없어서 한산했다. 현관 안쪽의 사무실에도 관리
인 한 명이 졸고 있을 뿐이다. 물자 보급이 적어서 창고에 보관할
만큼 많지도 않고 그럴 여유도 없었기 때문이다. 강남철이 관리실
옆의 대기실 문을 열었을 때 안에서 기다리던 세 남녀가 일어섰
다. 모두 의무복 차림에 덧옷을 입었는데 긴장한 표정이다.

"어, 앉으시오."

정색한 강남철이 턱을 젖히고 말하고는 먼저 앉았다. 그러자 셋
이 앞쪽에 다시 앉았다. 그중 여의사 차림이 강남철에게 연락을
해온 전천군 병원의 여의사일 것이었다.

"자, 뭐가 그리 급하시오?"

강남철이 살피는 듯한 표정으로 박옥희를 보았다. 박옥희의 전
화를 받고 강남철은 신분 확인을 했다. 보위부나 평양의 당 쪽에
서 비리 행위를 적발하려고 함정을 파는지도 모르기 때문이다. 그
런데 박옥희는 그럴 인간이 못되었다. 군 단위 인민병원은 기초
의약품도 없어서 의사가 약초를 캐러 다니는 것이 일반화되었는
데 박옥희는 약초 수집량 미달로 두 번이나 자아비판을 했고 최근
에는 경고를 받았다. 250불어치의 기초의약품을 채워 가면 전천
군 인민병원장은 흡족해 할 것이다.

256

"마이신과 페니실린, 그리고 붕대 등입니다." 하고 박옥희가 쪽지를 꺼내 강남철의 앞에 놓았다. 그러고는 주머니에서 잘 정돈된 달러를 꺼냈다. 달러는 20불짜리 미만 잔돈을 고무줄로 묶어서 꽤 두툼했다.

"여기 250불 있습니다."

"으음."

달러를 본 순간 강남철의 눈이 번들거리는 것처럼 느껴졌다.

"마이신 두 상자하고 페니실린 한 상자. 그리고 붕대 네 상자면 되겠지?"

강남철이 정색하고 묻자 박옥희는 머리를 서었다.

"무슨 말씀입니까? 마이신 세 상자, 페니실린 두 상자는 받아야 합니다. 붕대는 네 상자 그대로 주십시오."

"우리도 부족해. 그리고 값이 올랐어."

이맛살을 찌푸린 강남철이 송태호와 제임스를 번갈아 보았다.

"동무들은 잠깐 나가 있어 주겠나?"

구급차 운전사와 간호사 앞에서는 말하기 곤란하다는 표시였으므로 송태호와 제임스는 잠자코 일어섰다. 대기실 밖으로 나온 둘은 복도에 기대섰다. 송태호가 주머니에서 말보로 담배를 꺼내 내밀었지만 제임스는 머리를 저었다.

"다 썩었지요."

불을 붙인 담배 연기를 힘껏 빨아들인 송태호가 길게 뱉고 나서 말했다.

"저놈은 달러를 받고 윗선에도 상납을 할 겁니다. 그러니까 저렇게 떳떳하죠."

제임스의 시선을 받은 송태호가 쓴웃음을 지었다.

"물론 박옥희 씨 신분 확인은 했겠지요. 가끔 평양에서 감찰이 나오니까요."

팔짱을 끼고 선 제임스가 건성으로 머리를 끄덕였다. 가계까지는 무사히 왔다. 강계시당 인민병원과 연락이 되어 있었기 때문이다. 박옥희가 250불로 마이신 한 상자를 받건 말건 그건 제스처일 뿐이다. 강남철한테서는 다녀갔다는 강계시당 인민병원의 확인증만 받으면 되는 것이다. 그러면 차량 운행에 하자는 없다. 박옥희가 나왔으므로 둘은 긴장했다. 다가온 박옥희의 표정은 차분했다.

"확인증 받았어요."

박옥희가 제임스와 송태호의 중간 지점에 시선을 두고 말했다.

"약품은 마이신 두 상자 반, 페니실린 한 상자하고 붕대 여섯 박스로."

제임스와 송태호가 나중 말은 건성으로 들었기 때문에 박옥희는 먼저 발을 떼었다. 이제 강계시 내에서 검문 걱정은 안 해도 된다. 그때 제임스가 힐끗 뒤쪽을 보고 나서 말했다.

"저놈한테 터놓고 부탁하는 것이 어떨까요?"

낮게 말했지만 송태호와 박옥희는 깜짝 놀랐다. 송태호는 팔을 뻗어 제임스의 팔까지 잡았다.

"뭘 부탁하신다는 겁니까?"

송태호의 목소리가 떨렸다. 박옥희는 힐끗 뒤를 살폈다. 그들은 현관으로 나가려던 참이다. 제임스가 차분한 표정으로 말했다.

"만포까지 환자를 수송하는 확인증."

그러자 송태호가 먼저 머리를 저었다.

"위험합니다. 계획대로 강계 북쪽 A지점에서 차를 버리고 힘들 더라도 도보도 움직입시다."

박옥희가 만포까지 가보았지만 검문소를 여섯 군데 거쳐야 했고 환자를 수송한다면 환자의 여행증에다 병원의 수송확인증까지 있어야 된다. 그래서 송태호는 강계 북쪽에서 차를 버리고 걷기로 계획을 한 것이다. 방금 강남철한테서 확인증은 구급차와 승무원 셋의 운행 확인일 뿐이다. 만일 송태호와 제임스의 신원 확인부터 한다면 둘도 꼼짝하지 못하고 걸린다. 구급차에 탄 의사 박옥희의 신분 때문에 지금까지 겨우 빠져나왔다고 봐도 될 것이다. 그때 박옥희가 말했다.

"그럼 오늘 저녁에 만나기로 하지요. 지금 여기서 말했다가 잘 못되면……."

말을 그친 박옥희가 심호흡을 했다. 둘은 침묵했다. 빤한 것이 다. 셋은 모두 잡힌다.

"들어갔다 올게요."

그리고는 박옥희가 몸을 돌렸으므로 둘은 뒷모습만 보았다.

"해봅시다."

송태호가 이 사이로 말하더니 얼굴을 일그러뜨리며 웃었다.

"하긴 달러만큼 위력이 센 곳도 없지요."

제임스는 아프가니스탄을 떠올렸다. 달러를 받아야 부족들을 이끌고 싸우는 시늉을 했던 반군들, 아프리카에서도 그랬고 남미도 마찬가지였다. 그때 대기실에 들어갔던 박옥희가 나왔다. 이번에도 차분한 표정이다. 다가온 박옥희가 이제는 똑바로 제임스를 향하고 말했다.

"오늘 저녁에 만나기로 했어요. 6시에 다시 여기로 오라는데요."

강계시는 자강도의 도 소재지로 시내에 장자강과 독로강 줄기가 흐른다. 자강도가 북한 군수공업기지의 본산이었기 때문에 강계시에는 군 시설이 많다. 진천군 인민병원의 구급차가 인풍동의 승리아파트에 도착한 것은 오후 3시경이었다. 승리아파트는 지은지 오래된 아파트로 벽에는 금이 갔고 현관 문짝도 여러 개 떨어져 나갔다. 5층 건물의 옥상에는 빨래가 잔뜩 걸려 있었는데 옷도 모두 건물처럼 낡고 색이 바랬다. 구급차에서 내린 셋이 박옥희를 앞세우고 2호 아파트 현관으로 들어서자 주민들이 기웃거렸다. 지나던 주민 몇 명은 멈춰 서서 그들을 본다. 아파트에 구급차가 온 것이 드문 것 같았다.

"무슨 일이요?"

할머니 한 분이 계단을 오르는 그들의 등에 대고 물었다.

"누가 다쳤소?"

"예, 508호에 갑니다."

앞을 향한 채 박옥희가 말하자 할머니 목소리가 울렸다.

"에이고, 민주 아버지가 기어이."

맨 뒤를 따르던 제임스는 딸 이름이 민주라는 것을 그때 알았

다. 한민주일 것이다. 제임스의 머리에 지금 엔지에서 기다리고
있을 한윤주의 얼굴이 떠올랐고 저절로 입가에 쓴웃음이 지어졌
다. 윤주, 민주……. 비슷하게 이름을 지은 것이다. 제임스는 한국
식 돌림자를 알지 못했지만 한주영이 한윤주를 의식하고 민주 이
름을 지었다는 것은 짐작할 수 있었다.

　아래쪽의 소음을 들었는지 508호 문은 조금 열려 있었으므로
박옥희는 곧장 안으로 들어섰다. 따라 들어선 제임스는 좁은 공간
에 우두커니 서 있는 소녀를 보았다. 머리를 뒤로 묶어서 얼굴이
더 작게 보였는지 모른다. 신장은 1미터60센티미터노 안 되었고
몸까지 왜소했다. 붉은색 추리닝 상의를 입었는데 어깨선이 늘어
진 데다 소매는 너무 길다. 남색 바지 밑으로 맨발이 드러났다.
　"잘 있었어?"
　박옥희가 건성으로 물었지만 소녀는 대답하지 않았다. 대신 옆
으로 비껴 선다. 눈동자가 또랑또랑했고 입술은 꾹 다물려졌는데
혈색이 좋지 않았다. 바랜 종이 색깔이었지만 얼굴은 이목구비가
또렷한 미인이다. 그때 옆쪽 방에서 기침소리가 울리더니 노인이
나왔다. 허리를 조금 굽힌 채 세차게 기침을 하던 노인이 겨우 얼
굴을 들더니 셋을 보았다. 반백의 머리, 주름살로 가득 뒤덮인 얼
굴, 흐린 눈과 힘을 잃고 벌려진 입, 제임스는 몇 초 동안이었지만
치열하게 노인 얼굴을 노려보았다. 저격 타깃을 겨누는 것 같았
다. 그때 노인의 얼굴이 제임스에게로 옮겨졌고 둘의 시선이 마주
쳤다. 시선이 마주친 순간 제임스는 노인의 죽은 생선 같았던 눈

이 잠깐 반짝이는 것 같은 착각을 받았다. 그러나 곧 둘의 시선은 거의 동시에 옮겨졌다. 노인은 박옥희한테로, 제임스는 옆으로 비낀다는 것이 소녀에게로 옮겨졌다.

"수고하십니다."

노인이 메마른 목소리로 말했다. 억양이 없는 데다 약하다. 그러자 박옥희가 물었다. 박옥희의 표정은 굳어져 있다.

"준비 다 하셨죠?"

"준비할 것도 없습니다. 애하고 둘이 몸만 가면 됩니다."

노인이 길게 말하더니 가쁜 숨을 뱉었다.

"언제 갑니까?"

"일이 잘 되면 오늘 밤에요."

그러더니 박옥희가 주위를 둘러보았다.

"하지만 여기선 지금 곧 나와야겠네요. 응급 환자를 싣고 나가는 것처럼 보여야 되기 때문에."

"가지요."

방바닥에 주저앉은 노인이 머리를 들고 소녀를 보았다.

"민주야, 가방 내와라."

제임스는 노인의 얼굴에 활기가 띄워지고 있는 것을 보았다. 노인은 방으로 들어서는 소녀의 등에 대고 말했다.

"너도 옷 단단히 껴입어라."

오후 5시 반, 구급차는 강계시당 인민병원 주차장 구석에 세워져 있다. 이곳이 가장 안전하다고 판단했기 때문이다.

　인풍동 아파트에서 이곳까지 15분 거리였지만 검문을 두 번이나 받았다. 갈 때 검문 당한 곳을 피해 가다가 오히려 한 번 더 받은 것이다. 군수기지가 많았기 때문이다. 운전석 옆자리에 앉은 제임스는 앞쪽에 시선을 주고 있었지만 신경은 뒤로 집중되어 있었다. 뒤쪽 수송칸 침대에 한주영이 누웠고 한민주는 벽에 등을 붙인 채 바닥에 앉아 있는 것이다. 박옥희와 송태호는 기름통을 들고 나가서 아직 돌아오지 않았다. 차의 기름이 떨어져가고 있었기 때문이다. 송태호는 인민병원 수송부 관리자에게 접근해서 미화 10불을 주고 기름 두 통을 받기로 쉽게 합의를 한 것이다.

　"미국에서 오셨다고 했지요."

　불쑥 뒤에서 한주영이 물었으므로 차 안의 적막이 깨졌다. 제임스는 몸을 돌렸다. 상반신을 일으키면서 한주영이 제임스를 보았다. 한민주도 표정 없는 얼굴로 이쪽을 바라보고 있다.

　"네."

　제임스가 한주영과 한민주를 둘러보면서 대답했다. 한주영에게는 미국에서 온 남북자송환위원회 회원이라고 소개되었다. 그것도 박옥희가 소개한 것이어서 한주영과는 지금 처음 직접 대화를 한다.

　"이거 정말 고맙습니다."

　한주영이 앉은 채로 머리를 숙여 인사를 했다.

　"미국에서까지 오셔서 저를 이렇게 구해내려고 해주시다니."

　다시 숨이 가빠진 한주영이 기침을 했고 몸을 일으킨 한민주가 뒤에서 등을 두드렸다.

“그런데…….”

손을 들어 한민주를 막은 한주영이 헐떡이며 물었다.

“옌지에서 내 딸이 기다리고 있다고 들었는데 같이 오신 겁니까?”

“그렇습니다.”

그러자 한주영의 시선이 옆쪽 한민주의 옆얼굴을 스치고 지나갔다. 그것을 본 제임스가 물었다.

“한윤주 씨라고 했습니다. 아시죠?”

“알고말고요.”

시선을 내린 한주영이 이를 악물었다가 풀었다.

“그놈이 어렸을 때 내가 납치되었지요.”

“…….”

“아직 어렸었는데, 그놈이 세 살 때던가?”

그러고는 한주영이 손끝으로 눈을 닦았다. 어느덧 눈물이 흘러내리고 있었던 것이다. 이윽고 다시 얼굴을 든 한주영이 번들거리는 눈으로 제임스를 보았다.

“그런데 윤주는 제 동생이 여기 있다는 걸 압니까?”

“압니다.”

제임스의 시선 끝 쪽에 있던 한민주가 머리를 숙이는 것이 보였다. 이제는 제임스가 똑바로 한주영을 보았다.

“다 이해할 겁니다.”

“내가 혼자 가지요.” 하고 제임스가 말하자 송태호는 단호한 표정으로 머리를 저었다.

"간호보조원이 그런 제의를 한다면 더 의심합니다."

"운전사는 괜찮다는 겁니까?"

"그래도 내가 이쪽 사정을 더 압니다."

"이런 협상은 해보셨소?"

그때 듣고만 있던 박옥희가 나섰다.

"강남철은 어느 정도 윤곽은 알고 있어요. 내가 만포까지 두 사람의 통행증이 필요하다고 했거든요."

둘은 침묵했고 박옥희의 말이 이어졌다.

"그러니 받아들일지 않을지는 이미 결정을 했을 겁니다."

그러자 제임스가 얼굴을 일그러뜨리며 말했다.

"받아들이지 않는다면 이미 보위부에 신고를 해놓았을 거요. 그러니까……."

머리를 든 제임스가 둘을 둘러보았다.

"내가 10분 안에 나오지 않으면 곧장 빠져 나가시오."

제임스는 턱을 들어 앞쪽을 가리켰다.

"동관 벽 옆에서 기다리고 있는 것이 낫겠습니다."

병원 동관 벽 옆은 차를 세워놓고 있다가 바로 도로로 향해 진입할 수 있는 위치였다. 송태호와 박옥희가 서로의 얼굴을 보았을 때 다시 제임스가 말했다.

"난 특수훈련을 받은 놈이요. 용병이고 테러리스트이기도 하지. 협상도 배웠습니다. 물론 극한 상황의 협상이지만."

그리고 희미하게 웃었다.

"맡겨두시오. 그리고 일이 잘못되었을 때 잘 부탁합니다."

제임스가 대기실로 들어섰을 때 소파에 앉아 있던 강남철이 뒤쪽을 바라보는 시늉을 했다. 그러더니 아무도 보이지 않자 시선을 돌려 제임스를 보았다.

"의사 동무는?"

"제가 대신 왔습니다."

그리고는 앞쪽에 앉은 제임스를 강남철이 위아래를 훑어보았다. 그러나 깔보는 표정은 아니다. 진지하게 살피는 시선이었다. 제임스가 강남철의 시선을 정면으로 받으며 말했다.

"만포까지 구급차 통행증과 의사, 운전사, 간호보조원의 확인증, 그리고 환자와 가족 한 명의 확인증과 통행 허가증을 만들어주십시오."

"동무."

부르고 난 강남철이 입 안에 고인 침을 삼켰다. 크게 뜬 눈의 눈동자가 조금 흔들리고 있었다.

"다섯이 다 탈북할 작정인가? 구급차를 이용해서 말이야."

"전천군당 인민병원 구급차이고 군당 인민병원 종사원입니다. 물론 둘은 강계시 거주자지만."

"확인증을 만들어준 내 책임이야."

"확인증만 있으면 만포까지는 안전합니다. 부원장 동지께서 확인 해주실 테니까요."

그리고는 제임스가 불쑥 말했다.

"다섯 명분 계약금을 드리지요. 먼저 1만 불을 드리겠습니다."

그러자 강남철이 숨을 들이키는 소리가 났다. 어깨도 올라갔다. 제임스는 눈도 깜박이지 않고 강남철을 응시했다. 이윽고 강남철의 어깨가 천천히 내려가기 시작했을 때 제임스가 주머니에서 1백 불짜리 뭉치를 꺼내 탁자 위에 놓았다.

"그리고 부원장 동지께서 만포 입구의 검문소에 먼저 가서 기다려 주신다면 거기서 다시 1만 불 드리겠습니다."

"만포에서?"

강남철이 갈라진 목소리로 물었다. 눈을 크게 뜬 강남철의 눈동자가 다시 흔들렸다.

"내가 먼저 가서 기다리라구?"

"거기서 잔금을 받으시는 겁니다."

"으음."

어금니를 문 강남철이 눈을 가늘게 뜨고 제임스를 보았다.

"날 믿지 못한단 말이지?"

"서로의 안전을 위해서입니다."

"동무는 누군가?"

"납북된 아버지를 빼내려고 왔습니다."

"누군데?"

"20년 전 서해상에서 납북된 한주영 씨."

"잘 모르겠는데."

"이미 이곳에서는 쓸모없는 인물입니다. 더구나 병이 들어서 걷지도 못합니다."

“또 한 명은?”

“한주영 씨의 딸입니다.”

강남철의 시선을 받은 제임스가 덧붙였다.

“한주영 씨가 이곳에서 결혼해서 낳은 딸입니다.”

“처는?”

“죽었습니다.”

“그럼 박 뭐라는 의사와 운전사는 동무 동조자인가?”

“예, 같이 탈북하려고.”

“으음.”

이를 악물었던 강남철이 탁자 위의 돈뭉치를 노려보더니 이윽고 시선을 들었다.

“내가 거절한다면?”

“그것은 우리를 신고해서 체포하겠다는 말이나 같습니다.”

“모른 척 할 수도 있어.”

그러더니 제임스의 시선을 받고나서 얼굴을 일그러뜨리며 웃었다.

“그렇군, 그건 더 믿을 수 없겠군.”

강계시를 벗어난 구급차는 채 1킬로미터도 달리지 못하고 검문소를 만나 정지했다.

“아니, 전천군 병원차가 여기까지.”

통행증을 확인한 군관이 플래시로 차 안을 훑어보았다. 밤 9시 반이다.

268

"만포 병원에서 대장 절개를 하려고."

박옥희가 환자 확인증을 내밀며 말했다.

"강계 인민병원에서 보내는 겁니다."

"꽤 높으신 분 같은데."

머리를 뒤로 뺀 군관이 낮게 말하더니 박옥희의 눈치를 보았다. 박옥희가 입을 다물고만 있자 군관이 서류를 넘겨주었다.

"밤길 조심해 가시오."

"수고하십시오."

차단봉이 올라가자 구급차는 북쪽을 향해 발진했다.

"효력이 있네요."

서류를 접으면서 박옥희가 앞쪽을 향한 채 말했다.

"이대로만 가면 한 시간 반이면 만포에 도착하겠는데."

그때 뒤쪽에서 한민주가 불렀다.

"여기 좀 와주세요."

맑고 여린 목소리였지만 다급했다. 놀란 그들이 머리를 돌렸고 송태호는 차의 속력까지 줄였다. 한민주는 한주영 옆에 엎드려 있다가 박옥희와 시선이 마주치자 울상을 지었다.

"아버지가 토하세요."

제임스와 박옥희가 뒤쪽으로 넘어가 한주영을 보았다. 한주영은 모로 누운 채 가쁜 숨을 뱉고 있었는데 악취가 났다. 한민주가 수건으로 입가를 닦았지만 액체가 아직도 흘러나왔다.

"괜찮으세요?" 하고 박옥희가 소리쳐 물었지만 대답은 한민주가 했다.

“요즘 가끔 이러세요. 토하면 잠깐 정신을 잃어요.”

“대장암 진단을 받은 게 언제였지?”

“박옥희가 묻자 한민주는 머리를 들었다.

“작년 봄이요.”

그렇다면 1년 가깝게 된다. 청진기를 꺼낸 박옥희가 한주영의 가슴에 대보더니 다시 한민주에게 물었다.

“그동안 치료는?”

“병원에서 가끔 약 타먹었고 제가 약초 캐다가 약 끓여 드렸어요.”

그때 한주영이 길게 숨을 뱉고 나서 스스로 돌아누웠다. 그러더니 눈을 뜨고 둘러선 박옥희와 제임스를 번갈아 보았다.

“어어, 여기가 어디야?” 하다가 시선이 한민주에게 머물자 가는 팔을 뻗었다.

“아가, 이리 오너라.”

한민주가 내민 손을 잡자 한주영은 다시 눈을 감았다.

“어이구, 불쌍한 것.”

한주영이 입술만 달싹이며 말했지만 제임스는 들었다. 다리 쪽에 선 박옥희는 듣지 못했는지 제임스에게 물었다.

“뭐래요?”

제임스는 대답하지 않았다.

네 번째 검문소에게 구급차가 멈췄을 때 군관이 운전석 옆으로 다가왔다. 이곳은 길 좌우에 기관총이 설치되었고 검문소도 시멘

270

트로 만든 2층 건물이다.

"모두 차에서 내려."

군관이 플래시를 휘두르며 말했다. 밤 10시 반, 바람결에 눈이 날렸는데 창문을 열자마자 차 안으로 눈보라가 몰려들었다. 박옥희가 내민 서류를 받지도 않고 군관이 다시 소리쳤다.

"차는 여기 세워두고 모두 검문소로 들어가도록!"

"환자가 있습니다."

박옥희가 소리치자 군관이 눈을 부릅떴다.

"움직이지 못하는 환자야?"

"응급환자입니다. 만포 병원에서 수술하려고 달려가는 중입니다."

"그럼 환자하고 의사만 남아!"

이미 검문소 차단봉 앞쪽에 네 대의 차량이 정지되어 있었는데 승용차 한 대와 트럭 두 대, 20인용 승합차 한 대였다. 송태호와 제임스, 그리고 한민주까지 셋이 검문소 안으로 들어섰을 때 안은 소란했다. 승합차 승객으로 보이는 4, 50대 남녀가 무리를 짓고는 검문소 병사들과 언성을 높이고 있었기 때문이다.

"전화가 불통되는 것에 왜 우리가 피해를 입어야 돼? 우릴 뭐로 보고 이러는 거야?" 하고 사내 하나가 소리치자 털 코트를 입은 여자가 날카로운 목소리로 맞장구를 쳤다.

"이봐요! 그럼 만포의 당위원회에 연락을 해서 중공업부 시찰단 명단을 확인해봐요! 거긴 우리가 오는 걸 알고 있을 테니까."

"잠깐 기두리시라구요. 전화가 안 된다고 하지 않았습니까?"

병사 하나가 퉁명스럽게 말하자 나머지 일행의 화가 폭발했다. 고함을 치거나 손바닥으로 책상을 두드리고 발을 구른다. 군관들이 나서서 맞고함을 쳤지만 오히려 불에 기름을 끼얹는 꼴이 되었다. 분위기를 보면 만포로 향하던 당 경제관련 부서인 중공업부 시찰단이 검문에 걸렸는데 마침 눈바람으로 전화가 불통이 되어서 확인할 길이 막힌 것 같았다. 안쪽 테이블에 통신장치가 설치되어 있었지만 무용지물이 된 모양이었다. 고함소리가 절정에 닿았을 때 제임스가 도망치듯 옆쪽 문으로 나가는 군관을 보았다. 얼굴이 잔뜩 일그러져 있었다. 송태호에게 눈짓을 해보인 제임스가 따라서 밖으로 나오자 건물 모퉁이로 돌아가는 군관의 뒷모습이 보였다. 바람이 세었고 눈보라가 몰아쳐 숨이 막혔다.

"군관 동무."

제임스가 건물 모퉁이를 돌며 소리쳐 부르자 군관이 멈춰 섰다.

"누구야?"

"구급차 간호사올시다."

서둘러 다가간 제임스가 앞에 서자 군관이 눈을 치켜떴다. 넓은 얼굴에 체격도 컸고 눈빛도 사나왔다.

"무슨 일이야?"

군관이 거칠게 물었다. 눈보라를 등지고 선 군관에게서 술 냄새가 맡아졌다.

"군관 동무, 지금 환자 상태가 급합니다. 만포 병원에서는 수술 준비를 다 해놓고 기다리고 있단 말입니다."

제임스가 군관 앞으로 바짝 다가섰다.

"지금 수술하려는 동지는 영웅 칭호를 받고 위대하신 장군 동지
께서 차고 있던 시계까지 풀어주신 한주영 동지십니다. 아십니
까?"

알 리가 없는 군관이 눈만 크게 떴지만 술이 확 깨는 모양이었다.

"급하군."

머리를 끄덕인 군관이 결심한 얼굴로 말했다.

"평양에서 검문을 철저히 하라는 특별 지시가 내려왔지만 급한
환자는 할 수 없지. 더구나 영웅 동지한테는."

발을 떼면서 군관이 제임스에게 물었다.

"그런데 무슨 영웅이시오?"

"자세히는 모르지만 큰 전공을 세웠다고 합니다."

"그럼 인민군 선배시군."

군관의 발걸음이 빨라졌다.

눈발이 굵어지더니 바람은 약해졌지만 이제는 길에 눈이 쌓이
면서 구급차는 속력을 내지 못했다. 네 번째 검문소에서 겨우 500
미터쯤 달리고 나서 차는 거북이처럼 기어갔다. 그래도 도로 사정
은 가장 좋은 편이었다. 검문소에서 구급차 한 대만 먼저 빠져 나
오는 바람에 북행하는 차량은 단 한 대 뿐인 것처럼 느껴졌다. 어
둠 속에서 북행선은 앞뒤로 다 비었다.

"다행입니다."

뒤쪽을 돌아보고 난 박옥희가 혼잣소리처럼 말했다. 박옥희는
구급차에서 한주영을 지키고 있었지만 더 불안했을 것이다. 더구

나 스페어타이어 안에는 무기에다 달러 뭉치까지 들어 있다. 수색하면 발각될 것이 분명했고 그땐 끝장이다. 박옥희가 말을 이었다.

"지금까지 운이 좋았어요."

그 순간 박옥희를 사이에 두고 앉은 제임스와 송태호의 시선이 마주쳤다. 둘 다 불안한 표정이었고 송태호의 표정은 더 강했다. 눈까지 치켜뜨고 있다.

길이 두 갈래도 나눠진다는 표시판이 어둠 속에 보였다. 위쪽은 눈을 덮어쓰고 있었지만 왼쪽은 만포, 오른쪽은 자성이라고 화살표 밑에 씌어 있다. 제임스는 심호흡을 했다. 만포까지는 이제 3킬로미터이다.

"저기 검문소." 하고 박옥희가 말했지만 제임스도 보았다. 눈은 그치지 않아서 차는 겨우 굴러가고 있다. 도로에 쌓인 적설량이 눈짐작으로 20센티미터 가량, 네 번째 검문소를 지난 지 20여 분 동안 지금까지 다섯 대의 군용차량이 앞질러 가면서 길을 만들어 주었다.

"저기만 지나면 만포시 입구 검문소가 나와요."

박옥희가 다시 말했을 때 제임스가 눈을 가늘게 뜨고 앞쪽을 보았다. 도로 좌우는 눈에 덮인 전답이다. 200미터쯤 정면의 도로가에 불빛이 보였고 경비병 서너 명이 어른거리는 중이다. 그쪽도 다가오는 차를 본 것이다. 제임스가 몸을 일으키자 송태호와 박옥희가 동시에 머리를 들었다. 그러나 제임스는 잠자코 뒤로 자리를

274

옮겼다.

"주무세요."

제임스가 옆으로 다가왔을 때 한민주가 누가 묻기라도 한 듯이 말했다. 목소리가 여전히 맑고 또랑또랑 했다. 제임스는 잠자코 옆쪽에 세워 고정시킨 스페어타이어 안에서 헝겊에 싼 뭉치를 여러 개 꺼내 놓았다. 그러고는 한민주한테서 등을 돌리고 앉아 헝겊 안에는 든 권총을 꺼내 탄창을 점검했다. 권총은 두 정이었고 베레타 92F이다. 탄창에는 14발이 장전되었고 예비 탄창이 두 개가 더 있다. 제임스가 한 정을 코트 주머니에, 다른 한 정은 앞쪽 혁대에 꽂았을 때였다.

"이름이 어떻게 되시오?" 하고 바로 옆에서 묻는 목소리가 들렸으므로 제임스는 흠칫하고 머리를 들었다. 한주영이 똑바로 이쪽을 바라보고 있었다. 한민주한테 등을 돌리려고 한주영과 정면으로 마주앉은 자세가 되어 있었던 것이다. 자는 줄 알았던 한주영이 깨어났다. 차 안은 어두웠지만 한주영의 크게 뜬 눈의 흰 창이 번들거렸다.

"제임스라고 말씀 드렸지요."

제임스가 말하자 한주영이 다시 물었다.

"성은?"

"김."

"으음."

한주영이 신음을 뱉었을 때 앞쪽이 환해지더니 차가 멈춰 섰다. 검문소에 도착한 것이다.

"통행증."

운전석의 송태호에게 손을 내민 병사가 이번에는 박옥희에게 물었다.

"영웅 동지는 뒤에 계시오?"

"네?" 했다가 박옥희가 서둘러 대답했다.

"네, 지금 혼수상태세요."

"뒷문을 여시오."

반대편에 서 있는 사내는 군관이다. 군관이 안쪽을 들여다보며 말했다.

"검색하겠습니다."

그 말을 기다렸다는 듯이 뒤쪽 문이 열렸으므로 군관이 한 걸음 물러났다. 눈이 무겁게 떨어지고 있었다. 이제는 바람 한 점 없다. 문을 연 제임스는 앞에 서 있는 병사 두 명을 보았다. 한 명은 소총을 어깨에 멨고 다른 한 명은 앞에총 자세였지만 두꺼운 장갑을 끼었다. 병사 뒤쪽은 짙은 어둠, 지금까지 달려 온 길이다. 제임스는 눈에 쌓인 길로 성큼 한걸음을 디디면서 혁대에서 권총을 뽑아 쥐었다. 소음기까지 끼워져 총신이 길다.

"퍽!"

눈에 쌓인 대기 속이었기 때문인지 총성은 뭔가 떨어지는 소리 같았다. 먼저 앞에 총 자세의 병사가 1미터 거리에서 이마에 총탄을 맞고 벌떡 쓰러졌다.

"퍽!"

놀란 다른 병사가 어깨에 멘 총을 내리기도 전에 2미터 거리에서 역시 이마에 총탄을 맞았다. 병사가 쓰러지기도 전에 차 모퉁이를 돈 제임스가 이쪽을 향해 정면으로 서 있는 군관을 향해 다시 발사했다.

"퍽!"

이번에는 이마 밑의 눈 사이에 맞았다. 군관을 스치고 지나면서 제임스는 왼쪽 송태호 옆에 서있는 병사를 겨냥하고 다시 한 발.

"퍽!"

이번에는 병사 어깨에 맞았다. 달리면서 비스듬히 쏘았기 때문이다. 병사가 허둥대며 옆으로 비껴선 순간 다시 한 발.

"퍽!"

가슴을 맞은 병사가 뒤로 벌떡 넘어지는 것을 보면서 제임스는 앞으로 달려 나갔다. 목표는 20미터 거리의 기관총좌, 둥근 시멘트 벙커 위로 흰 눈이 쌓여 마치 아담한 창고 같았지만 직사각형으로 파인 검은 홀에 기관총 총신이 내밀어져 있다. 그야말로 눈 감고도 발사할 수 있는 거리였고 한발이라도 맞으면 몸이 갈가리 찢어질 것이었다. 20미터 거리를 달려가는 동안 제임스의 등에는 땀이 흘러내렸다. 긴장감 때문이다. 그래서 달리면서 숫자를 세었는데 일곱에 총좌 옆쪽 문에 닿았고 쇠고리를 잡아채어 당기자 육중한 철문이 열렸다.

"어."

흐린 등불 밑에서 마주보고 앉아 있던 두 병사 중 하나가 입과 눈을 딱 벌렸다. 나머지 하나가 그때야 머리를 돌려 이쪽을 본다.

"퍽, 퍽, 퍽."

한 발은 어깨에 맞았기 때문에 세 발로 두 명을 사살하고 나서
야 제임스는 둘이 뭔가 먹고 있었다는 것을 알았다. 몸을 돌린 제
임스가 막사로 향해 섰을 때 이미 송태호가 안으로 뛰어 들어가는
중이었다. 초소는 시멘트로 만든 직사각형 건물로 문 하나에 창문
이 좌우에 하나씩이다.

"타타타탕."

다음 순간 안에서 귀에 익은 AK소총의 발사음이 울렸다.

"타타탕, 타타탕, 타타탕."

잠시 후에 이어서 울리는 단발 사격.

"타타탕."

또다시 세 발의 발사음이 울리더니 조용해졌다. 그리고 5초쯤
후에 송태호가 나왔는데 그때는 제임스가 군관의 시체를 막사 쪽
으로 끌고 가는 중이었다.

"안에 넷 있었습니다."

벌써 눈에 덮인 병사 하나의 시체를 막사 쪽으로 끌면서 송태호
가 말했다.

"놈들이 눈치 챘을까요?"

막사 안으로 시체를 넣은 송태호가 묻자 제임스가 허리를 폈다.

"통신이 재개되었을 때 바로 이곳에 연락을 했을 거요. 확인을
안 하고 보낸 것이 마음에 걸렸겠지요."

제임스가 눈을 가늘게 뜨고 만포 쪽을 보았다.

"영웅 동지를 찾은 것이 그 증거요."

"하지만 이제 마지막 검문소는 이대로 통과하기 어렵지 않을까

요?"

그러자 제임스는 심호흡을 했다.

"더 이상 모험할 수는 없지요."

눈길을 맹렬하게 달려 만포 입구의 검문소 앞 500미터 지점에서 그들은 구급차를 버렸다. 길가 언덕 밑으로 굴려 떨어뜨린 것이다. 구급차는 수십 미터를 굴러가다가 바위 밑으로 떨어졌는데 길 위에서는 보이지 않았다. 밤사이에 눈이 쌓이면 한동안 찾기 어려울 것이다. 그러고는 일행 다섯은 횡대로 서서 만포를 향해 걸었다. 물론 산길과 샛길을 타고 잠입해 들어가는 것이다. 밤 11시 10분, 눈은 계속해서 내렸고 산길에 쌓인 눈은 무릎까지 빠졌지만 그들은 끈질기게 한걸음씩 전진했다. 앞장은 송태호가 섰고 그 다음인 한민주, 그 뒤를 한주영을 업은 제임스가 따랐으며 맨 뒤는 박옥희다.

"강은 얼었을 겁니다."

송태호가 뒤에 사람들이 다 들으라는 듯이 말했다. 숨을 몰아쉬면서 뱉은 말이었지만 모두 들었다. 다시 송태호가 말을 이었다.

"오늘 밤 안에 넘어야 합니다. 내일 검문소 경비병이 몰살당한 걸 알면 군 병력이 모두 국경으로 올라올 겁니다."

이건 제임스에게 하는 말이었다. 제임스는 발을 떼면서 입을 열지 않았다. 한주영의 몸은 가벼웠다. 몸에 딱 붙어 있어서 30킬로그램의 군장을 맨 것 보다 오히려 더 가뿐했다. 거기에다 따뜻했다. 배낭 안쪽을 뜯어내고 한주영을 감싼 후에 둘러맨 것이어서 손이 자유로운 것도 도움이 되었다.

"아버지."

앞서 가던 한민주가 갑자기 불렀으므로 산길의 정적이 깨졌다. 그들은 만포를 오른쪽에 두고 비스듬히 국경을 향해 나아가는 중이다.

"으응."

제임스의 등 뒤에서 한주영의 신음처럼 대답을 했다. 그러자 한민주의 목소리가 안심한 듯 조금 낮아졌다.

"괜찮아요?"

"응, 낫다."

"안 아파요?"

"그래."

"아버지, 기운 내셔야해요."

"오냐."

"그렇게 보고 싶다던 언니가 바로 강 건너에서 기다리고 있지 않아요."

그러자 한주영은 입을 다물었고 눈길에 발이 빠지는 소리만 났다. 제임스는 얼굴에서 흐르는 땀을 손등으로 씻어냈다. 한민주의 말을 들으면서 갑자기 여동생 마이린의 얼굴이 떠오르더니 곧 어머니 도이 무앙의 모습으로 이어졌던 것이다. 마이린은 아버지의 목소리도 듣지 못했고 얼굴도 보지 못한 채 죽었다. 어머니는 어떤가? 가슴이 미어진 제임스는 다시 얼굴의 땀을 닦았다. 그러자 이것이 땀인지 눈물인지 알 수 없었다.

오전 2시 반, 일행은 만포시 서남쪽 산비탈 밑에서 쉬었다. 국경까지의 거리는 직선거리는 4킬로미터 정도, 눈발은 조금 뜸해졌지만 시간당 2킬로미터를 겨우 전진하고 있다. 바위 그늘 밑은 눈이 쌓이지 않았고 아늑했으므로 다섯은 서로 어깨를 붙인 채 나란히 앉았다. 역시 송태호, 한민주, 한주영, 제임스, 박옥희 순서였다. 송태호가 배낭에서 육포를 꺼내 나눠 주었으므로 한민주까지 열심히 씹었다.

그러나 한주영은 박옥희가 건네준 미숫가루를 탄 물만 두어 모금 마시고는 더 이상 먹지 않았다.

"한국에 가면 뭐 할 거야?"

육포를 삼킨 송태호가 불쑥 한민주에게 물은 것은 어딘지 무겁고 거북한 분위기를 깨려는 의도였다. 주위는 불빛 한 점 보이지 않는 어둠 속이었지만 어둠에 익숙해진 모두의 눈에 한민주가 눈을 크게 뜬 모습이 보였다.

"생각 안했어요."

시선을 견디지 못한 한민주가 어깨를 움츠리며 말했다.

"먼저 아버지를 병원에서 낫게 하겠어요."

그제야 생각이 난 듯 한민주가 열심히 말했다.

"그런 다음에 내 일을 생각할 겁니다."

"너한테는 언니가 있다."

그때 한주영이 낮고 숨찬 목소리로 말했지만 모두 들었다. 한주영이 어깨를 늘어뜨리며 숨을 뱉더니 말을 이었다.

"그리고 언니 어머니도 있고, 내가 말했지만 좋은 사람이다."

“그래요, 하지만……."

한민주가 다시 열심히 말했다.

“저는 아버지하고 같이 삽니다. 그래요. 아버지하고 언니하고 언니 어머니하고."

제임스는 씹던 육포가 질겼으므로 앞쪽으로 뱉었다. 뱉는 소리가 컸는지 모두의 시선이 모였다.

“고맙소.”

다시 출발하려고 업었을 때 한주영이 한숨과 함께 말했다. 허리를 편 제임스가 끈을 조정할 때 한주영이 다시 말했다.

“내가 그런 가치가 있는 있는 인간인지 모르겠소.”

“무슨 말씀입니까?”

묻지 않을 수가 없었으므로 발을 떼면서 제임스가 물었다. 송태호와 한민주는 벌써 저만큼 앞장서 가는 중이다. 등에 붙은 한주영이 대답했다.

“난 대한민국의 애국자도 아니오. 납북당하고 나서는 북한 체제에 충성하고 따른 인간이오.”

조심스럽게 발을 떼었지만 쌓인 눈에 무릎까지 빠지는 바람에 몸이 비틀거렸다. 겨우 중심을 잡고 서너 걸음 옮겼을 때 한주영이 말을 이었다.

“또 나는 성실한 가장도 아니었소. 한국에서나 북한에서나……."

말을 끊은 한주영이 등에서 길에 숨을 뱉는 것이 느껴졌다. 제임스는 한주영의 다음 말을 기다렸지만 더 이상 들리지 않았다. 등에 멘 한주영이 점점 무거워지면서 다리에 힘이 풀리기 시작했으므로 제임스는 이를 악물었다. 최악의 상황이다. 지금까지 이런 악조건은 겪은 적이 없는 것이다.

"힘드시죠?"

뒤를 따르던 박옥희가 바짝 붙으며 물었다. 박옥희는 검문소 총격 상황을 바로 눈앞에서 목격한 후부터 지금까지 제임스와 시선도 마주치지 않으려고 했다. 그것을 제임스도 의식하고 있었던 것이다. 제임스가 대답하지 않았지만 박옥희가 말을 이었다.

"거의 다 왔어요. 기운 내세요."

그때 앞서 가던 한민주가 몸을 돌리더니 제임스에게 말했다.

"아저씨 은혜는 죽을 때까지 잊지 않겠어요."

오전 3시 10분, 만포시 동북 쪽 외곽에 위치한 국경경비대 제7지구대의 당직사령 오만섭 중좌는 비상 연락을 받았다. 만포시 보위부 당직사령 강길수 소좌의 비상통신이었다. 그렇지 않아도 이틀 전 평양 고려호텔의 사건으로 전군은 비상 상태로 대기 중이었고 특히 국경경비대는 특급 경계태세가 발동 중인 상황이다. 특급 경계태세는 전쟁 직전의 경계태세인 것이다. 국경 지역의 군은 전투태세에 들어갔으며 그 최전선의 국경경비대는 초긴장 상태가 된다. 그러니 보위부 당직 사령의 연락을 받은 오만섭은 긴장으로 몸이 굳어졌다.

"만포지역 국경 경비를 강화해주시오."

보위부 당직사령 강길수 소좌가 불쑥 말했으므로 오만섭은 눈만 치켜떴다. 강길수의 목소리가 여유도 주지 않고 이어졌다.

"물샐틈없이, 쥐새끼 한 마리도 빠져 나가지 못하도록 말입니다."

그 순간 오만섭의 가슴에서 열불이 솟구쳤다. 강길수와는 안면이 있을 뿐이지만 계급으로 보나 나이로 보나 한참 윗길인 자신한테 명령조로 나대는 것이 여러 번이었다. 그래서 불쑥 물었다.

"동무, 지금도 특급 경계상황이요. 지금도 쥐 한 마리 빠져 나가지 못합니다."

그러자 강길수가 3초쯤 가만있다가 말했다. 목소리가 낮았지만 자근자근 말을 씹는 것처럼 느껴졌다.

"시중 북방 13검문소가 습격을 받아 군관 2명을 포함한 9명 전원이 몰사했소. 모두 총을 맞았는데 전문 특공조의 소행인 것 같소."

놀란 오만섭이 눈동자만 굴렸고 강길수의 말이 이어졌다.

"바로 남쪽의 14검문소에서 급하다면서 빠져나간 강계시당 인민병원의 통행증을 소지한 구급차가 실종되었소. 구급차에는 여의사와 운전사를 포함한 의무원 셋, 환자 한 명과 보호자 한 명까지 다섯이 탑승하고 있었는데 만포 검문소에 도착하지 않았소."

"눈 때문에 사고가 난 거요?"

오만섭이 묻자 송화구에서 입맛 다시는 소리가 났다. 검문소는 모두 보위부 관할이다. 강길수가 예민해져 있는 것은 당연했다.

"평양의 중공업부 시찰단이 탄 승합차가 구급차보다 늦게 14검문소를 출발했지만 만포로 들어왔소. 승합차 운전사는 도중에 구급차를 보지 못했다고 했소."

“······.”

“놈들은 13검문소의 통신장비까지 부쉈기 때문에 현장을 발견한 시찰단 일행이 만포 검문소까지 달려와서야 신고를 했소.”

“······.”

“놈들의 습격 시각은 11시에서 12시 사이이고 구급차에 탑승한 남녀 다섯이 가장 유력한 용의자요.”

“신원은?”

“그게······.”

다시 혀 차는 소리를 낸 강길수가 말을 이었다.

“여의사는 전천 병원 소속 박옥희, 약초와 약을 싣고 오겠다면서 3일간의 구급차를 빌렸소. 하지만 나머지는 분명하지 않소. 담당 군관은 확인증을 하나씩 검토하지 못했단 말입니다.”

긴장한 오만석의 귀에 다시 강길수의 말이 이어졌다.

“만포 검문소에서 기다리고 있던 강계시당 인민병원 외래부원장을 취조하고 있는데 그자는 통행증만 발급해주었다면서 입을 열지 않고 있소. 어쨌든······.”

“비상이군요.”

오만석이 한숨과 함께 말을 뱉었다.

“좋습니다. 병력을 더 늘리지요. 바람도 새나가지 않도록 하겠습니다.”

오전 3시 40분, 다섯은 압록강이 내려다보이는 산기슭의 앉아 있었다. 이제 눈이 그쳤고 바람도 불지 않는다. 그저 짙은 어둠이 덮여 있었지만 산천의 흰 눈빛 때문에 사물의 윤곽은 드러났다. 아래쪽 산기슭 100미터 정도는 마른 갈대와 바위, 또는 지형의 요철로 들쑥날쑥 했지만 그 앞쪽 강은 평탄했다. 강 넓이는 좁은 곳이 50미터 정도, 위쪽은 100미터가 된다. 영하의 날씨가 계속되었기 때문에 강은 진즉 얼었고 그 위에 눈이 덮여 중국 쪽은 어느 곳이 강인지 땅인지 구분이 되지 않았다.

일행 다섯은 강을 따라 30분쯤 내려온 후에 마침내 이곳에 도강 지점으로 삼은 것이다. 강폭이 좁은 데다 국경경비대 초소와 300미터쯤 거리여서 발각이 되어도 도망칠 수가 있다. 눈이 깊게 쌓였기 때문에 경비대 병사들이 초소에서 멀리 떨어지지 않은 것도 다행이었다.

"20분쯤 기다립시다."

손목시계를 내려다볼 송태호가 좌우를 둘러보며 말했다. 도강은 전적으로 송태호의 책임이며 지휘를 받아야 한다. 송태호가 눈을 헤치며 제임스에게 다가와 말했다.

"내가 상황을 살펴보고 돌아오겠습니다."

"조심해요."

아직도 가쁜 숨을 뱉으면서 제임스가 말했다. 송태호의 시선을 받은 제임스가 목소리를 낮췄다.

"검문소가 당한 것은 이미 국경경비대로 연락이 왔을 겁니다."

제임스의 시선이 위쪽으로 옮겨졌다. 북한 국경 감시 초소가 위치한 곳이었다.

"압니다. 그래서……."

바짝 다가선 송태호가 목소리를 낮췄다.

"놈들의 경계 위치를 확인하고 와야겠습니다. 그래야 마음이 놓일 것 같아요."

송태호의 시선이 3미터쯤 왼쪽의 바위 옆에 쭈그리고 앉은 한주영을 스치고 지나갔다.

"영감님을 업고 강을 건너게 되면 적어도 5분 동안은 완전히 노출됩니다."

제임스가 외면했지만 송태호의 말이 이어졌다.

"두 팀으로 나눠 도강하는 방법도 있으니까 다녀와서 결정하십니다."

"무슨 일 있으면?"

불쑥 제임스가 묻자 송태호는 망설이지도 않고 대답했다.

"20분 주세요. 20분 후에 오지 않으면 당신이 지휘하세요."

송태호가 사라진 지 5분쯤 지났을 때 제임스의 옆으로 부스럭대면서 한주영이 다가왔다. 기어왔다는 표현이 맞을 것이다. 방한복으로 몸을 감싸고 얼굴만 내놓은 한주영은 5미터가 안 되는 거리를 엉덩이를 밀고 왔는데도 숨이 거칠었다. 그쪽 바위 밑에서 같이 있던 한민주의 흰 얼굴이 이쪽을 향해 있었다. 아버지가 걱정스런 모양이었다.

"이야기 좀 하려고."

제임스가 부축해서 나무 등걸에 등을 기대주자 한주영이 어깨를 들썩이며 말했다. 위쪽 나뭇가지에 쌓였던 눈이 후드득 떨어졌다. 제임스와 한주영은 어깨를 붙이고 앉았다. 압록강을 바라보는 위치였다. 한주영이 입을 열었다.

"김 선생은 이 일이 끝나면 미국으로 돌아가시오?"

"예." 했지만 제임스의 머릿속에 오지은의 얼굴이 떠올랐다. 한국에 인연이 있는 유일한 여자, 한국으로 날아온 것도 오지은 때문이 아니었던가? 이렇게 되리라고는 꿈에도 생각하지 않았다. 그때 한주영이 말을 이었다.

"옌지까지 내 딸, 그러니까 한윤주하고 같이 왔다고 했지요?"

"그렇습니다."

"한윤주가 김 선생을 이곳에 보냈습니까? 아니면……."

"납북자 송환위원회에서 주선한 것입니다. 한윤주 씨는 그것을 알고 따라온 것이구요."

"아아."

머리를 끄덕인 한주영이 가쁜 숨을 뱉으며 말했다.

"작년에도 조선족 사내가 찾아와서 한바탕 분란만 일으키고 갔지요."

"알고 있습니다."

"윤주 엄마는 만나 보셨습니까?"

"아니요."

"작년에는 윤주 엄마가 날 찾아서 중국에까지 왔는데……."

"들었습니다."

"나는 참."

그러더니 한주영이 숨을 고르려는 것처럼 심호흡을 서너 번이나 했다. 다시 머리 위 나무 가지에서 후드득 소리와 함께 눈덩이가 떨어져 내렸다.

"죄를 많이 짓고 가는 것 같습니다."

한주영이 혼잣소리처럼 말했지만 제임스는 다 들었다. 앞쪽에만 시선을 주는 제임스를 향해 한주영이 한 자씩 한 자씩 발음했다.

"내가 쉽게 만든 인연 때문에 말입니다."

"……."

"나 때문에 여럿이 피눈물을……."

"그만하시지요."

머리를 돌린 제임스가 정중하게 말했지만 한주영이 머리를 저었다.

"난 며칠 못삽니다. 내가 잘 압니다."

"한국에 가시면 병원이……."

"아니."

다시 머리를 저은 한주영이 갑자기 손을 뻗어 제임스의 옷소매를 움켜쥐었다.

"베트남 말입니다."

그 순간 놀란 제임스가 숨을 멈췄다. 그러나 이를 악물었을 뿐 한주영을 보지는 않았다. 소매를 쥔 채로 한주영이 물었다.

"나는 북한에 오래 박혀서 바깥세상을 몰랐는데 한국하고 베트남이 수교했다면서요?"

"예."

제임스가 앞만 보고 대답했을 때 한주영이 답답한 듯 소매를 조금 흔들었다.

"양국 교류가 활발합니까? 내 말은……."

한주영이 헐떡였고 제임스는 어금니를 문 채 가만있었다. 말을 거들어주고 싶은 생각이 조금도 일어나지 않았다. 다시 한주영의 말이 겨우 이어졌다.

"서로 자유롭게 왕래합니까."

"그럼요."

"아아."

한숨인지 탄성인지 알 수 없는 소리를 뱉은 한주영이 나무등치에 등을 다시 붙이더니 한동안 입을 열지 않았다. 제임스는 손목시계를 보았다. 오랜 시간이 지난 것 같았는데 송태호가 떠난 지 7분밖에 되지 않았다.

보위부 당직사령 강길수 소좌는 머리를 들고 벽시계를 보았다. 오전 3시 50분이다.

"좋아, 이제는 눈이 그쳤으니 발자국이 다 지워지지는 않았을 것이다. 추적해."

소리치듯 말하자 무전기에서 사내의 목소리가 울렸다.

"예, 당직사령 동지, 국경을 향한 것은 분명해졌고 발자국도 찾았으니 이젠 시간문제입니다."

"잡아!"

"예!"

힘찬 대답과 함께 통신이 끊기자 강길수는 심호흡을 했다. 보위부 추적대가 언덕 밑으로 굴러 떨어진 구급차를 찾아낸 것이다. 구급차에서 뻗어나간 발자국도 찾았으니 이제는 시간과의 싸움이 되었다. 놈들이 국경을 넘기 전에 잡아야 하는 것이다. 비상통신용 전화기를 든 강길수가 연락을 했을 때 국경경비대 제7지구대의 당직사령 오만섭 중좌는 금방 응답했다. 목소리도 고분고분했으므로 강길수도 자세하게 상황을 설명했다.

"만포 검문소에서 기다리고 있던 강계시당 인민병원 외래부원장 강남철이 놈들의 동조 세력임이 밝혀졌습니다. 강남철은 박옥희와 일당 두 명의 신분 확인증, 통행증을 만들어 주었고 환자를 가장한 남녀 둘의 이송 확인까지 해주었습니다. 강남철은 놈들로부터 미화 1만 불을 받았고 만포 검문소에서 다시 1만 불을 받기로 하고 기다렸던 것입니다."

"반역자 놈."

수화구에서 오만섭의 이 사이로 뱉은 말을 들은 강길수의 목소리가 높아졌다.

"남녀 둘은 탈북하려는 반역자들이 분명하고 박옥희는 안내자 역할이며 의무원으로 가장한 사내 두 놈은 고도로 훈련된 특수공작원인 것 같습니다."

"알겠습니다. 당직사령 동무."

"놈들이 절대로 국경을 넘지못하도록 해 주십시오."

"당과 장군님을 위해 충성을 바치겠습니다."

감정이 북받친 오만섭이 소리쳐 말했으므로 강길수는 잠깐 뻥한 표정을 지었지만 곧 화답했다.

"장군님께서도 동무들의 영웅적인 활동을 기대하고 계실 겁
니다."

"저격병이 있습니다."
다가온 송태호가 가쁜 숨을 뱉으며 말했다.
"예상했던 것 이상입니다. 놈들이 이미 우리 정체나 진로를 다
알고 있는 것 같습니다."
제임스 옆에 쪼그리고 앉은 송태호가 손으로 좌우를 가리켰다.
"두 명씩 한 조로 백 미터쯤 간격으로 매복해 있습니다. 난 세
개조까지 확인했는데……."
말을 멈춘 송태호가 머리를 저었다.
"뚫고 나가기가 불가능합니다. 우린 강복판에서 총을 맞을 겁
니다."
"검문소 사건이 알려졌군."
입술만 달싹이며 말한 제임스가 얼굴을 일그러뜨리며 웃었다.
동녘 하늘이 잿빛으로 변해 있었다. 그 잿빛이 어스름한 회색으로
다시 부옇게 되었다가 잠깐 푸른색, 그리고는 분홍빛이 되고 나서
붉게 달아오른다. 그때 태양이 떠오르는 데 그동안 산천은 밝아져
갈 것이다.
"하지만."
정색한 제임스가 번들거리는 눈으로 송태호를 보았다.
"우린 지쳤어요. 다시 빈 곳을 찾아 강가를 따라 걸을 수 없습니
다. 시간도 없고."

송태호의 시선을 받은 제임스가 한자씩 말을 뱉었다.

"이곳에서 돌파합니다."

"아니, 그러면……."

"내가 뒤를 맡지요."

제임스가 덮어 누르듯이 말을 이었다.

"내가 저격조를 처치할 테니까 송 형이 셋을 이끌고 건너요."

그러고는 주위를 둘러보는 시늉을 했다.

"옷가지와 나무로 임시 썰매를 만들 수 있어요. 한주영 씨를 썰매에 태워서 둘이 끌게 하고 송 형은 앞을 뚫으시오."

"아니, 제임스 씨."

"내가 100미터 간격의 저격조 둘을 처치하면 사각이 생길 거요. 그렇지, 바로 저곳."

제임스가 왼쪽을 손으로 가리켰으므로 송태호도 무의식중에 그곳을 보았다. 그곳은 한쪽이 돌출된 바위에 가려 오른쪽 시야가 막힌 곳이었다.

"저쪽 저격조를 처리하면 바위에서 안쪽으로 강을 건너면 될 겁니다."

그러자 송태호가 무의식중에 머리를 끄덕였다.

"바로 그곳에 저격조가 있었습니다."

"먼저 오른쪽 저격조를 처치하고 그쪽으로 이동하겠습니다."

제임스가 말하더니 손목시계를 보았다.

"그동안 썰매를 만들어놓고 기다려요. 서둘러야 합니다. 곧 밝아질 테니까."

“제임스 씨.”

“연락은 핸드폰으로 합시다.”

그러더니 제임스가 주머니에 든 핸드폰을 가볍게 두드렸다. 송태호는 가끔 핸드폰을 사용하는 눈치였지만 제임스는 북한에 잠입한 후부터는 전원을 꺼놓았다. 제임스가 몸을 일으켰을 때 송태호가 따라 일어섰다. 어둠 속에서 두 눈이 번들거리고 있었다.

“제임스 씨, 하실 말씀은?”

그 순간 제임스의 얼굴에 희미한 웃음기가 떠올랐다.

“없어요.”

송태호가 바짝 붙어 섰으므로 입김이 뺨에 닿았다. 5미터쯤 떨어진 바위 밑에서 박옥희와 한주영, 한민주 셋이 붙어 앉아 이쪽을 바라보고 있었지만 원체 목소리가 적어서 들리지 않았을 것이다.

“제임스 씨.”

먼저 제임스를 부른 송태호가 침을 삼키는 소리를 냈다.

“한주영 씨한테 하실 말씀은?”

송태호가 입술만 달싹이며 말했지만 제임스는 다 들었다. 제임스의 시선을 잡은 송태호가 다시 이 사이로 말했다.

“난 한주영 씨가 제임스 씨 생부라는 걸 알고 있었습니다. 서울 지부에서 들었지요.”

“…….”

“제임스 씨가 말하고 싶어하지 않는 것 같아서 저도 가만있었지만 지금은…….”

“말하지 말아요.”

제임스가 낮지만 분명하게 말했다.

"저 노인은 옌지에서 기다리고 있는 또 다른 딸 하나 만으로도 벅찰 겁니다."

그러고는 어둠 속에서 흰 이를 드러내며 웃었다.

"거기에다 베트남에다 뿌려놓고 버린 씨앗까지 잡초처럼 살아와 이 지옥에서 구출해주다니⋯⋯."

"⋯⋯."

"저 노인한테는 그 사실이 악몽 같을 겁니다. 아마 죽을 때까지 죄책감 때문에 눈을 감지도 못할 걸요."

그리디니 어깨를 들썩였다

"모르지, 그건 나 혼자만의 생각인지도. 하지만 말하지 마시오. 저 노인한테 주는 베트남 씨앗의 마지막 선물이라고만 송 형이 생각하시면 되겠네."

제임스가 손을 뻗어 송태호의 어깨를 잡고 가볍게 흔들었다.

"만나서 반가웠소. 자, 그럼."

몸을 돌린 제임스가 바위 밑의 셋 한테는 시선도 주지 않고 발을 떼었다. 송태호는 우두커니 서 있었고 영문을 모르는 셋도 마찬가지였다.

100미터쯤 뒤로 돌았다가 다가갔기 때문에 본래 숨어 있던 거리에서 200여 미터밖에 떨어지지 않은 곳이었는데도 10분이 넘게 걸렸다. 매복 지점을 찾기는 쉬웠다. 초소에서 뻗어나간 발자국을 따르자 토끼굴처럼 찾아낼 수 있었던 것이다. 매복조가 자신의 발자국까지 지워가며 위치를 감출 필요는 없는 것이다. 상대는 비무장 상태의 탈북자, 마치 짐승을 기다리는 사냥꾼 같은 입장이었으니 오직 앞쪽의 국경만 주시할 뿐 자체 방어에 대한 의식이 없다. 목표가 이쪽을 알아채지 못하도록 은폐하고 있기만 하면 되는 것이다. 제임스는 이쪽에 상체를 완전히 드러내고 있는 매복조 두 명을 보았다. 나란히 엎드린 둘은 간간히 이야기를 나누고 있었지만 앞쪽의 경계는 소홀히 하지 않았다. 왼쪽이 사수, 오른쪽이 부사수 겸 관찰병으로 눈에 암시장치가 낀 망원경을 붙이고 있다. 둘 사이에 거치된 총은 드라구노프 저격총이다. 제대로 장비를 갖춘 매복조였다. 눈 위에 엎드린 채 포복으로 다시 3미터 쯤 다가갔을 때 그들의 목소리가 들렸다.

"가방에 시계가 50개나 들어 있었어. 모두 로렉스, 오메가야."

"그걸 다 혼자 먹었단 말이야?"

1미터쯤 더 다가간 제임스는 쥐고 있던 베레타를 겨눴다. 거리는 6미터 정도, 이 정도면 백발백중이다. 먼저 왼쪽 사수의 뒷머리를 겨누고 방아쇠를 당겼다. 그 순간 제임스의 온몸에 전류가 흐르는 느낌이 왔고 다시 방아쇠를 당겼다. 이번에도 불발이다. 방아쇠는 젖혀졌지만 총탄이 발사되지 않는 것이다. 다시 한 번 방아쇠를 당기고 난 제임스는 상반신을 일으켰다. 그 순간에 기척이 일어났고 앞쪽의 병사 하나가 머리만 돌려 뒤를 보았다. 오른쪽 병사였다.

"아앗!"

병사의 입에서 놀란 외침이 터진 순간에 이미 제임스는 한 걸음 크게 딛고 있었다. 손에는 이미 날 끝이 날카롭고 휘어진 대검을 쥐었다.

"앗."

이번에는 왼쪽 사수도 제임스를 보았다. 오른쪽 병사는 이미 상반신을 일으키고 있다. 눈에 무릎까지 빠졌으므로 제임스가 두 걸음을 뛰었지만 아직 거리는 3미터나 남아 있었다. 맨땅이었다면 이미 둘을 덮쳤을 것이다.

"습격이다!"

오른쪽 사내가 외치더니 벌떡 일어서면서 옆에 놓인 AK-47소총을 쥐었다. 그때 제임스가 다시 한 발, 거리는 2미터쯤으로 좁혀졌다. 그때 사내가 AK를 겨누었고 제임스가 다시 한 발, 1미터로 좁혀졌을 때 맨땅이 되었다.

"타타탕!"

요란한 발사음이 울렸다. 그러나 총신을 움켜쥔 제임스가 옆으로 젖혔기 때문에 총탄은 빗나갔다.

"악!"

제임스의 칼이 깊숙하게 병사의 턱 밑에 박히면서 뱉어진 병사의 신음이 주위에 울렸다.

"타타타탕."

아직도 방아쇠를 쥐고 있는 병사가 힘을 주는 바람에 총탄이 어지럽게 발사되었고 그 순간 제임스는 총구를 옆쪽으로 틀었다. 왼쪽 사내가 저격총을 들고 이쪽으로 겨누려고 했기 때문이다. 제임스는 아직 턱에 칼이 꽂힌 채 절명한 사내를 어깨로 밀면서 총구를 왼쪽 사내에게로 옮겼다. 사내의 체중이 무겁게 밀려왔지만 방아쇠에 낀 손가락은 빠지지 않았다.

"타타타탕."

이제는 총구가 제대로 겨눠졌고 상반신에 그대로 총탄을 맞은 병사가 팔다리를 흔들면서 쓰러졌다.

"쉿, 조용히."

첫 총성이 울렸을 때 송태호는 일이 잘못 되었다는 것을 금방 알았다. 몸을 일으킨 송태호가 낮게 말하고는 앞쪽을 노려보았다. 방향을 잡으려는 것이다. 본래 제임스가 좌우 매복조를 처리했을 경우에는 왼쪽의 바위 안쪽에서 직선으로 강을 건널 계획이었는데 지금은 오른쪽 저격조에서부터 문제가 생겼다. 박옥희와 한주영, 한민주가 송태호를 바라보고 있었다. 그 순간 송태호는 마음을 정했다. 오른쪽 방향으로 대각선이다. 그것은 총성은 울렸지만 제임스가 오른쪽 매복조를 처치했다는 가정 하에 세운 진로였다. 우물거릴 수가 없는 상황이다. 이곳에서 강까지 거리는 100미터, 강을 건너 저쪽 중국 땅까지는 150미터, 총 250미터의 거리를 횡단해야 한다. 엄폐물은 없고 흰 눈이 무릎까지 쌓여 있어서 저격하기에 이만큼 알맞은 표적이 없을 것이다. 그러나 가야 한다. 시간이 지날수록 불리하다. 순찰이 강화되면 이곳도 곧 발각되어 잡히게 될 것이고 날이 밝으면 말할 것도 없다. 그때 바지 주머니에 든 핸드폰이 울렸으므로 송태호는 서둘러 꺼내다가 하마터면 눈 속으로 떨어뜨릴 뻔 했다. 발신자 번호는 제임스였다.

"예, 어떻게 된 겁니까?"

송태호가 대뜸 물었을 때 제임스가 차분하게 대답했다.

"아까 계획했던 방향으로 넘어가세요."

"아, 아니, 그럼."

"내가 왼쪽 매복조까지 갈 수는 없게 되었습니다. 그러니까 어서."

"어떻게 한다는 말입니까?"

"여기서 왼쪽 매복조가 보입니다."

그러더니 제임스의 목소리가 높아졌다.

"어서, 서둘리요."

통화가 끊겼다.

앞장서 걷던 송태호가 얼어붙은 강 위에 한발을 딛고 나서 뒤를 돌아보았다. 박옥희와 한민주가 나란히 서서 옷가지에 나무 가지를 묶어 만든 썰매를 끌었다. 옷가지 위에는 한주영이 반듯이 누워 있었는데 눈까지 감았다.

"자, 갑시다."

송태호가 썰매 끝 부분을 쥐고는 함께 끌었으므로 네 남녀는 한 덩어리가 되었다. 강폭은 60미터 정도, 그냥 얼었다면 금방 건너갈 수 있었고 썰매도 잘 미끄러졌겠지만 눈이 쌓였다. 한걸음씩 힘들게 다리를 빼내게 디디면서 나아가는 터라 마음만 급해져서 허둥대었다. 송태호의 몸은 바위 쪽을 향해 있었는데 저격병으로부터 셋을 보호하기 위해서였다. 15미터쯤 전진했을 때 벌써 숨이 막혔으므로 송태호는 이를 악물었다. 셋은 좌측 뒤쪽으로 저격조가 엎드려 있다는 것을 모르는 것이다. 그들의 위치에서 보면 넷이 강에 들어서기 10미터쯤 전부터 완전히 노출되었다. 거리는 150미터 정도, 저격병쯤 되면 그 거리에서는 실수가 없다. 다시 10미터쯤 전진했을 때 바로 옆에서 끌던 한민주가 헐떡이며 말했다.

"아저씨, 고마워요."

"이런."

갑자기 코끝이 찡해진 송태호가 목이 메었다. 18살짜리가 이런 상황에서 고맙다는 인사를 하는 것이다. 이를 악문 송태호는 가슴이 무섭게 뛰었다. 이제는 저격하기에 가장 좋은 위치가 되었다. 흰 눈이 쌓인 강위에 네 명의 표적, 거리는 160미터 정도, 제임스가 처리해주지 않으면 다 죽는다.

"타앙."

그 순간 산천을 울리며 총성 한 방이 울렸다. 송태호는 말할 것도 없고 강 위의 남녀는 모두 놀라 걸음을 멈췄다.

제임스, 송태호의 가슴에 뜨거운 기운이 솟구쳤고 무언가 말을 뱉으려는 듯 입이 딱 벌어졌다.

"타앙."

그때 다시 한 발의 총성.

"갑시다. 어서!"

송태호가 버럭 소리쳤으므로 강 위에 목소리가 울렸다. 다시 한 걸음을 떼었다. 송태호는 눈이 정강이까지 닿는 것을 느꼈다. 썰매도 조금 잘 끌린다.

“됐다! 어서!”

이제는 송태호가 마음 놓고 소리치자 셋은 눈보라를 일으키며 달렸다. 30미터, 20미터, 10미터, 이윽고 강을 건넜을 때 처음으로 박옥희가 소리쳤다.

“넘어왔어!”

그러나 강가의 황무지 50미터쯤을 더 달려야 안심할 수 있다. 이쪽은 눈이 신발을 덮을 정도였으므로 셋은 거침없이 달렸다. 그때였다.

“타타타타! 타타탕! 타타타탕! 탕탕!”

요란한 총성이 밤하늘을 가득 메웠다. 놀라 머리를 돌린 송태호는 밤하늘을 가르고 뻗어나가는 예광탄 줄기를 보았다.

“타타탕! 타탕!”

총성은 계속되었다. 이쪽의 달리기도 계속되어서 어느덧 황무지를 넘어버렸다. 이제는 중국 영토인 것이다. 그때 총성도 그쳐 있었다.

“넘었어!”

아예 썰매의 손잡이를 놓은 박옥희가 이제는 울부짖었을 때 송태호도 소리쳤다.

“제임스!”

한 번 소리치자 억제할 수 없게 된 송태호가 발을 구르며 다시 악을 썼다.

“아아, 제임스! 제임스!”

송태호의 눈에서 눈물이 쏟아졌다. 놀란 박옥희가 다가섰지만 입을 열지는 못했고 그것은 한민주도 마찬가지였다. 그때 썰매 위에 누워 있던 한주영이 가는 목소리로 물었다.

"김 선생이 어떻게 된거요?"

그 말을 들은 송태호가 머리를 번쩍 들더니 썰매 손잡이를 쥐었다.

"갑시다."

갑자기 정신이 든 것 같았다.

"송 선생, 김 선생은……."

셋이 함께 다시 썰매를 끌었을 때 한주영이 또 물었다. 썰매는 낮은 언덕을 오르더니 내리막길을 힘들지 않게 내려가는 중이다. 한동안 발자국 소리와 썰매가 눈에 미끄러지는 소리만 들렸다. 그러나 셋은 모두 송태호의 대답을 기다리고 있었다. 송태호가 번쩍 머리를 들자 걸으면서도 박옥희와 한민주가 일제히 시선을 보내는 것이 그 증거였다. 호흡을 고른 송태호가 말했다.

"예, 작전을 끝내고 떠났습니다."

그러더니 생각난 듯 덧붙였다.

"김 선생이 말입니다."

〈끝〉

302

테러리스트 Ⅱ

초판 1쇄 : 2008년 3월 5일

지은이 : 이원호
펴낸이 : 박연
펴낸곳 : 도서출판 한결미디어

등록일자 : 2006년 7월 24일
등록번호 : 제 313-2006-000152호
주소 : 서울 마포구 용강동 469 하나빌딩 3층
전화 : 02 · 704 · 3331
팩스 : 02 · 704 · 3360

ISBN 978-89-93151-02-2 978-89-93151-00-8(세트) 04810